AF187834

FSC
www.fsc.org

MIX

Papier aus ver-
antwortungsvollen
Quellen
Paper from
responsible sources

FSC® C105338

LiLo Seidl

PILLEN DREHER

*Ein verdrehter Fall
für Kathi Starck*

Bibliografische Information der Deutschen Nationalbibliothek:
Die Deutsche Nationalbibliothek verzeichnet diese Publikation in
der Deutschen Nationalbibliografie; detaillierte bibliografische Daten sind im Internet über dnb.dnb.de abrufbar.

»Pillendreher«
Originalausgabe
Copyright © 2018 LiLo Seidl
Alle Rechte vorbehalten.
Dieses Werk ist urheberrechtlich geschützt. Jegliche Vervielfäl-
tigung und Verwertung sind nur mit Zustimmung der Autorin zu-
lässig. Jede unbefugte Nutzung wird zivil- oder strafrechtlich verfolgt. Das gilt insbesondere für Übersetzungen, die Einspeiche-
rung, Verarbeitung und Verbreitung in/über elektronische Sys-
teme/n.

Cover-/Umschlaggestaltung:
Buchgewand | www.buch-gewand.de
Verwendete Grafiken/Fotos:
© caesart / shutterstock, © kzww / shutterstock,
© Sputanski / shutterstock, © BlackSpring1 - depositphotos.com,
© Mopic / shutterstock

© 2018 LiLo Seidl

Herstellung und Verlag: BoD – Books on Demand,
Norderstedt

ISBN: 9 783748 128502

Dieser Titel ist auch als E-Book erschienen.

Gift in den Händen eines Weisen ist ein Heilmittel,
ein Heilmittel in den Händen des Toren ist Gift.

Giacomo Girolamo Casanova
(1725 - 1798)

Inhalt

Himmelfahrt

Ein Hai am Wöhrder See

Pillenschlucker

Pillendreher

Mieses Pharma-Karma

Triggerpunkte

Adrenalin – Swiss Made

Rumble in GoHo

Wie mans dreht und wendet

Höhenflüge

Anhang

HIMMELFAHRT

Fish öffnete die Augen. Völlig losgelöst blickte er in den Sternenhimmel, Myriaden glitzernder Punkte in einer schwarzen Unendlichkeit. *Wow!,* dachte er. *Und das mit so ner heißen Braut!* Vorhin beim Open Air, als Ann ihn geküsst und seine Hand unter ihr Minikleid zu ihrem knackigen Po dirigiert hatte, wäre er vor Erregung beinahe zersprungen. Er hätte es an Ort und Stelle mit ihr treiben können, aber nicht vor Hunderten von Zuschauern. Er kannte diese Stelle an der Badebucht, hinter schützendem Gebüsch und teilweise von hohem Schilf gesäumt. Kaum angekommen, hatte Ann ihn zu Boden gedrückt, seinen ›Best Buddy‹ ausgepackt und ihm einen Blowjob verpasst, der ihn beinahe auf den Mount Everest katapultierte.

Fette Gitarrenriffs und harte Drum-Beats drangen aus der Ferne zu ihm. Er spürte, wie Ann langsam zu ihm heraufkroch, ihr schönes Gesicht schob sich vor die Sterne.

Er sah sie fordernd an. »Küss mich!«

Sein Mund, danach gierend, öffnete sich wie von selbst, ungestüm presste sie ihre Lippen darauf. Seine Zunge suchte die ihre, doch ihre Zähne schnappten danach und holten sie heran, sie saugte sich förmlich fest. Erst nach einer gefühlten Ewigkeit löste sich Ann von ihm.

Keuchend holte Fish Luft und streichelte mit beiden Händen zärtlich ihre Wangen. »Du bist der Oberhammer, Baby! Wo hattest du dich die ganze Zeit versteckt?«

Ann lächelte verführerisch. »Wird nicht verraten.«

Fish setzte sich auf und holte ein kleines, zum Quadrat gefaltetes Alu-Päckchen und ein Feuerzeug aus der Gesäßtasche seiner Cargo-Shorts, aus der größeren Beintasche eine handliche Edelstahlbox. Ihr Inhalt: Einmalspritzen und -Kanüle, eine Venenstaubinde, Desinfektionstücher und Zitronensaft in Portionsbeuteln.

Ann legte den Kopf schief. »Willst du dir jetzt nen Schuss verpassen?«

Er zwinkerte ihr zu. »Wonach sieht es wohl aus, Baby?«

»Schniefe es lieber, das geht schneller.«

»Bin doch kein Anfänger. Willst du auch?«

»Nö.«

Routiniert und voller Euphorie auf einen noch größeren Kick, riss Fish einen der Portionsbeutel mit den Zähnen auf und gab den Saft auf das weiße, kristalline Pulver in der Alufolie. Er erhitzte alles gleich darin, zog die Flüssigkeit in die Spritze und steckte die Kanüle darauf. Dann legte er die Staubinde an und desinfizierte seine linke Armbeuge. Die Nadel fand auf Anhieb ihr Ziel. Bald kroch wohlige Wärme in seinen Körper, sein Herz schlug schneller. Er ließ sich zurück ins Gras sinken. Die Blowjob-Göttin wuchs auf Überlebensgröße, ihre kirschroten Lippen schwollen prall an, große Kulleraugen sahen auf ihn herab, ihre Brüste wurden zu Melonen.

»Küss mich nochmal!«, hauchte er.

Sie zögerte keine Sekunde.

Ihr warmer Kuss schmeckte süß, ein irres Glücksgefühl breitete sich in Fish aus. Die Sterne kamen näher, beinahe greifbar glitzerten sie schöner als vorhin. Jedes Aufblitzen erzeugte einen neuen Kick und noch mehr Kribbeln. Alles um ihn herum fühlte sich wie Watte an und er sich so leicht, als würde er ein Stück über dem Boden schweben. Ein wahrer Sternenregen prasselte auf ihn nieder. Baaam! Baaam! Baaam! Nach und nach entfernten sich alle Geräusche. Musik, Stimmen und Gelächter klangen dumpf in seinen Ohren. *Holy crap! Es gibt nichts Geileres als nen Schuss nach dem Orgasmus, zweimal ›Beam me up, Baby!‹. Scheiß auf das bürgerliche Leben, ab jetzt heißt es wieder Sex and Drugs and Rock'n Roll!*

EIN HAI AM WÖHRDER SEE

Platsch! Trotz Anlaufnehmen, landete Kathi mit den Füßen in einer riesigen Pfütze, so breit wie der Gehweg. Das Wasser spritzte nach allen Seiten. »Menno!«

Nikolai hatte den Satz, dank längerer Beine, trocken überstanden. »Ist zum Glück nur Wasser.«

»Zum Glück bin ich nicht aus Zucker.«

»Doch bist du, und genauso süß.« Nikolai nahm Kathi in den Arm.

»Heute Nachmittag bin ich zu Honig geschmolzen.«

Er lachte. »Oder wie wir Physiker sagen ›Du bist im flüssigen Zustand‹, die nächste Stufe wäre gasförmig.«

»Lieber nicht, dann hast du nichts mehr zum Anfassen.« Kathi sah auf ihre Smartwatch. »23 Grad bei 55 Prozent Luftfeuchtigkeit, und das kurz nach acht!«

Letzte Nacht hatte es, nach drei Wochen trocken-heißem Wetter mit weit über 30 Grad, einige Stunden geregnet, leider kaum abgekühlt. Deshalb waren sie heute früher aufgebrochen, als sonst am Samstag.

»Dann gibts zu Mittag bereits Honig«, meinte Nikolai augenzwinkernd.

»Das hättest du wohl gern.«

Nach einem Kuss setzten sie ihren Lauf am Ufer des Wöhrder Sees fort.

Als sie den, jetzt noch verwaisten, Wasserspielplatz zum zweiten Mal passierten, kam ein älterer Herr mit wild fuchtelnden Armen auf sie zu. »Hilfe!«, rief er. »Kommens mit, bittschön! Da lieechd anner am Ufer!«

Kathi und Nikolai blieben stehen.

»Wo genau?«, fragte sie ruhig. Eine große Runde um den See, immerhin zwölf Kilometer, brachte eine passionierte Joggerin wie sie nicht außer Atem.

»Da drüüm, hinter die Büsch!« Der Mann zeigte mit ausgestrecktem Arm zur alten Eiche am Ufer der sogenannten Regenerationszone, die das Wasser des Sees in einem breiten Schilfwall reinigte, bevor es in die Norikus-Badebucht strömte. »Der Merlin hat ihn g'funden.«

»Merlin?«

»Mein Hund.«

Kathi schob ihre Sonnenbrille ins Haar. »Wo ist er jetzt?«

»Er sitzt vorm Gebüsch und rührt sich ned.«

Kathi und Nikolai folgten dem Mann. Der Wiesenboden, spärlich mit braunem Gras bedeckt, war größtenteils aufgeweicht und gab unter jedem Schritt nach.

Wenige Meter entfernt, starrte ein Schweizer Schäferhund in Toter-Mann-Stellung in die Büsche.

O Gott! Das bedeutet nichts Gutes, dachte Kathi. Sie bat Nikolai und Merlins Herrchen zu warten und näherte sich dem Hund, der mit seinem schneeweißen Fell einem sehr groß geratenen Spitz ähnelte.

»Hallo, Merlin, du bist aber ein Schöner.« Aus schwarzen Knopfaugen blickte er sie treuherzig an. Sich ein Lächeln abringend, ging sie in die Hocke. »Ich bin die Kathi.« Der Rüde nahm Witterung auf und wedelte mit dem Schwanz. Sie wagte es, ihn hinter den Ohren zu kraulen. Das gefiel ihm, er tat keinen Mucks. Sie erhob sich wieder und bog einige Zweige zur Seite. Das Rascheln der trockenen Blätter ließ Merlin die Ohren spitzen. Er stand auf und winselte leise.

»Alles gut, Merlin«, beruhigte Kathi ihn. »Mach sitz.«

Er folgte aufs Wort.

Mit gestrecktem Hals spähte sie zur anderen Seite. Auf dem grasbewachsenen Uferstreifen, linkerhand von hohem Schilf begrenzt, lag ein Mann auf dem Rücken. Er trug ein weißes T-Shirt und khakifarbene, an den Taschen leicht ausgebeulte Cargo-Shorts aus dünnem Stoff und Flip-Flops. Man könnte ihn für jemanden halten, der seinen Rausch ausschlief, würde den linken Oberarm nicht eine blaue Venenstaubinde zieren und eine Fertigspritze in der Armvene stecken. Kathis geschultes Auge erkannte sofort, dass der Mann nicht mehr lebte. *Alles klar,* dachte sie. *Ein Junkie, der zum Fixen ins Gebüsch gegangen ist und sich ins Jenseits gebeamt hat. Aber lange liegt er noch nicht hier, höchstens einen Tag.*

An der Norikus-Bucht gab es offiziell keine Drogenszene, aber im Sommer zog es abends viele Menschen zum Chillen und Feiern hierher, besonders am Wochenende. Fahrradcops und ein privater Sicherheitsdienst kontrollierten die Gegend regelmäßig und unterbanden ausufernde Partys. Sie sorgten für Sicherheit und Ordnung in Nürnbergs ›Central Park‹, wie man die Stadtoase von der Wöhrder Wiese bis zum Ende des Sees auch nannte. Wenn sich eine Stadt mit einem Naherholungsgebiet brüstete, dann bitte familientauglich und sicher.

An Samstagen traten die Wachleute ihren Dienst erst später an, deshalb waren Kathi und Nikolai bisher keine begegnet.

Kathi wandte sich wieder dem Hund zu und streichelte ihn. »Gut gemacht, Merlin. Komm, gehen wir zurück zum Herrchen.«

Er stand auf und folgte ihr.

Die fragenden Blicke der Männer beantwortete Kathi mit einem stummen Kopfschütteln. Merlins Herrchen schlug beide Hände vor den Mund. »Allmächd! Dann müssen mir die Bollizei holen!«

»Die ist schon da, ich arbeite bei der Kripo. Mein Name ist Katharina Starck, das ist mein Freund Nikolai.«

»Dann wars Glück, dass ich Sie troffen hab. Lindner, heiße ich, Willi Lindner.« Er leinte Merlin an.

»Wartet bitte nochmal, ich will mir den Mann genau ansehen.« Darauf bedacht, in der Spur zu bleiben, ging Kathi wieder zum Fundort.

Sie bog die Zweige weit auseinander und landete, nach einem großen Schritt, direkt auf dem Uferstreifen. Die Lider des schlanken, sommerlich gebräunten Toten waren geschlossen, einige lange, dunkelblonde Haarsträhnen klebten in seinem recht ansehnlichen Gesicht. Kathi schätzte ihn auf Anfang bis Mitte dreißig. Aus seinem leicht offenstehenden Mund krabbelte eine Fliege in die Nase. »Ihr blöden Viecher habt es heute ja besonders eilig.« Kathi beugte sich vorsichtig über den Mann, um sich die großflächige Tätowierung auf dem rechten Unterarm anzusehen, eine brillante, detailgenaue Arbeit. Das zähnefletschende Maul eines blautürkisfarbenen Hais ›biss‹ in die Handwurzel, die Spitze der Schwanzflosse endete in der Ellenbeuge. Der linke Arm wies, neben dem frischen Einstich, zahlreiche ältere, vernarbte auf – unverkennbare Spuren längeren Drogenkonsums.

Kathi nahm ihre Smartwach ab, um einige Fotos zu schießen. »Samstag, 2.8.2025, 9:08 Uhr«, diktierte sie anschließend. »Norikus-Bucht, Regenerationszone, männlicher Toter, Mitte dreißig, Hai-Tattoo am rechten Unterarm.« Diese Notiz schickte sie mit den Bildern an den Kriminaldauerdienst und rief an, um die Lage zu schildern.

Nachdenklich kehrte Kathi zur Eiche zurück und kam ins Schmunzeln, Merlin hatte alle Viere von sich gestreckt und genoss Nikolais Streichel- und Krauleinheiten am Bauch. »Wie ich sehe, habt ihr schon Freundschaft geschlossen.«

Augenblicklich drehte sich der Hund um und wedelte freudig mit dem Schwanz.

»Der Merlin mooch Sie, alle zwaa«, meinte Lindner. »Sonst isser bei fremde Leut ned so brav.«

»Schwer, dich nicht zu mögen«, flüsterte Kathi Nikolai zu.

»Dito.«

»Hey, das ist mein Spruch!«

Nikolai zwinkerte ihr zu. »Fürs Copyright bezahle ich, sobald wir zu Hause sind.«

»Wissens scho, wer des is, Frau Starck?«, fragte Lindner.

»Nein, bis jetzt ein namenloser Drogentoter.«

»Allmächd! A dooder Giftler!« Bestürzt schüttelte er den Kopf. »Dass die Leut einfach ned g'scheider wern.«

»Ich warte hier, bis die Kollegen da sind«, beschloss Kathi. »Ihr könnt ruhig vor zum Cesaré gehen, auf nen Capu oder so.«

»Ich lasse dich nicht allein hier«, sagte Nikolai.

Kathi formte ein stummes ›I love you‹ mit den Lippen, das er erwiderte.

»Herr Lindner, wollen Sie beim Italiener warten? Die Kollegen brauchen später Ihre Aussage.«

»Ich bleib aa da, Frau Starck.«

»Okay.« Kathi wies zur Parkbank unter dem Ahornbaum, unweit der Eiche. »Setzen wir uns dort drüben hin.«

Die Männer zeigten sich einverstanden und folgten ihr. Bevor sie Platz nahmen, machte es sich Merlin unter der Bank bequem.

»Wohnen Sie in der Gegend, Herr Lindner?«, fragte Kathi.

»Ja, in der Cimbernstraße.«

»Das ist gar nicht so weit weg.«

»Praktisch für uns, gell Merlin?«

WUFF!, kam es unter der Bank hervor.

»Sind Sie jeden Tag hier unterwegs?«

»Ja, immer um die Zeit wie jetzt und abends, zwischen neune und zehne.«

»Gestern Abend auch?«

»Freilich! Des muss so um halber zehne g'wesen sein. Normalerweise gemmer noch auf die Wöhrder Wiese, aber da war des Konzert und der Merlin wird unruhig bei so viele Leut.«

»Wir waren auch dort, bis zum Schluss. Es war toll!«

Das ›Wöhrder Wiese Woodstock‹ bildete den Haupt-Act zum Start des fünfzigsten Bardentreffens, dem renommierten, dreitägigen Konzert-Marathon mit neunzig Gigs an neun Spielorten in der Stadt, wie immer bei freiem Eintritt. In diesem Jahr war es Teil des Kulturhauptstadt-Programms.

»An der Unterführung simmer trotzdem stehnbliem, weils grad ›Hush!‹ g'spielt ham, des von Deep Purple – wie zu meiner Zeit, ich bin Jahrgang 1954, wissens. Schee wars, wie damals.« Lindner geriet ins Schwärmen. »The Doors, The Who, Led Zeppelin und so – des is einfach ein subber Sound.«

»Wir stehen auch drauf«, sagte Nikolai. »Kathi hat mir zum Geburtstag ›Live at Budokan‹ von Deep Purple geschenkt.«

»Ja, cool! Die ist dodaal selten, ein echter Schatz!«

»Ich weiß.« Nikolai nahm Kathis Hand. »Wie du.«

Sie lächelte. »Dito.«

In der Nähe schlug eine Kirchenglocke zweimal. *Das muss die der Bartholomäuskirche in Wöhrd sein.* Kathi sah auf ihre Smartwatch. *Halb zehn!* Ihr Blick glitt zur Fundstelle im Gebüsch. Plötzlich rauschten zwei Mountainbiker an ihnen vorbei, sie mussten dem Streifenwagen ausweichen, der sich aus Richtung Norikus näherte.

»Die waren aber schnell hier!« Kathi ging den beiden Kollegen entgegen und klärte sie über die Lage auf. Während sie das Absperr-Equipment aus dem Kombi ausluden, fuhr ein dunkelblauer BMW X3E vor, dasselbe Modell wie Kathis Wagen. Sie erkannte die Insassen durch die geöffneten Seitenfenster, Hauptkommissar Freddy Roeckl und Oberkommissarin Jana Theiss vom Drogendezernat.

»Guten Morgen, ihr Hübschen.«

»Guten Morgen, Kathi.«

»Toller Start am Samstag, oder?«

»Leider nicht zu ändern«, meinte Freddy. »Übrigens, danke für die Fotos.«

»Gern geschehen.«

»Das Hai-Tattoo kennen wir, es kann sich nur um Jimmy Fischer handeln.«

»Hast du ihn gefunden?«, fragte Jana.

»Nein, der Hund von Herrn Lindner.« Kathi wies zur Parkbank. »Sie sitzen dort drüben, bei Niko.«

»Okay, wir sehen uns erstmal den Toten an.«

Freddy und Jana streiften Latexhandschuhe über und verschwanden, sich in der Spur haltend, in Richtung Gebüsch.

Nikolai signalisierte Kathi mit ausgestrecktem Arm, dass er sich mit Lindner und Merlin auf den Weg zum Cesaré machen würde. Sie nickte.

»Er ist es, Kathi.« Freddy kam allein zurück. »Jimmy Fischer, 32, Ex-Junkie, Ex-Dealer, ein kleiner Fisch in der Szene, Spitzname ›Snowfish‹ oder ›Fish‹. Aufgrund des Hai-Tattoos ist er eindeutig identifiziert.«

»Ein großer Fisch auf nem kleinen Fisch. – Was weißt du über ihn?«

»Er wohnt hier am Norikus, Bau drei, sechster Stock. Mietfrei, das Appartement gehört seinen Eltern. In den letzten vier Jahren hat er zweimal gesessen, 2021 sechs und 2024 neun Monate wegen Drogenbesitz und Drogenhandel, Marihuana, Heroin – hauptsächlich Koks, daher sein Spitzname Snowfish. Letztes Jahr kam er mit einer geringeren Strafe davon, weil er den ›Löwen von GoHo‹ ans Messer lieferte und so einen größeren Deal platzen ließ.«

»Löwe von GoHo? War das nicht dieser Bodybuilder?«

»Genau der. Mit bürgerlichem Namen heißt er Ilion Petronakis. Er hat über sein Fitness-Studio Kokain, Heroin,

Steroide und Amphetamine verkauft, außerdem einen Konkurrenten krankenhausreif geschlagen. Er sitzt bis 2031.«

Jana trat zu ihnen, mit zwei transparenten Kunststoffbeuteln unter dem Arm.

Kathi machte einen langen Hals. »Was hatte er bei sich?«

Jana hielt den größeren Beutel hoch. »Seine Geldbörse mit Perso und knapp fünfzig Euro, Smartphone und die Wohnungsschlüssel. Und die steckte in einer seiner Hosentaschen.« Sie zeigte ihr den kleinen Beutel mit der weißen Dose.

»Was ist da drin?«

»Ein Handvoll Pillen.«

»Ecstasy?«

»Sieht nicht danach aus, wir lassen sie im Labor checken.«

»Warum hat Fish wieder gefixt?« Freddy zupfte an seiner Nase. »Seit seinem Entzug letztes Jahr war er clean und auch sonst nicht mehr auffällig gewesen. Er arbeitete seit Januar als Aufsicht in einem Fitness-Studio und besuchte regelmäßig seinen Bewährungshelfer.«

Kathi zuckte mit den Schultern. »Er wäre nicht der Erste, der wieder rückfällig wird. Nach der Konsumpause erwischt er zu viel und es beamt ihn ins Nirvana. – Woher kommt er?«

Jana ließ sich Fishs Akte auf ihrem Pad anzeigen. »Geboren in Erlangen, Vater Ingenieur, Mutter Lehrerin, Einzelkind. Abi 2011, hat Sport und Marketing studiert und zwei Jahre im Ausland gelebt, USA, Australien und Südafrika. Seit seiner Jugend war er ein Sportfreak: Snowboard, Downhill, Surfen, Canyoning, Rafting – der totale Adrenalin-Junkie. Er hat alles gemacht, was schnell und gefährlich ist. Er arbeitete auch als Reiseleiter, organisierte Sport-Events und Hai-Tauchen.«

»Aha, deshalb das Tattoo!«

Jana zeigte Kathi ein älteres Foto von Fish, braungebrannt, mit bis zu den Hüften heruntergerolltem Neoprenanzug. »Das war er Ende November 2019 bei der Surf-WM auf Hawaii, er wurde Zweiter.«

»Vizeweltmeister! Wow!«

»Im Januar darauf hatte er einen schweren Snowboard-Unfall, Wirbelbrüche, Trümmerfraktur am linken Oberschenkel und eine angebrochene Hüfte. Einige Monate saß er sogar im Rollstuhl. Trotz erfolgreicher Reha hieß es ›Ende Gelände‹ für seinen Sport. Seine Sponsoren ließen ihn fallen, er bekam Depressionen, nahm Psychopharmaka zu den Schmerzmitteln und stieg später auf die harten Sachen um. So kam er in die Szene.«

»Vom Adrenalin- zum Drogen-Junkie, eine steile Karriere.« Kathi überlegte. »Gibt es hier doch eine Szene? Wir joggen hier regelmäßig, uns ist noch nie etwas aufgefallen.«

»Die Dealer machen ihre Übergaben so geschickt und schnell, das bemerkt kaum jemand. Hier draußen gibts genug verborgene Ecken, im Gebüsch oder unter den Brücken. Das Meiste spielt sich ohnehin in den Wohnungen ab.«

»Auf der Wöhrder Wiese war gestern Abend das Open Air, vielleicht war Fischer dort und traf Bekannte, die Stoff bei sich hatten. Sie suchen sich ein lauschiges Plätzchen, dann gibts die volle Dröhnung und Fischer beamt es weg.«

»Gut möglich, Kathi«, meinte Jana. »Wer weiß, was er noch alles eingeworfen hatte.«

Freddy nickte. »Die Big Brother-Kollegen müssen wir noch anrufen, wir brauchen die Kameraaufnahmen von hier.«

»Die Securityfirma, die das Konzert betreute, hat welche gemacht. Ich habe es zufällig gesehen, Niko und ich waren auch dort.«

»Supertipp, Kathi, danke. Wir checken am besten die Aufnahmen aller Überwachungskameras in der Gegend.«

Jana legte die Beutel mit Fischers Habseligkeiten in den Schatten, neben dem Eichenstamm. »Ich fordere den Durchsuchungsbeschluss für seine Wohnung an.«

»Okay.« Freddy zog seine Handschuhe aus. »Mann! Die Dinger sind so ätzend bei der Hitze!«

»Apropos Hitze, ich gehe vor zu Cesaré, etwas trinken.«

»Ich komme mit, Kathi, wegen Lindners Aussage.«

Nikolai und Lindner saßen an einem der sonnenbeschirmten Tische auf der kleinen Terrasse des Cesaré und genossen ihre Cappuccinos. Für Merlin, zu Füßen seines Herrchens liegend, hatte Pietro, der Chef des Hauses, einen Napf Wasser hingestellt. Freddy stellte sich vor und bat Lindner ins Restaurant, um dessen Aussage in Ruhe aufnehmen zu können.

»Bin gleich wieder da, Merlin.«

Der Rüde sah kurz zu seinem Herrchen auf und legte den Kopf wieder zwischen die Vorderläufe.

Pietro begrüßte Kathi mit Wangenküsschen, wie immer. »Was darf ich dir bringen? Geht aufs Haus.«

»Lieb von dir, bitte eine große Apfelsaftschorle.«

»Kommt sofort!«

Nikolai schob Kathi den Stuhl neben sich zurecht, damit sie bequem Platz nehmen konnte.

»Dankeschön.«

Pietro servierte die Schorle in einem Halbliterkrug und setzte sich zu ihnen. »Schlimme Sache, oder? Zum Glück warst du zur Stelle.«

Kathi seufzte. »Am Samstagmorgen brauche ich sowas eigentlich nicht.« Sie leerte den Krug zur Hälfte. »Das tut gut!«

Nach einer guten Viertelstunde kehrte Freddy mit Lindner zurück. Bevor er zu Kathi etwas sagen konnte, läutete sein Padfone. Nach einem Blick darauf, gab er ihr ein Handzeichen und machte sich auf den Rückweg zur Bucht.

Lindner löste Merlins Leine vom Tischbein. »Mir packens dann, mir müssen noch a bissla was einkaufen. Die Telefonnummer von Ihrem Kollegen hab ich, falls mir noch was einfällt. Wiederschaun mitnander.«

»Wiederschaun«, kam es dreifach zurück.

»Danke nochamal für den guudn Cappuccino.«

Pietro winkte großzügig ab.

Sie plauderten noch eine Weile zu dritt. Als Kathi und Nikolai ausgetrunken hatten, verabschiedeten sie sich mit den besten Wünschen fürs Wochenende.

Sie nahmen denselben Weg zurück, den sie gekommen waren. Das Gebiet um den Fundort war mittlerweile mit rot-weißen Scherengittern und Bändern weiträumig abgesperrt worden. Der Streifenwagen stand quer zum Wöhrder Wiesenweg, Spaziergänger und Radfahrer mussten einen großen Bogen herum machen. Kathi wurde durchgelassen, Nikolai wartete freiwillig bei den Einsatzfahrzeugen. Vom Bus der Spurensicherung führte ein präparierter Weg aus ineinander verhakten

Kunststoff-Paneelen zum Fundort der Leiche. Der einen Meter breite Korridor verhinderte das Einsinken in den Boden und das Zerstören möglicher Spuren, später würde er das Bergen des Leichnams erleichtern.

Kathi entdeckte Jana und Freddy bei Thomas und Tobi, beide in Vlies-Overalls. Sie nahm ihre Sonnenbrille ab. »Hallihallo.«

»Hallo, Kathi«, grüßten die Kriminaltechniker unisono.

»Wo ist die Sabine?«

»Hat Urlaub, seit Mittwoch. Sie ist mit einer Freundin im Wohnmobil nach Schweden unterwegs.«

»Nicht schlecht! Der Andi ist seit gestern mit der ganzen Familie auf Fuerteventura, Grünbaum in der Nähe von Sonthofen. Er trainiert für den Marathon kommenden Samstag.«

»Na ja, Marathontraining nenne ich nicht gerade Urlaub«, meinte Thomas abfällig.

»Sporturlaub eben, du kennst doch unseren Chef. Letztes Jahr ist er Zweiter in der Altersgruppe 50-Plus geworden.«

Tobi staunte. »Cool!«

Thomas sah ihn schräg an. »Wers braucht. Mit 54 mache ich nur noch Strandurlaub und lasse mir Drinks mit Schirmchen servieren.«

Kathis Magen knurrte. »Sorry.«

»Drink oder Hunger?«

»Hunger, ich falle gleich Menschen an. Zum Frühstück gabs nur Banane, Tee und eine Leiche.«

»Schlimmer als eine zum Dessert.«

Kathi schmunzelte. »Wird wirklich Zeit, dass ich etwas Anständiges in den Magen bekomme. Also, schnell zum

Geschäftlichen, ich bin neugierig. Was könnt ihr bis jetzt zu Fischer sagen?«

»Man kann keine äußere Gewalteinwirkung erkennen. Er hatte auch nur einen frischen Einstich im Arm. Vielleicht entdeckt Stern bei der Obduktion noch etwas. Übrigens, wir haben Fischers Fixerbesteck gefunden, eine handliche Edelstahldose mit Einmalspritzen- und Kanülen, Desinfektionstüchern und Zitronensaft-Portionsbeuteln. Sie lag unter ihm, vermutlich hat er sich gedreht, bevor es ihn endgültig wegbeamte.«

»Sogar Desinfektionstücher, sehr selten. – Freddy, du sagtest vorhin, er wäre clean gewesen, warum hatte er das Zeug bei sich?«

»Sieht nach einer Verabredung aus, wir werden sein Umfeld und die alten Kontakte genau unter die Lupe nehmen.«

Kathi knabberte am Bügel ihrer Sonnenbrille. »Was meinst du, Thomas, wie lange liegt Fischer dort?«

»Keine zwölf Stunden.«

»Dann kam er gestern Abend vor dem Unwetter hierher.«

»Davon ist auszugehen, in seinem Mund steht Wasser.«

»Weißt du, wann es zu regnen begonnen hat?«

»Ich glaube um Mitternacht herum.«

»Die Todeszeit können wir jetzt schon eingrenzen.« Freddy rief Daten von seinem Padfone ab. »Lindner sagte, gestern Abend hat sein Hund hier nicht angeschlagen, das war gegen halb zehn. Es muss danach passiert sein.«

»Mehr gibts von uns bis jetzt nicht, Kathi«, sagte Thomas.

»Okay, danke. Dann packen wirs wieder. Schönes Wochenende, euch allen.«

Nach einer erfrischenden Dusche brunchten Kathi und Nikolai auf der Dachterrasse ihrer Wohnung. Unter der Markise ließ es sich bei Milchkaffee, Bambergern, frisch gepresstem Orangensaft, Obstsalat, Bacon & Eggs und Vollkorntoast gut aushalten. Später ging es zum Baden an den Rothsee, der Sonntag stand wieder im Zeichen des Bardentreffens. Die beiden hatten kein besonderes Konzert im Sinn, sie ließen sich treiben und verweilten, wo es ihnen am besten gefiel. Beim Konzert der australischen Band ›The Bloom‹, am Abend auf dem Hauptmarkt, ließen sie bei rockigem Sound das Wochenende ausklingen.

PILLENSCHLUCKER

Montag, 4. August, Polizeipräsidium Nürnberg
Kathi holte mit dem Zuckerstreuer aus und ließ die hellbraunen Kristalle in den doppelten Espresso rieseln. Sie wartete, bis sie vollständig in der Crema versunken waren und rührte um. Trotz Sommerhitze, ein Doppi nach dem Mittagessen musste sein. Sie nahm einen Schluck und lehnte sich entspannt in ihrem Bürostuhl zurück. *Mmmhhh! Schwarz, süß und lecker!* Das Digitalthermometer am Fenster zeigte 31 Grad Außentemperatur. Kathi blies ihren Pony aus der Stirn. *Zum Glück haben wir hier ne Klimaanlage.*

Im Dezernat herrschte seit Wochen der übliche Hochsommerbetrieb. Die Hitze stieg vielen in den Kopf, bei einigen lähmte sie das Gehirn, bei anderen ließ sie Hände und Fäuste schneller ausrutschen. Die Folge: Streits und Schlägereien bis hin zu schwerer Körperverletzung. Den heftigsten Fall gab es in einem Biergarten am 19. Juli. Die hitzige Diskussion zwischen vier Männern über die aktuelle Personalpolitik beim Bundesliga-Wiederaufsteiger 1. FC Nürnberg, begleitet von erheblichem Bierkonsum, war in eine Massenschlägerei ausgeartet. Am Ende flogen die Bierkrüge. Die Folgen: Schädelfrakturen, ein Kieferbruch und Platzwunden. Für die zwei Anstifter, glücklicherweise schnell identifiziert, hatte die Staatsanwaltschaft Strafen von bis zu sechs Jahren gefordert.

Jimmy Fischers Tod fand in den Nürnberger Nachrichten am Ende des Berichts zum Wöhrder Wiese Woodstock kurz Erwähnung: ›Das Highlight des 50. Bardentreffens wurde durch den Tod eines ehemaligen Junkies und Kleindealers überschattet. Allem Anschein starb er durch eine Überdosis Heroin. Er ist der 17. Drogentote in diesem Jahr, eine traurige Bilanz‹. Für Kathi war der Fall abgehakt, er lag im Drogendezernat, auf dem Tisch ihrer Kollegen.

Angesichts der Hitze fragte sie sich, ob sie heute Abend zum Boxen gehen sollte. Der Quetschbruch ihres kleinen Fingers vom Januar war gut verheilt, seit Anfang Juli durfte sie auch wieder Taekwondo betreiben. Da sie in der Zwischenzeit nicht faul auf dem Hintern gesessen, sondern in Nikolais Fitnessraum mehrmals wöchentlich moderat trainiert hatte und regelmäßig joggte, war der Muskelkater nur ein leise miauendes Kätzchen gewesen.

Ein leises PLONG ließ sie zu ihrem Monitor sehen. Oben links öffnete sich das VisuTel-Fenster mit ›Anruf Dr. Richard Stern, Pathologie Erlangen‹. Kathi trank aus und stellte die Tasse samt Tellerchen zur Seite. »Gespräch annehmen.«

Das Gesicht des Rechtsmediziners erschien. »Hallo, Kathi.«

»Hallo, Sternchen. Wie gehts?«

»Danke, gut und dir?«

»Auch gut.«

»Bist du allein im Büro? Ich höre sonst niemanden.«

»Du hast Ohren wie ein Luchs. Der Andi ist in Urlaub, Clausi und Stolli sind auf Fortbildung. Bis einschließlich Mittwoch hab ich nur die Angie, Montag in einer Woche ist sie für drei Tage weg.«

»Perfektes Timing«, meinte Stern zynisch.

»Ich kann nicht nachvollziehen, warum der Dozent ausgerechnet die Haupturlaubszeit für seine Seminare gewählt hat. – Na ja, zur Not hole ich mir Verstärkung aus Dezernat uno.«

»Wann hast du eigentlich Urlaub?«

»Ab Mitte September, drei Wochen. Niko und ich fliegen nach Mallorca.«

»Zu deinen Eltern?«

»Ja, mein Papa wird siebzig. Danach gehts auf eine große Inselrundfahrt mit den Rädern.«

»Das wird sicher toll, mit den eigenen?«

»Nein, das ist zu aufwändig, wegen der Luftfracht. Meine Eltern kennen einen guten Verleiher.«

»Campt ihr?«

»Nein, ein bisschen Komfort muss sein. Wir haben Bed and Breakfast gebucht, sofern wir nicht bei meinen Eltern nächtigen. – Wie wars in Süd-Frongreisch?«

»Fantastique! Ich habe zwei Kilo zugenommen.«

»Das fällt bei deinen zwei Metern doch nicht auf.«

»Meine Jeans sagt was anderes.«

»Kneift sie am Bund ein bisschen?«

Er seufzte. »Das Essen dort, c'est magnifique! Ich kann da nicht nein sagen.«

»Ein Luxusproblem, Sternchen, nach vier Wochen Alltagsstress hast du's wieder runter.«

»Alltagsstress, das war das Stichwort. Zum Tagesgeschäft, es gibt heiße News!«

»Ich liebe und hasse es, wenn du das sagst, besonders am Montag nach dem Mittagessen.«

»Warum lieben und hassen?«

»Na ja, ich hasse es, weil es Arbeit bedeutet und ich liebe es, weil ich nicht arbeitslos werde.«

»Das ist ja fast britischer Humor.«

»Danke, das nehme ich als Kompliment.«

»Dich interessiert sicher das Obduktionsergebnis von Jimmy Fischer.«

»Aber hallo! Leg los.«

»Die Todesursache war eine Überdosis Heroin, ziemlich reiner Stoff, fast 90 Prozent.«

»Ein Goldener Schuss, wie ich vermutet habe. Aber 90 Prozent? Normalerweise wird das gestreckt.« Kathi überlegte. »Vielleicht wusste Fischer nichts von der Reinheit und man hat es ihm als normalen Stoff angedreht, weil er sich wegbeamen sollte. Jana erwähnte einen Typen, den er letztes Jahr verpfiffen hatte.«

»Rache als Motiv?«

»Möglich, er sitzt zwar noch bis 2031, könnte aber jemanden beauftragt haben.«

»Warum wartet er so lange?«

»Berechtigte Frage, Sternchen.«

»In Fischers Blut konnten wir außerdem geringe Spuren eines Gepants nachweisen.«

»Ein Gepant, was ist das?«

»Ein Mittel gegen Migräne, dazu komme ich gleich ausführlicher. In seinem Magen fanden wir Reste eines Rotwein-Mixgetränkes mit Spuren von Zitrusfrüchten, Sangria, nehme ich an. Sonst war das Drogenscreening negativ. Er hatte nur den einen frischen Einstich, rektal wird noch geprüft.«

»Manche Junkies schrecken vor nichts zurück.« Kathi verzog angewidert die Miene. »Du hast nen Traumjob, Sternchen.«

Er lächelte gequält. »Wollen wir tauschen?«

»Lieber nicht. – Wann genau ist Fischer gestorben?«

»Freitagnacht, vor dem Gewitterregen. In seiner Mundhöhle fanden wir Regenwasser.«

»Das erwähnte Thomas am Samstag bereits.«

»In der Nase lagen frische Eier einer Schmeißfliege.«

»Das Biest habe ich am Samstag wahrscheinlich gesehen. – Gut, dann können wir die Todeszeit eingrenzen, zwischen halb zehn und Mitternacht.«

»Wieso halb zehn?«

»Da kam Lindner mit seinem Hund in unmittelbarer Nähe des Fundorts vorbei, er schlug aber noch nicht an.«

»Alles klar. – Fischer muss sich den Schuss selbst gesetzt haben, Thomas fand nur seine Fingerabdrücke an der Spritze. Aber es könnte jemand bei ihm gewesen sein.«

»Ha!«, japste Kathi. »Das sagte ich am Samstag auch!«

»Wir fanden weibliches Kopfhaar, kurz, blondiert, leider ohne Wurzel. Thomas versucht eine proteinbasierte DNA-Identifikation des Schafts. Die dauert etwas länger.«

»Okay.«

»Interessant ist die Stelle, an der das Haar anhaftete.« Ein leichtes Grinsen umspielte Sterns Mund.

»Wo denn?«

»An seinem Hosenstall.«

»Allmächd! Hat sie ihm einen geblasen, bevor er den Abflug gemacht hat?«

»Anzunehmen.«

»Gibt es Spermaspuren?«

»Ja, an seinen Hosen, Unterwäsche trug er keine.«

»Alles klar. Nach dem Blowjob spritzt er sich Heroin – für manche der Kick schlechthin – und es beamt ihn sofort weg. Die Frau, noch nicht stoned, bekommt Panik und haut ab. Wäre nicht das erste Mal.«

»So viel dazu, Kathi.«

»Was hast du noch für uns? Was ist mit diesem Mittel gegen Migräne?«

»Thomas hat mir das Analyseergebnis der Pillen geschickt, die Jana bei Fischer gefunden hat. Es ist dieses Gepant, das wir in seinem Blut nachweisen konnten.«

»Was ist daran Besonderes?«

»Es ist ein CGRP-Rezeptor-Antagonist.«

»CGRP- was?«

»CGRP steht für Calcitonin Gene-Related Peptide, ein Neuropeptid, sehr komplex, besteht aus 37 Aminosäuren und ist, inklusive seines Rezeptors, in den zentralen und peripheren Nervenzellen zu finden. CGRP ist eine der am stärksten blutgefäßrelaxierenden Substanzen im Körper. Bei Beginn einer Migräneattacke führt es zu einer Erweiterung der arteriellen Blutgefäße im Gehirn. Die Dehnungsrezeptoren an geweiteten Blutgefäßen dort führen zu Signalen, welche die Großhirnrinde als Schmerz interpretiert.«

»Sternchen, bitte für Laien!«, flehte Kathi mit gefalteten Händen.

»Sorry.« Er zeigte kurz die Zähne. »CGRP ist quasi der Hauptverursacher für Migräne, das Gepant als Antagonist, verhindert das Erweitern der Gefäße.«

»Alles klar. Und hilft so gegen die Schmerzen.«

»Richtig, Kathi. Vor etwa zehn Jahren wurde die Entwicklung einiger Gepante aufgrund der Lebertoxizität für eine Dauertherapie gestoppt. Die Pharmazie forcierte die Forschung an monoklonalen Antikörpern im Einsatz gegen CGRP. Zwei Medikamente erhielten bis heute die Zulassung. Diese sind allerdings nicht für eine Langzeittherapie oder die Prophylaxe geeignet, schon gar nicht für Patienten mit Hypertonie, Gefäßkrankheiten und Leberproblemen.«

»Okay. Litt Fischer an Migräne?«

»Dazu müsste man seinen Hausarzt befragen, ich habe keine Daten vorliegen.«

»Warum sollte er sie sonst einnehmen?«

Stern hob den Zeigefinger. »Jetzt wirds richtig spannend, Fischers Pillen dürften gar nicht auf dem Markt sein.«

»Illegales Zeug?« Kathis Augen weiteten sich. »Woher stammt es?«

»In jede Pille ist ein Kürzel eingestanzt: NYX672-T1. NYX steht für NyxPHarm, die sitzen im Südwest-Park. Sie forschen aktuell an einer Migränetherapie mit einem Gepant in Verbindung mit orthomolekularen und Phyto-Wirkstoffen, ich habe das kürzlich gelesen.«

»Vielleicht war Fischer Teilnehmer einer Studie, um sich etwas dazuzuverdienen. Die Firmen zahlen ja gut.«

»Definitiv nicht, Kathi. Diese Pillen stammen aus der ersten, vorklinischen Testphase, zu erkennen am T1. Die Prägung ist Vorschrift, damit es nicht zu Verwechslungen kommt.«

»Was bedeutet vorklinische Testphase im Detail?«

»Das Medikament wird im Labor an Tieren und menschlichen Zellkulturen getestet. Erst danach kommt Phase I, der Test an gesunden Probanden, in Phase II wird die Wirkung an wenigen Kranken erprobt, in Phase III mit vielen Kranken. Dazwischen liegen Jahre. Außerdem hätte Fischer keine halbvolle Dose mit sich herumgetragen, während der Probanden-Testphasen erfolgt die Medikamentenabgabe kontrolliert.«

»Okay. Wozu stellt man Pillen her? Man testet doch meistens an Ratten und Mäusen.«

»Die sind für die Affen. Viele reagieren panisch beim Anblick einer Spritze oder beim Legen eines intravenösen Zugangs. Das erzeugt Stress, dieser könnte die Wirkung und somit die Testergebnisse beeinträchtigen. Affen ahmen Menschen gern nach, das macht man sich zu Nutze, sie schlucken die Pillen freiwillig.«

»Okay. T1 bedeutet also vorklinische Testphase und es beweist, NyxPHarm verscherbelt das Zeug illegal.«

»So ist es. Vergangenen Freitag hatte ich einen Mann auf dem Tisch, Maxim Bender, 48 Jahre alt, aus Johannis. Er kam vom Klinikum Nord. Er war zwei Tage nach einem Herzinfarkt verstorben, einhergehend mit einem hämorrhagischen Schlaganfall. Aber so einen habe ich noch nie gesehen. Die Gefäßrisse und Einblutungen ins Gehirngewebe waren massiv.«

»So eine Art Blutbad im Kopf?«

»Willst du die Aufnahmen sehen?«

»Danke, Sternchen. Ich verzichte.«

»Bender war außerdem vorbelastet, er litt an Hypertonie, an Arteriosklerose und nahm ein Statin gegen zu hohes Cholesterin. Vor fünf Jahren hatte er einen leichten Schlaganfall.

Seine Frau sagte dem behandelnden Arzt, er hätte in den letzten Wochen die Nächte durchgearbeitet.«

»Was war er von Beruf?«

»Lektor.«

»Offenbar stand er unter Termindruck. Nahm er Koks oder andere Aufputschmittel?«

»Nein, das Drogenscreening fiel negativ aus. Bender hatte einen auffällig hohen Spiegel NYX672 im Blut, litt aber nicht an Migräne. Das wissen wir genau.«

»Warum hat er etwas dagegen eingenommen und wie kam er an dieses illegale Zeug?«

»Das frage ich mich auch.«

»Vielleicht wollte ihn jemand loswerden und hat ihm das Zeug über mehrere Wochen hinweg heimlich verabreicht, in einem Getränk oder im Essen.«

»Durchaus möglich, Kathi.«

»Dann werden wir seiner Witwe mal auf den Pelz rücken.«

»Noch eine Info: Benders Leichnam liegt noch hier.«

»Und das bleibt vorerst so.«

»Okay. – Und jetzt zu Nummer zwei.«

»Nummer zwei?« Kathi starrte Stern im VisuTel-Fenster an. »Heißt das, es gibt noch ein Opfer?«

»Ja, leider. Klaus Artinger, 61, ein Manager aus Heroldsberg. Er hat eine ähnliche Krankengeschichte wie Bender. Er verstarb am 22. Juli nach einem Herzinfarkt, das war während meines Urlaubs. Der Kollege Nowak hat die Obduktion gemacht. Weil mir die Sache bei Bender und Fischer spanisch vorkam, habe ich in der Datenbank nach allen Einträgen mit Herz-Kreislaufversagen und Schlaganfall gesucht und bin auf

Artinger gestoßen. Nur bei ihm, Bender und Fischer war ein CGRP-Antagonist im Blut nachweisbar. Ein Glück, dass man diese Pillen bei Fischer gefunden hat.«

»Dann muss er sie Bender und Artinger verkauft haben, das riecht nach illegalem Handel. Aber wie kam er daran!«

»Die Pharmaindustrie muss ihren Mist nicht mehr in die Dritte Welt verscherbeln, sie kann auch hier Reibach machen. Überall gibt es einen Markt für illegale Medikamente. Chronisch Kranke gieren nach Linderung ihrer Schmerzen und auf ein Migränemittel warten viele Betroffene. Je nachdem wie hoch der Leidensdruck ist, würden einige alles schlucken. Werden kriminelle Machenschaften in Pharmaunternehmen aufgedeckt, bezahlen sie ihre Strafe und machen munter weiter, bestechen Politiker und andere einflussreiche Leute. Es geht um obszön viel Geld, da sind ein Paar Millionen Euro Strafe Peanuts. Es läuft wie bei der Mafia*, allerdings tötet die weniger Menschen, als rücksichtslose Pharma-Manager.«

»O Mann! Wir müssen zunächst herausfinden, warum Artinger und Bender das Zeug eingenommen haben und wie sie drangekommen sind. Fischer war sicher nicht der einzige Dealer. Ich veranlasse durch Patrick einen Aufruf in den Medien, mit einer Warnung vor der Einnahme dieses Mittels. Falls es jemand angeboten wird, soll man uns verständigen.«

»Unbedingt!«

Kathi legte die Stirn in Falten. »Eins passt überhaupt nicht, durch die Prägung weiß jeder, von wem die Pillen stammen. Keiner bei NyxPHarm würde riskieren, sie in Umlauf zu bringen, man würde sich ins eigene Fleisch schneiden.«

*) s. Anhang S. 310

»Ein Konkurrent könnte dahinterstecken, mit einem fetten Skandal fegt man die Mitbewerber vom Markt.«

»O Mann!« Kathi ächzte. »Dann werde ich NyxPHarm heute noch einen Besuch abstatten, vorher besorge ich mir von Thomas ein paar von Fischers Pillen, um sie ihnen unter die Nase zu halten.«

»Gute Idee. Und ich halte Augen und Ohren offen, falls ähnliche Fälle bei mir landen.«

Nach dem Telefonat bat Kathi Angie zu sich ins Büro und informierte sie über die Neuigkeiten. Von Andis Rechner aus bestückte die Kommissar-Anwärterin die Digi-Pinnwand. Als Jana und Freddy zur Fallbesprechung eintrafen, stand die Zusammenfassung von Sterns Bericht und den ersten Ergebnissen der Spurensicherung. ›Tödliche Pillen‹ prangte über den Spalten Maxim Bender, Klaus Artinger und Jimmy Fischer, die Schnittmenge bildete NYX672-T1.

»Bedient euch.« Kathi wies zum Getränkekühler auf dem Besprechungstisch, bestückt mit Mineralwasser und Säften. Jana und Freddy nickten zum Dank und wählten je eine Flasche stilles Wasser. Kathi mixte für sich und Angie eine Apfelsaftschorle, setzte sich mit an den Tisch und rief die Checkliste auf ihrem Tablet auf.

»Beginnen wir mit den Ü-Kameras: Zeigen die Aufnahmen den Fundort von Fischers Leiche und die Umgebung, Freddy?«

»Nein, nur den Weg zur Bucht, aus Richtung des Wehrhäuschens. Bond-Security, die das Open-Air betreut haben, wollen uns ihre Dateien im Laufe des Tages zusenden.«

»Okay. – Nächster Punkt: Fischers Wohnung.«

»Die Spusi hat keine Drogen gefunden, im Aschenbecher lagen nur ein paar Zigarettenkippen mit seiner DNA.«

»Hm, hat diese Frau ihn zum Fixen verführt?«

»Welche Frau, Kathi?«

»Fischers Begleiterin. Man fand blondes, weibliches Kopfhaar an seinem Hosenstall, außerdem Spermaspuren.«

Jana und Freddy sahen gleichermaßen auf.

»O-o, ein Blowjob!« Jana pfiff leise. »Danach war er in Stimmung für einen Trip, er wird bewusstlos und kollabiert, Exitus! Sie bekommt Angst und haut ab.«

»Dasselbe sagte ich vorhin zum Sternchen. – Wie hieß nochmal der Typ, den Fischer verpfiffen hat?«

»Petronakis.«

»Er hätte ein Motiv und könnte die Frau auf ihn angesetzt haben.«

»Stimmt, Kathi.« Freddy strich über seinen Dreitagebart. »Möglicherweise hat er gewartet, bis Gras über die Sache gewachsen ist, damit der Verdacht nicht sofort auf ihn fällt.«

»Wo saß Fischer ein?«

»In der JVA Bayreuth, man wollte ihn nicht mit Petronakis in die Mannertstraße stecken.«

»Verstehe. Seit wann war Fischer wieder auf freiem Fuß?«

»Seit Oktober letzten Jahres.«

»Vielleicht hat Petronakis erst vor Kurzem von seiner Freilassung erfahren?«, mutmaßte Angie.

»Könnte sein.« Kathi warf einen Blick auf ihr Tablet. »Was hat die Auswertung von Fischers Handy-Daten ergeben?«

»Am Donnerstag erhielt er einen Anruf von einer nicht zuordenbaren Prepaid-Nummer«, sagte Jana. »Das könnte eine

Verabredung gewesen sein, deshalb hatte er seinen *Besteck-kasten* dabei.«

»Gibts schon Infos zu seinem Umfeld?«

»Wenig. Sein Bewährungshelfer meinte, er hätte alle Kontakte in die Szene abgebrochen. An seinem Arbeitsplatz, im Power Moves, gab es nie Probleme. Auch seine Eltern glaubten, er wäre clean, für sie ist sein Tod unfassbar.«

Kathi nickte. »Was ist mit den anderen Spuren aus Fischers Wohnung, Haare, Hautschuppen et cetera, wurde das schon geprüft?«

»Hat der Tobi noch in Arbeit.«

»Andere Drogen?«

»Nichts, bis jetzt«, sagte Jana. »Ich glaube nicht, dass Fischer sich den Goldenen Schuss in der Wohnung verpasst hat, sonst hätte man seine Leiche zur Bucht transportieren und ins Gebüsch hieven müssen, viel zu auffällig.«

»Oder sie hatten Sex in der Wohnung«, wand Angie ein. »Anschließend sind sie runter zur Bucht, wegen der romantischen Stimmung.«

»Ist Fischers Nachbarn Freitagabend etwas aufgefallen?«

»Nein, Kathi, auch sonst nicht.«

»Wundert mich nicht, bei der Anonymität im Norikus. – Wir stellen den Besuch bei Petronakis zurück, bis Tobi mit den Spuren durch ist. Ich will Fakten präsentieren.«

»Der Löwe läuft ja nicht weg«, feixte Angie.

»Wer auch diese Frau bei Fish war, sie ließ ihm die Pillen.«

»Vielleicht wusste sie nichts davon.«

»Gut möglich, Jana. Auf der Dose fand man nur seine Fingerabdrücke.«

»Wir hören uns nach einer Freundin und anderen weiblichen Bekannten um.«

»Okay.« Kathi legte das Tablet zur Seite. »Die Pillen führen zu NyxPHarm. Ich bin gespannt, was man uns dort erzählt.«

Angie drehte sich zu Andis Rechner. »Ich besorge die aktuellen Daten über die Firma.«

»Und ich rufe Ott an, er ist Grünbaums Urlaubsvertretung. Wir brauchen Unterstützung, wenigstens bis Mittwoch.«

Kriminalrat Ott kam Kathis Bitte nach, er stellte Joachim Giersch ab. Der Hauptkommissar der Mordkommission I, kurz Josch genannt, durfte bereits Angies nächste Präsentation über NyxPHarm mit verfolgen.

»NyxPHarm SE, 2013 als GmbH von Dr. Annett Kessler und Dr. Maximilian King gegründet, Hauptsitz in Nürnberg, im Südwest-Park, Dependancen in Österreich und Tschechien, 997 Mitarbeiter, davon 30 Prozent im Ausland.«

»Was bedeutet SE nochmal?«, fragte Josch.

»Societas Europaea, Europäische Aktiengesellschaft.«

»Alles klar.«

»CEO ist Dr. Annett Kessler, Vertriebsvorstand ist ihr Lebensgefährte Dr. Robin Strauß. Er war früher der Leiter der Produktentwicklung und ist auch heute noch regelmäßig im Labor anzutreffen. Finanzvorstand ist Dr. Claus Jungnickel, vormals Chef des Controlling.«

»Ich finde es ungewöhnlich, dass ein Paar im selben Vorstand sitzt«, meinte Josch.

Kathi zuckte mit den Schultern. »Das ist Sache des Aufsichtsrats. – Gibt es etwas Interessantes in Kesslers Vita?«

»Ja, gibt es.« Angie erweiterte die Spalte auf dem Schirm. »1973 in Erlangen geboren und dort aufgewachsen, sie studierte Pharmazie und Biochemie und legte eine steile Karriere hin. 1997 ging sie als Cheflaborantin zu Guyger Pharmaceutics nach Allschwil, das liegt in der Schweiz. 1998 schrieb sie ihre Doktorarbeit, 1999 heiratete sie den Firmenchef Urs Guyger. Er machte sie zur Leiterin der Entwicklung.«

Kathi spitzte die Ohren. »Sieh einer an, so geht das.«

»Im Mai 2000 bekamen sie eine Tochter«, fuhr Angie fort. »Sie heißt Jacqueline. 2011 erlitt Urs Guyger einen Herzinfarkt und musste kürzertreten. Kessler übernahm die Firmenleitung. Allerdings war Urs mit ihrem Führungsstil nicht einverstanden, wie in einer Kaserne, sagte man. 2013, nach der Scheidung, kehrte sie allein nach Nürnberg zurück und gründete NyxPHarm, mit diesem King. Kurz darauf haben die beiden geheiratet.«

»Habe ich richtig gehört?«, hakte Kathi nach. »Kessler hat ihre Tochter in der Schweiz gelassen?«

»Ja. Die Yellow Press krönte sie damals zur Rabenmutter des Jahres. Für sie stand die Karriere immer an erster Stelle, unter vorgehaltener Hand heißt es, sie habe sich hochgeschlafen. Urs Guyger trennte sich wegen ihr von seiner ersten Frau Madeleine, der Mutter seiner Zwillingsöhne Beat und Patrice. Nach der Scheidung von Kessler kehrte er zu ihr zurück.«

Kathi rollte mit den Augen. »Back to the Roots oder Bäumchen wechsle dich oder wie?«

»Das Familienleben der Guygers fand oft in den Medien statt«, erzählte Angie augenzwinkernd, »mit allen Höhen und

Tiefen. Im Mai 2024 erlitt Urs Guyger einen schweren Schlaganfall, seitdem liegt er im Wachkoma. Seine Söhne leiten jetzt Guyger Pharmaceutics. Sie sind Jahrgang 1988 und haben Pharmazie, Chemie- und Biochemie studiert. Kesslers Tochter Jacqueline ist Ärztin. Nach zwei Nervenzusammenbrüchen hat sie ihren Job in einer Baseler Klinik gekündigt. Ein Boulevardmagazin schrieb, der Schlaganfall ihres Vaters am Tag vor ihrem 24. Geburtstag hätte sie aus der Bahn geworfen. Sie soll ihn vergöttern. Zurzeit arbeitet sie als Model, im Winter auch als Ski- und Snowboard-Instructor.«

»Jetset-Leben statt Klinikalltag«, spottete Josch.

Kathi nickte. »Und viel besser bezahlt. – Was gibt es zu Strauß?«

Angie zoomte die Liste heran. »Jahrgang 1987, geboren in Potsdam, Biochemiker und Molekularbiologe, arbeitete nach dem Studium bei PhytoNorica in Neumarkt, 2015 wechselte er zu NyxPHarm und entwickelte mit Kessler ein Medikament gegen Alzheimer. 2021 kam es auf den Markt. Es war bahnbrechend, NyxPHarm positionierte sich dadurch unter den ersten zehn der europäischen Pharmaunternehmen. Ein Jahr später ging man an die Börse.«

»Nicht schlecht.«

»Der Erfolg des Alzheimer-Mittels hatte einen schalen Beigeschmack.«

»Inwiefern?«

»Vor zwei Jahren gewann NyxPHarm einen Prozess gegen Guyger Pharmaceutics. Urs hatte behauptet, Kessler hätte erste Ansätze der Formel bereits 2010 mit ihm zusammen entwickelt. Er warf ihr Ideenklau vor, konnte es aber nicht beweisen. Hier steht, ihr alter Arbeitsvertrag als Entwicklungsleiterin beinhaltete kein Wettbewerbsverbot.«

»Ganz schön leichtsinnig.«

»Na ja, er war mit ihr verheiratet.«

Kathi zwinkerte. »Fuck in the Company schützt nicht vor Torheit.«

Josch lachte. »Du triffst es auf den Punkt!«

»Guyger verlor den Prozess und NyxPHarm machte Milliarden mit den Alzheimerpillen, das wäre ein Motiv.« Kathi kam ins Grübeln. »Sind die Guyger-Brüder am Ende nachtragend und wollen NyxPHarm mit einem Skandal ausbooten?«

»Wird schwierig, ihnen das nachzuweisen«, meinte Josch.

»Setze es trotzdem mit auf die Liste, Angie, damit wirs im Auge behalten.«

»Schon erledigt.«

»Hat Strauß irgendwelche Flecken auf dem Laborkittel?«

»Bisher habe ich keine gefunden.«

»Okay. Seit wann sind er und Kessler liiert?«

»Kurz nachdem er bei NyxPHarm zu arbeiten begann, heißt es. Kessler ließ sich erst 2017 von King scheiden.«

Josch merkte auf. »Mann-o-Mann, schon wieder Bäumchen wechsle dich!«

Angie zog eine verächtliche Grimasse. »Ich frage mich, was Strauß an Kessler findet, sie ist vierzehn Jahre älter!«

»So spießig?«, feixte Kathi.

»Na ja, sie ist zwar kein Mutti-Typ, aber … Irgendwie passt das nicht! Ich wette, sie braucht ihn für ihr Ego. Nach dem Motto ›Seht her, ich bin in den Wechseljahren und bekomme noch einen jungen Kerl ab‹.«

Kathi musste unweigerlich grinsen. »Oder er hat die Beziehung als Sprungbrett für die Karriere genutzt, wie Kessler bei Guyger. – Was gibt es über diesen King?«

Angie las die Informationen vor. »Britischer Staatsbürger, Biochemiker, lebt jetzt in Melbourne, verheiratet mit einer Australierin, arbeitet bei Cullen-Murphy Sciences und ist nicht vorbestraft. That's all.«

»Scheint eine weiße Weste zu haben. Gibt es aktuelle Fotos von Kessler und Strauß?«

»Klar.« Angie holte sie auf den Schirm.

»Ein sehr attraktives Paar.«

Angie rümpfte die Nase. »Zweiundfünfzig und keine einzige Falte? Die hat garantiert was machen lassen, Hyaluron- oder Eigenfett-Unterspritzungen, Laser- oder Botox-Lifting oder das volle Schnippel-Programm.«

»Jawoll, eine Generalüberholung!« Josch hob beide Daumen. »Für einen jüngeren Kerl tun manche Frauen alles.«

»Oder sie schluckt Hormon- oder Enzympillen, sie sitzt ja praktisch an der Quelle.«

»Hallihallo!«, ging Kathi winkend dazwischen. »Hier geht es um andere Pillen.«

Grinsend wandten sich Angie und Josch wieder zu ihr.

»Also Leute, die Frage aller Fragen: Wer hat NYX672 beiseitegeschafft und wer geht das Risiko ein, Originalpillen in Umlauf zu bringen?«

»Für mich ich das klar«, meinte Josch. »Man will NyxPHarm schaden, das größte Interesse hat ein Konkurrent und Guyger hätte sogar ein Motiv.«

»Dann haben sie einen Mitarbeiter bestochen.«

»Richtig, Angie. Wir müssen als Erstes herausfinden, wie Fischer an die Pillen gekommen ist.« Kathi stand entschlossen auf. »Wir zwei schneien jetzt bei NyxPHarm unangemeldet rein, einen der Vorstände werden wir sicher antreffen. Ich besorge mir nur noch schnell die Pillen von Thomas.«

Nürnberg, Südwest-Park
Der Firmensitz von NyxPHarm SE, ein graublau verglaster, sechsgeschossiger Gebäudekomplex in U-Form, lag direkt am Europakanal. Ein schlichtes A3-Schild aus Edelstahl wies den Weg zum Verwaltungstrakt rechterhand, links ging es zur Produktion. Reservierte Besucherparkplätze ersparten Kathi und Angie die nervige Suche in der Nachmittagshitze.

Im klimatisierten, lichtdurchfluteten Foyer sorgte ein moderner, stählerner Springbrunnen für Luftfeuchtigkeit. Sonst wähnten sich Kathi und Angie in einem Kühlhaus. Achtzehn Grad zeigte Kathis Smartwatch, zwölf weniger als die Außentemperatur. Nach der Anmeldung am Welcome-Desk holte Vorstandssekretärin Nadine Prechtl die beiden ab und begleitete sie ins oberste Geschoss, ins Büro der Vorstandsvorsitzenden.

Dr. Annett Kessler erhob sich von ihrem Schreibtisch, einem Acrylglas-Monstrum auf zwei X-förmigen Sockeln, und begrüßte die Kommissarinnen mit einem angenehm festen Händedruck. In wenigen Sekunden checkte Kathi die attraktive, sehr jung wirkende 52-Jährige: blondes, schulterlanges, gewelltes Haar, dezentes Make up, bis auf die perfekt kirschrot geschminkten, vollen Lippen. *Entweder sie hat gute Gene oder es ist einfach gut gemacht.* Kathi schwankte zwischen Bewunderung und ein wenig Neid. Kessler überragte sie um einen halben Kopf. *Sie ist mindestens 1,85! Die langen Beine und die tolle Figur, wow!* Kessler schien nichts dem Zufall zu überlassen, ihre ebenfalls in Kirschrot lackierten Fußnägel passten genau zur Farbe der Lederriemchen ihrer flachen Designersandalen. Kathis nächster Blick glitt durch das stylische Büro mit weißen Stahlrohr-Sideboards, einem mausgrauen Dreisitzersofa, passenden Sesseln und mehreren Designer-Beistelltischen aus transparentem Acryl. Breite Glasschiebetüren, flankiert von etwa zwei Meter hohen, in zartem Vanillegelb blühenden, Säulenkakteen, führten zu einer, mit hellen Stoffsegeln überspannten Dachterrasse.

Kathi staunte. »Das sind ja herrliche Blüten!«

»Finde ich auch«, pflichtete Angie bei.

Kessler nickte. »Die Jungs blühen meist zu dieser Jahreszeit, leider nur einen Tag.« Zu mehr Smalltalk ließ sie sich nicht hinreißen, sie kam zur Sache. »Was führt Sie zu mir? Die Kriminalpolizei hatten wir noch nie zu Gast.«

Zu Gast?, dachte Kathi. *Wie mans nimmt, außerdem gibt es für alles ein erstes Mal.* »Bitte entschuldigen Sie unser unangemeldetes Erscheinen, diese Sache duldet keinen Aufschub.« Kathi fischte das Plastiktütchen mit den zehn losen NYX672-Pillen aus ihrer Umhängetasche und hielt sie Kessler vor die Nase. »Die kommen Ihnen sicher bekannt vor?«

Ihre Züge erstarrten. »Woher haben Sie die?«

»Sie wurden am Samstag bei einem verstorbenen Drogensüchtigen gefunden.«

»Ein Drogensüchtiger? Wie kam er daran?«

»Ich dachte, Sie könnten es uns erzählen.«

»Nein, das kann ich nicht! Dieses Medikament kam nie über die erste vorklinische Testphase hinaus.«

»Das wissen wir, das T1 steht dafür.«

Kessler nickte anerkennend. »NYX672 wurde zur Behandlung der chronischen Migräne entwickelt. Es ist ein CGRP-Rezeptorantagonist der neuesten Generation, kombiniert mit orthomolekularen und Phyto-Wirkstoffen, ein sogenanntes Phyto-Gepant für die Langzeittherapie und zur Prophylaxe.«

»Unser Rechtsmediziner hat mir die Wirkung erklärt«, blockte Kathi Kesslers Fachchinesisch ab.

Aha, sie hat ihre Hausaufgaben gemacht! »Gut, dann muss ich das nicht weiter vertiefen.«

»Der Drogensüchtige starb an einer Überdosis Heroin«, fuhr Kathi fort. »In seinem Blut fand man nur geringe Spuren dieses Gepants, bei zwei ebenfalls kürzlich verstorbenen Männern war der Spiegel sehr hoch. Einer starb an einem hämorrhagischen Schlaganfall, einhergehend mit einem Herzinfarkt, der andere hatte *nur* einen Herzinfarkt. Beide waren durch Hypertonie vorbelastet, einer außerdem mit Arteriosklerose und er nahm einen Cholesterinsenker ein. Beide erlitten vor Jahren einen leichten Schlaganfall, aber keiner hatte Migräne.«

»O Gott!« Kessler ächzte. »Die fatalen Auswirkungen auf das Herz-Kreislaufsystem bei Dauertherapie waren mit einer der Gründe, die Tests abzubrechen.« In ihrem Schädel ratterte es laut, wie ein Presslufthammer. *Verdammt! Ich dachte, der Käse wäre gegessen!* »Setzen wir uns, ich will es Ihnen ausführlich erläutern.«

Kessler bat Kathi und Angie in die Besucherecke. Die beiden nahmen mit dem Sofa vorlieb, sie wählte einen der Sessel und wies zur Kühlbox auf dem mittleren Tisch. »Darf ich Ihnen etwas zu trinken anbieten?«

Kathi lehnte ab. »Vielen Dank, im Moment nicht.«

»Für mich auch nicht«, schloss Angie sich an. »Danke.«

»Falls Sie später doch etwas möchten, nehmen Sie es sich bitte.« Kessler goss sprudelndes Mineralwasser in ein Glas, gab eine Zitronenscheibe hinein und trank einen Schluck.

Kathi holte ihr Padfone aus der Tasche. »Frau Dr. Kessler, ich nehme unser Gespräch hiermit auf.«

»Einverstanden.«

»4. August 2025«, diktierte Kathi, bevor sie das Gerät in der Mitte des Tisches platzierte. »Befragung Dr. Annett Kessler, Betreff: Todesfälle durch das Medikament NYX672-T1. – Frau Dr. Kessler, Sie erwähnten die fatalen Nebenwirkungen auf das Herz-Kreislaufsystem bei Dauertherapie als Grund für den Abbruch der Tests.«

»Ja. Ein weiterer Grund war die hohe Lebertoxizität, deshalb haben wir die Weiterentwicklung des Gepants vor zehn Jahren gestoppt, wie unsere Mitbewerber. Einige von ihnen haben sich den Triptanen verschrieben, aber diese darf ein Patient nur an maximal zehn Tagen pro Monat einnehmen. Sie können bei zu häufigem Gebrauch ihre Wirkung ins Gegenteil umkehren, sie verursachen dann Kopfschmerzen, anstatt sie zu bändigen. Seit 2018 ist Erenumab auf dem Markt, ein humaner monoklonaler Antikörper, auch er blockiert CGRP. Patienten spritzen sich das Mittel einmal im Monat unter die Haut. Wir wollen es ihnen bequemer machen, eine Pille schlucken und gut ist es, deshalb nahmen wir die Gepant-Forschung 2020 wieder auf. Wir glauben an die Wirksamkeit unserer Formel, wenigstens für einen Teil der Patienten. Ein Allheilmittel gibt es für keine Krankheit.«

»Wer von Ihren Mitbewerbern arbeitet ebenfalls an der Entwicklung dieser neuartigen Gepante?«

»Das kann ich Ihnen nicht genau sagen, ich schätze etwa ein Drittel. Es ist ein aufreibender Wettlauf, wer als Erster ein zuverlässig wirksames Migränemedikament ohne die bekannten Nebenwirkungen bei Langzeiteinnahme auf den Markt bringt, sahnt ab. Ich will, dass NyxPHarm Erster wird, das festigt unsere Position am Markt!« Kesslers Stimme verdunkelte sich. »Jetzt stehen wir an derselben Stelle wie damals.«

Kohle scheffeln, was sonst! Diesen zynischen Gedanken würde Kathi der Managerin am liebsten an den Kopf werfen, sie behielt ihn für sich. *Am Ende wirft sie uns raus.* Ihre grauen Zellen arbeiteten. *Steckt doch ein Konkurrent dahinter? Stern sagte, mit einem fetten Skandal könnte man Mitbewerber vom Markt fegen. Wer hätte das größte Interesse, den Ruf von NyxPHarm zu schädigen, die Guyger-Brüder, als späte Rache für den verlorenen Prozess um das Alzheimer-Mittel? Ist es am Ende was Persönliches?* Ihr Blick wanderte zu Kessler. »Wann genau wurde NYX672 vernichtet?«

»Anfang Juni.«

»Scheinbar nicht. Wie groß war diese Testcharge?«

»200.000 Stück, etwa 4.300 wurden verbraucht, die genaue Zahl habe ich gerade nicht parat. Über jede einzelne Pille wurde buchgeführt, jedes Versuchstier, jede Nebenwirkung ist vermerkt.«

Angie, mit Leib und Seele Tierschützerin, legte den Kopf schief. »Sind Tierversuche nicht verboten?«

»Nein, sind sie nicht! Man kann nicht jedes Medikament an menschlichen Zellkulturen testen. Sollten sich alternative Testmethoden nicht eignen oder von den Zulassungsbehörden nicht akzeptiert werden, braucht man Versuchstiere. Sie werden speziell dafür gezüchtet.«

Angie seufzte. »Gezüchtet, um qualvoll zu sterben.«

»Die Gesundheit von Menschen geht vor, Frau Knecht. Mir wäre es auch lieber, Zellkulturen würden genügen, allein aus Kostengründen. Wissen Sie, wie lange die Entwicklung eines neuen Medikaments dauert und was es kostet? Mindestens 1,5 Milliarden Euro bis zur Marktreife. Bei NYX672 waren wir so sicher, auf dem richtigen Weg zu sein. Wir nahmen zunächst an, die Probleme lägen an Verunreinigungen, an der neuen Formel in Kombination mit den Phytowirkstoffen oder der neuentwickelten Synthesemethode. Das hatte sich nicht bestätigt.«

Kessler trank einen Schluck Wasser. Bevor sie das Glas abstellte, beobachtete sie die aufsteigenden Luftperlen, die sich an der Zitronenscheibe sammelten, als wollte sie etwas darin ergründen. »Während der Tests wurde den Primaten dreißig Tage lang eine normale Dosis NYX672 verabreicht. Neben der gewollten Unterbindung der Relaxation schädigte es die Gefäße. Die Kapillaren im Gehirn, normalerweise kleine, feine Linien, waren nur als einzige dunkelrote Fläche zu erkennen.«

Eine dunkelrote Fläche? Kathi erinnerte sich an Sterns Schilderung von Benders hämorrhagischem Schlaganfall. *Die Gefäßrisse und Einblutungen ins Gehirngewebe waren massiv, das Blutbad im Kopf!*

»Haben Sie nur an Primaten getestet, nicht an Mäusen oder Ratten?«

»Doch, das haben wir, lange davor. Die Tests mit den Nagern verliefen ähnlich. Damit gaben wir uns nicht zufrieden, wir wollten wissen, wie Primaten auf NYX672 reagieren. Deren Organismus gleicht dem eines Menschen. Bei einer Gruppe setzte man es nach dreißig Tagen wieder ab, Leber- und Blutdruckwerte normalisierten sich. Die andere Testgruppe bekam kontinuierlich die hohe Tagesdosis, mit den erwähnten, negativen Folgen: Herzinfarkt und Schlaganfall. Ein Viertel starb daran.« Kessler goss sich Wasser nach. *Erzähle ich ihnen auch von der anderen Sache?* Sie überlegte scharfsinnig, trank einen Schluck und stellte das Glas wieder ab. *Was solls, sie werden es ohnehin herausbekommen und dann stehe ich blöd da.* »Während der Langzeitdosierung zeigten sich bei den Primaten weitere signifikante Nebenwirkungen: Euphorie, Unterdrücken von Müdigkeit und Hungergefühl, Hinauszögern von Schlaf, gesteigertes sexuelles Verlangen – Symptome wie nach Kokainkonsum.«

»Könnten Menschen ähnlich reagieren?«, fragte Kathi.

»Durchaus möglich.«

»Wir haben uns gefragt, warum jemand, der nicht an Migräne litt, Pillen dagegen einnahm. Die kokainähnliche Wirkung könnte die Antwort darauf sein, möglicherweise macht es ebenso süchtig. NYX672, die neue Droge für Workaholics – Termindruck adieu!«

Kessler rieb sich die Schläfen. »Wenn das Ganze an die Öffentlichkeit kommt, droht uns ein riesiger Imageschaden. Das ist ein GAU!«

»Sie sagten, die gesamte Testcharge wurde vernichtet. Irgendwie müssen die drei Männer an die Pillen gekommen sein. Also wurde geschlampt!«

»Aber nicht bei uns, Frau Starck!«

»Wo dann?«

»Bei P.L.A.S., das ist ein unabhängiges Testlabor. Damit uns keiner vorwirft, wir würden Testergebnisse zu unserem Vorteil manipulieren, lassen wir alle Produkte dort testen. Sollten sie durchfallen, sorgt man auch für die Vernichtung, das ist vertraglich geregelt. Wir konnten uns immer darauf verlassen.«

»In diesem Fall scheinbar nicht.«

»Das ist fahrlässig und rufschädigend!«, zischte Kessler. »Jedes Unternehmen will die Gefahr einer missbräuchlichen Verwendung im eigenen Interesse verhindern.« *Wenn ich den erwische, der da Mist gebaut hat, den erwürge und vierteile ich eigenhändig!*

»Irgendjemand im Testlabor hat Pillen beiseitegeschafft, um groß abzusahnen«, sagte Kathi. »Ich wette, wegen der kokainähnlichen Wirkung. Vielleicht führt die Spur von dort zu dem Drogensüchtigen, wir gehen davon aus, dass er sie weiterverkauft hat.«

»Da rollen Köpfe!«, drohte Kessler.

»Gemach, gemach«, wand Kathi ein. »Das ist unser Job. Wo sitzt P.L.A.S.?«

»Hier, im Südwestpark, drei Blocks weiter. Wenden Sie sich am besten an Dr. Hinze, er ist der Inhaber. Seine Telefonnummer lautet 555 34 34.«

»Vielen Dank.«

Angie speicherte die Nummer und rief dort an.

»Wir können gleich vorbeikommen«, sagte sie nach dem Telefonat. »Dr. Hinze hat Zeit.«

»Gut, dann hätten wir es hier. – Ende der Aufzeichnung. Vielen Dank für Ihre Zeit, Frau Dr. Kessler.«

»Gern, Frau Starck.«

»Bitte bewahren Sie Stillschweigen über die Sache.«

»Selbstverständlich, aber meine Vorstandskollegen darf ich informieren.«

»Sicher. Sind sie im Haus?«

»Nur Dr. Jungnickel, Dr. Strauß ist in Würzburg auf einem Biochemie-Symposium. Er kommt erst morgen zurück.«

»Ja, ja, jaaaaaa! Fick mich auf Wolke siiieeebeeen!« Jax umschlang Robins athletischen Körper mit ihren langen Beinen und krallte die Finger in sein nackenlanges, schwarzes Haar.

»Auf Wolke siiieeeben willst du? Kannst du haben, ich mach dich fertig, du Wildkatze!« Er stieß zu, zwei-, drei-, viermal. Bald würde er kommen und sein Gehirn sich ausklinken, für Sekunden würde er die Luft anhalten und es genießen. Jax' lautes Stöhnen trieb ihn zu heftigeren Stößen an.

»Ich will auf die Siiieeebeeen!«, kreischte sie.

In unmittelbarer Nähe des Bettes läutete ein Smartphone, die Titelmelodie aus dem Filmklassiker Pulp Fiction.

»Shit!« Robin hielt inne, schwer atmend und schweißnass sank er auf Jax. Er wollte sich von ihr lösen und aufstehen.

Sie umklammerte ihn fester. »Lass es läuten.«

»Ich muss rangehen, das ist *sie*!«

»Spioniert *sie* dir nach?«

Der Klingelton wurde lauter und penetranter und übertönte das sonore Säuseln der Klimaanlage.

»Bitte lass mich los, Süße, sonst wird sie misstrauisch.«

Widerwillig gab Jax Robin frei. *Dann geh, wenn ›sie‹ dich ruft, die Pharma-Göttin!*

Robin schälte sich vom Bett und schnappte nach seinen, auf dem Fußboden liegenden, Jeans. Mit gezieltem Griff in die Gesäßtasche holte er das Smartphone heraus. *Ausgerechnet mitten in nem geilen Fick muss sie anrufen!* Er atmete einmal tief durch, um sich zu konzentrieren. *Na, dann Method Acting an.* »Hallo, Schatz«, flötete er. »Sorry, es hat etwas gedauert. Wir haben gerade Kaffeepause und hier sind so viele Leute, ich musste mir ein ruhiges Plätzchen suchen. – Was gibts?«

Gut gelogen, die Gewitterziege hat es nicht anders verdient!, dachte Jax schadenfroh.

»Bei uns? Warum das?«, hörte sie Robin sagen.

Während des Telefonats schritt er im Schlafzimmer auf und ab, spärlich eingerichtet mit einem Stuhl, einer Kommode und dem französischen Bett, von dem aus Jax ihn beobachtete. Durch die leicht schräg gestellten Jalousien drangen ein paar Sonnenstrahlen und trafen ihren attraktiven Liebhaber: 1,90, breite Schultern, schmale Hüften, Knackarsch, kein übertriebenes Sixpack – genau richtig.

Plötzlich blieb Robin stehen. »Heilige Scheiße!«, fluchte er leise, aber dennoch hörbar. »Mach dir keine Sorgen, Schatz, die können uns gar nichts. Dafür ist Hinze verantwortlich, den ziehen wir zur Rechenschaft! Hast du Kölner angerufen? ... Was sagt er? ... Siehst du, bleib ganz ruhig. Ich kann heute noch zurückfahren, dann lasse ich die Abendveranstaltung und das Dinner sausen ... Gut, wenn du ohne mich klarkommst. Ich fahre morgen nach dem Frühstück los ... Moment ... Bitte warte kurz.« Er zählte in Gedanken bis zehn. »Sorry, Schatz, ich muss wieder zurück in den Saal ... Okay, danke ... Ja, bis morgen, Kuss.«

Schatz hier, Schatz da. Jax grinste abfällig. *Drache wäre passender!*

Robin legte das Smartphone auf die Kommode und kehrte zum Bett zurück.

»Was ist passiert?«, fragte Jax.

»Ungemach in der Firma.«

»Ach so! – Los, komm ins Bett oder hat *sie* es dir verdorben, wie deinem Prinzen.«

Er senkte den Kopf und sah zu seinem erschlafften besten Stück. »Das wird sie nie schaffen. Nicht, solange es so heiße Frauen wie dich gibt.« Robins Blick glitt über Jax' perfekten Körper: 1,80 groß, Modelmaße 90-60-90, Beine bis zum Hals, sonnengebräunte Haut. Das raspelkurze, blonde Haar gab ihr etwas Androgynes, darauf fuhr er voll ab. Ihrer Sinnlichkeit tat es keinen Abbruch, im Gegenteil, Jax war für ihn die perfekte Frau – voller Gegensätze, genau das reizte ihn. *Annett hatte früher auch diese Ausstrahlung,* dachte er. Er mochte selbstbewusste Frauen, die das Ruder in die Hand nahmen, aber seit vergangenem Sommer nervte ihn Annett mit ihrem dominanten Menopausen-Gezicke nur noch. Ohne Anlass brach sie Streit vom Zaun, man konnte ihr kaum noch etwas recht machen. ›*Fuck in the company*‹ *ist auf Dauer nicht das Wahre, außerdem sind jüngere Frauen weniger kompliziert, Jax sowieso.* Er lächelte. Seit ihrer ersten Begegnung in Davos, im Januar, war er fasziniert von ihr, trotz voluminösem Snowboard-Overall bewegte sie sich elegant, wie eine Gepardin, die durch die Savanne streift. Stark, selbstbewusst, die Schultern gerade und die Augen nach vorn gerichtet, das liebte er – wie ihren süßen Akzent.

»Worauf wartest du?«, sagte Jax fordernd. »Komm auf der Stelle her, ich will deinen harten Schwanz tief in mir spüren!« Ihre graublauen Augen sprangen ihn förmlich an. »Ich kann *ihn* auch anblasen.« Breitbeinig setzte sie sich an den Bettrand und massierte mit beiden Händen ihre kleinen, festen Brüste. »Zuerst knabbere ich nur an der Spitze und sauge daran, bis du völlig kirre bist und bettelst, ihn tiefer in den Mund zu nehmen. Und dann lasse ich ihn nicht mehr los, bis du kommst und so laut schreist, dass die Wände wackeln!«

Robin törnte dieser Dirty-Talk mächtig an, der Film dazu lief in seinem Kopf ab. Genießerisch biss er auf seine Unterlippe, die Hormone schossen in seine Lenden. Er wusste, was ihn erwartete, ein perfektes Spiel von Zunge und Gaumen. Allein der Gedanke daran ließ *ihn* wieder wachsen. Breit grinsend stellte Robin sich vor Jax.

Sie sah keck zu ihm auf, legte beide Hände um sein bestes Stück und küsste die Eichel. Unerwartet benutzte sie ihn wie ein Eis am Stiel und leckte genüsslich darüber, bevor ihr Mund ihn ganz umschloss und ihn quälend langsam tiefer aufnahm.

Robin umfasste Jax' Kopf. »Baby, du bist eine Göttin!«, hauchte er, seiner Stimme vor Erregung beinahe beraubt und bog sich ihr entgegen.

☠

Südwestpark, P.L.A.S.

›Pharmaceutical Laboratory for Analytic Studies‹ prangte in großen, blauen Lettern über dem Haupteingang des fünfstöckigen, langgezogenen Gebäudes mit den schwarzen Glasfronten. Kathi und Angie waren die drei Blocks zu Fuß gegangen, ein wenig schweißtreibend bei mittlerweile flirrenden 34 Grad. Zum Glück erwartete sie auch hier ein klimatisiertes Foyer, klinisch nüchtern und in hellem Grau gehalten. Große Blattpflanzen in LED-Pflanzkübeln sorgten für Farbtupfer.

Dr. Peter Hinze, ein kleiner, stämmiger, braunhaariger Mann mittleren Alters mit hoher Stirn und Menjou-Bärtchen, wartete am Empfangstresen. Er trug ein hellblaues Hemd über den, im Bund etwas zu eng sitzenden, Jeans. An einem Halsband baumelte eine Codekarte mit Foto, Holo-Chip und Firmenlogo.

»Sie müssen Kommissarin Starck sein«, sagte er mit heller, freundlicher Stimme und kräftigem Händedruck. »Hallo.«

»Hallo, Dr. Hinze. Ja, die bin ich.« Sie wies zu Angie. »Meine Kollegin, Frau Knecht.«

»Hallo, Frau Knecht.«

»Hallo, Dr. Hinze.«

»Vielen Dank, dass Sie uns so kurzfristig empfangen.«

»Kein Thema, Frau Starck. Was kann ich für die Kriminalpolizei tun?«

»Wo können wir uns ungestört unterhalten?«

»In meinem Büro.«

Der angenehm klimatisierte Raum in der fünften Etage enttarnte den P.L.A.S.-Chef als Freund des Maritimen. Sein Schreibtisch bestand aus zusammengesetzten, lackierten Treibholzstücken, die Wände zierten Fotografien von Leuchttürmen und Segelschiffen. Eine Vitrine beherbergte eine beachtliche Sammlung antiker Kompasse und Sextanten.

Sie nahmen auf den naturfarbenen Zweisitzern Platz, direkt vor der Fensterfront. Die außen schwarz bedampften Scheiben dimmten das einfallende Licht, ermöglichten trotzdem eine gute Sicht auf den unten vorbeifließenden Europakanal.

Kathi legte ihr Padfone auf den Tisch und erklärte das Aufnahme-Prozedere. Hinze willigte ein.

»4. August 2025, Befragung Dr. Peter Hinze, Testlabor P.L.A.S., Nürnberg, Südwest-Park, Betreff: Todesfälle durch das Medikament NYX672-T1.«

Er horchte auf. »NYX672?«

Kathi zeigte ihm das Tütchen mit den Pillen.

Hinze beugte sich vor, um den Inhalt genau zu betrachten, und verharrte, als hätte er einen Stock im Rücken. »Woher haben Sie die?«

»Das frage ich Sie?«

Schwer seufzend sank er ins Polster. »Die gesamte Charge wurde Anfang Juni komplett vernichtet, alles wurde genau protokolliert!«

»Und wie kamen drei kürzlich verstorbene Männer daran?«

Hinze wurde zusehends blasser. »Das ist mir unerklärlich!«

»Wir müssen davon ausgehen, und da gebe ich Dr. Kessler Recht, der Fehler muss hier bei Ihnen passiert sein.«

»Bei uns? Niemals! Wie kommt sie dazu? Das ist eine unglaubliche Unterstellung! Wir halten uns genau an die Vorschriften und lassen alle durchgefallenen Testchargen gemäß den Vorschriften des Chemikalien- und Abfallrechts vernichten, dafür gibt es ein festgelegtes Verfahren!«

»Und das wäre?«

»Je nach Menge werden sie in Kunststoffbehälter oder Tonnen verpackt, versiegelt, codiert und bis zum Abtransport gelagert, Zutritt zu diesem Raum haben nur wenige Berechtigte. Jeden Dienstag werden sie von Kunz abgeholt und fachgerecht entsorgt. Pillen und Tabletten werden geschreddert und verbrannt.«

»Wer ist Kunz?«

»Eine Spezialfirma in Regensburg.«

»Könnte jemand NYX672 vorher beiseitegeschafft haben?«

»Hier wird alles nach dem Vier-Augen-Prinzip kontrolliert und lückenlos dokumentiert, fehlender Bestand wird über den iQR-Code sofort gemeldet.«

»Irgendjemand hat es heimlich weggeschafft und verkauft. Und ich gehe jede Wette ein, wegen der kokainähnlichen Wirkung. Wussten Sie davon?«

»Ja, ich kenne alle Testberichte, ich muss sie unterschreiben.« Hinze schüttelte den Kopf. »Das ist ein GAU, illegaler Medikamentenhandel ist grob fahrlässig und rufschädigend!«

»Da sind Sie einer Meinung mit Frau Dr. Kessler.«

»Wie jeder in der Branche, der noch Moral besitzt. Keiner von uns kann sich einen Skandal leisten!«

»Ich befürchte, hier droht einer. Zu Ihrer Information: Beide Opfer litten an Hypertonie, einer außerdem an Arteriosklerose und er nahm einen Cholesterin-Senker. Der dritte Tote könnte die Person gewesen sein, der sie ihnen verkauft hatte, ein ehemaliger Junkie.«

»Ein Junkie? Auch das noch! Wie kam er an die Pillen?«

»Gute Frage, Dr. Hinze. Wann genau hätte NYX672 vernichtet werden sollen und wer war damit beauftragt?«

»Das kann ich Ihnen genau sagen, Frau Starck.« Hinze holte sein Tablet vom Schreibtisch und zeigte ihr die Liste. »Am 30. Mai wurden sie im Labor von Kron und Mönch verpackt und eingelagert. Es waren 195.688 Stück, von 200.000, demnach wurden 4.312 in der Testphase verbraucht. Kunz holte sie am 3. Juni ab, verbrannt wurden sie am 6. Juni.«

»Wussten Kron und Mönch von den Nebenwirkungen?«

»Nein, abgesehen von mir haben nur mein Laborleiter und seine Mitarbeiter Zugriff auf die Protokolle. Außerdem Frau Cremer, das ist meine Sekretärin.«

»Also sind Kron und Mönch die letzten Menschen, die die Pillen hier in Händen hatten. Einer der beiden könnte mit jemandem vom Labor unter einer Decke stecken oder hat sich ins System gehackt, um die Protokolle zu manipulieren.«

»Ich lege für meine Leute beide Hände ins Feuer.«

»Beide, Dr. Hinze? Wow! Dann hoffe ich, sie verbrennen sich beide nicht. Wenn viel Geld im Spiel ist, schwindet meist die Moral.«

»Meinen Sie Bestechung? Niemals! Kron arbeitet seit fast sieben Jahren hier, Mönch vier, keiner der beiden hat sich je etwas zu Schulden kommen lassen.« Hinzes Blick wirkte angestrengt, hastig wischte er die Schweißperlen von der hohen Stirn. »Bestechung, wer sollte das tun?«

»Was ist mit der Konkurrenz von NyxPHarm?«

»Spielen Sie auf den angeblich schlechten Ruf der Pharmaindustrie an?«

Kathi versteifte ihren Hals. »Angeblich schlechter Ruf?«

»Es gibt überall schwarze Schafe.«

»Die Frage lautet, wer ist in diesem Fall schwarz und wer weiß.« Kathi sah Hinze eindringlich an. »Sie sagten vorhin, zu diesem Lagerraum haben nur wenige Berechtigte Zutritt.«

»Außerdem wird alles aufgezeichnet. Einen Moment bitte.« Er ließ sich die Daten auf dem Tablet anzeigen. »Am 30. Mai, um 14:52 Uhr wurde die Box eingelagert. Das war ein Freitag. Bis zur Abholung am Dienstag, am 3. Juni, wurde der Lagerraum nicht betreten. Ich lasse Ihnen die Liste zukommen.«

»Ich bitte darum. In jedem engmaschigen Kontrollsystem kann es Löcher geben. Ich will mit Kron und Mönch reden.«

Hinze sah auf seine Armbanduhr. »Kurz vor vier, sie müssten noch im Haus sein.« Er rief Frau Cremer an und ließ die beiden zu sich bestellen.

Nach wenigen Minuten klopfte es.

»Ja, bitte«, sagte Hinze laut.

Die Tür ging auf. »Die Herren Kron und Mönch für Sie«, kündigte Frau Cremer sie an.

»Danke, bitte treten Sie ein.«

Die Sekretärin schloss die Tür hinter den beiden, die schnurstracks auf Hinze zusteuerten.

Sebastian Mönch, Mitte dreißig, hager, mit kahlrasiertem Schädel, Ohrringen und Ziegenbärtchen wirkte ebenso nervös wie der gleichaltrige Daniel Kron, ein Hüne mit ausgeprägtem

Brustkorb und beeindruckendem Bizeps. Beide verzichteten aufs Händeschütteln.

Haben sie was ausgefressen oder sind sie nur überrascht, kurz vor Feierabend zum Chef zitiert worden zu sein und uns anzutreffen? Kathi konfrontierte die beiden mit den Fakten zum Pillenfund, ohne Namen zu nennen.

»Das gibts doch nicht!«, sagte Kron am Ende. »Wie kam der Typ an die Pillen? Wir haben alles vorschriftsmäßig verpackt, gelabelt und versiegelt im Lager eingeschlossen.«

»Genau so war es.« Mönch nickte eindringlich. »Ist alles nachprüfbar.«

»Wie integer sind die Leute von Kunz?«, fragte Kathi.

»Bis jetzt gab es nie Probleme«, antwortete Hinze.

»Könnte der Fahrer den Inhalt des Behälters ausgetauscht und weggeschafft haben?«

»Die Fahrer haben nur die digitalisierten Ladepapiere. Sie wissen nicht, was sich in den Behältern befindet. Es sei denn, sie könnten die iQR-Codes entschlüsseln, das ist nur via Code möglich. Ein gebrochenes Siegel hätte Kunz sofort gemeldet.«

»Wäre dort ein Austausch möglich?«

»Keiner weiß, um welche Art von Medikament es sich handelt, nur BHW wird extra gekennzeichnet.«

»BHW?«

»Biohazardous Waste, das sind alle medizinischen Abfälle, außerdem mit Mikroorganismen, Bakterien, Viren oder Toxinen kontaminierte, biologische Proben.«

Kathi sah Hinze ernst an. »Dann ist das Leck bei Ihnen. Irgendjemand hat die Pillen ausgetauscht, bevor der Behälter versiegelt und eingeschlossen wurde – womöglich von jemandem im Labor, bevor die Behälter abgeholt wurden.«

»Im Labor ist nie ein Mitarbeiter allein.«

»Dann hatte jemand einen oder mehrere Komplizen.«

»Auch wenn ich mich wiederhole, Frau Starck, ich kann mir das nicht erklären!«

»Ich will eine Liste aller Mitarbeiter, die mit NYX672 zu tun hatten, Namen, Adressen, Telefonnummern et cetera.«

»Die bekommen Sie natürlich.«

Kathi wandte sich an Kron und Mönch. »Eine generelle Frage, holen Sie das Zeug im Labor ab oder wird es von den Mitarbeitern gebracht?«

»Meistens ruft Gandhi an und wir holen es ab«, sagte Kron.

»Gandhi?«, wunderte sich Kathi.

»Das ist mein Laborleiter«, erklärte Hinze. »Dr. Guddu Ramachandra. Gandhi ist sein Spitzname, weil er dem echten zum Verwechseln ähnlich sieht.«

»Ist er im Haus?«

»Nein, er hat Urlaub bis zum 7. August.«

»War er am 30. Mai hier?«

Hinze nahm sein Tablet zur Hand und holte sich die Daten heran. »Ja, war er.«

»Wir werden ihn nach seinem Urlaub befragen, setzen Sie seinen Namen bitte mit auf die Liste.«

»Natürlich.«

»Brauchen Sie unsere Daten auch?«, wollte Mönch wissen.

»Ja, falls wir noch Fragen haben.«

»Ich lasse alles von der Personalabteilung anfordern«, sagte Hinze. »Frau Cremer schickt es Ihnen heute noch zu.«

Kathi reichte ihm ihre Visitenkarte. »Die E-Mail-Adresse steht auf der Rückseite.«

»In Ordnung.«

»Ich will außerdem wissen, welcher Fahrer von Kunz die Pillen am 3. Juni abgeholt hat und wer dort mit der Vernichtung beauftragt war.«

»Auch diese Informationen bekommen Sie, Frau Starck.«

»Und jetzt würde ich gern diesen Lagerraum sehen?«

Der Expressaufzug hielt im Erdgeschoss. Hinze schlug den Weg nach links ein, zu einer Panzerglastür, die er mit seiner Master-ID-Card öffnete. Er ließ den Kommissarinnen und seinen Mitarbeitern den Vortritt. Nachdem die Tür sich hinter ihm geschlossen hatte, verabschiedeten sich Kron und Mönch und verschwanden in einem der Büros.

Hinze führte Kathi und Angie in den nächsten Querflur, der nach wenigen Metern an einer, mit zwei Kameras überwachten, Sicherheitsschleuse endete. ›LABORBEREICH – Zutritt nur für Berechtigte‹ hieß es auf dem schwarz-gelben Schild. Hinze identifizierte sich vor dem 3D-Holoschirm, der Retina und Handflächen scannte. Die Tür öffnete sich mit leisem Summen. Dank Hinzes Master-ID konnten Kathi und Angie ihm problemlos folgen. Eine breite Glasfront gab ihnen Einblick in eines der Labore. Vor verschiedenen Versuchsaufbauten, Mikroskopen und Analysegeräten gingen etwa zwei ein Dutzend Menschen in hellblauer Reinraumkleidung ihrer Arbeit nach.

»Wie Sie sehen, alles gläsern. Wir haben nichts zu verbergen«, sagte Hinze in einem Anflug von Überheblichkeit. »Wir stehen hier übrigens vor dem medizinischen Labor für die Analyse von Blut, anderen Körperflüssigkeiten und Gewebeproben.«

»Wie viele Labore gibt es hier insgesamt?«

»Vier, dieses eingerechnet. Hinter der Brandschutztür liegen das Zentrallabor für allgemeine Diagnostik, chemische Analysen und bioanalytische Tests, das Labor für die Analyse von Fertigarzneimitteln, Stabilitäts- und Freisetzungsanalysen und das Automatenlabor für Massentests.«

»Automatenlabor?«

»Die Pipettier-, Misch- und Messarbeiten erledigen Roboter, das ist effizienter.«

»Wo sind Ihre Versuchstiere untergebracht?«, fragte Angie.

Kathi schielte zu ihr. *Das musste jetzt kommen!*

»Im ersten Untergeschoss«, antwortete Hinze.

Zwischen Angies Brauen zeigte sich eine tiefe Zornesfalte. »Im Keller?«

»Dort herrschen allerbeste Bedingungen nach den neuesten Standards der Aufsichtsbehörde, sie kontrolliert regelmäßig und unangemeldet. Es gibt ausreichend Frischluftzufuhr, wir simulieren Tag- und Nachtzeiten und unsere Tierchen bekommen Eins-A-Futter.« Hinze klang wie der OFF-Sprecher aus einem Werbespot. »Sie fühlen sich wohl – den Primaten kann man es ansehen, wie ich finde.«

»Wohlfühlen, im Käfig?« *Gleich sperre ich dich in einen!* Angie fixierte Hinze wie eine Katze das Mausloch, kurz vor dem Sprung. »Wahrscheinlich sind sie so klein, dass sie sich kaum umdrehen können! Würden Sie Ihre menschlichen Verwandten in Käfige sperren?«

Hinze bemühte sich um Schadensbegrenzung. »Wir müssen an Primaten testen, Frau Knecht, weil sie uns Menschen ähnlich sind. Sobald man mit Zellkulturen einen gesamten Organismus simulieren kann, werden Tierversuche nicht mehr notwendig sein. Leider ist man noch nicht so weit.«

Er labert denselben Scheiß wie Kessler, dachte Angie verschnupft. »Solange geht es auf Kosten der Tiere.«

»Sie können unseren Zoo gern besuchen.«

Angies verachtender Blick traf ihn mit voller Härte. »Zoo?«

Kathi legte beschwichtigend eine Hand auf ihren Arm. »Das ist nicht notwendig.«

»Falls Sie eines der Labore besichtigen wollen, stellen wir Ihnen gern Reinraumkleidung zur Verfügung.«

»Vielen Dank für das Angebot, Dr. Hinze, uns interessiert zunächst nur dieser Lagerraum.«

Er führte sie in einen weiteren Querflur, zu einer kameraüberwachten Schiebetür mit einem ähnlichen Zugangsprozedere wie vorhin. Nach Hinzes Identifikation glitten die Türflügel dumpf grollend zur Seite. Er ließ Kathi und Angie den Vortritt. Die beiden sahen sich genau um, konnten allerdings nichts Spektakuläres entdecken. In Reih und Glied lagerten hier etwa drei Dutzend Alu- und Kunststoffbehälter in verschiedenen Größen, sowie große, blaue Tonnen, alle mit iQR-Labeln versehen und versiegelt.

»Morgen wird das alles abgeholt«, erklärte Hinze.

»So viel kommt in einer Woche zusammen?«, meinte Kathi, sichtlich überrascht.

»Das ist ganz normal.« Hinze zeigte zu einer verschlossenen Tür, rechts vom Eingang. »Dort wird der BHW gelagert, bei Behältern mit entsprechendem Label öffnet sie sich automatisch.«

Kathi stach die Kamera darüber ins Auge. »Und es wird aufgezeichnet.«

»Lückenlos«, meinte Hinze stolz. »Einen Skandal bei der Abfallentsorgung, den sich einige meiner Mitbewerber in den vergangenen Jahren leisteten, wird es bei mir nicht geben! Meine Firma war und ist sauber.«

»Hoffentlich bleibt es dabei.«

Durch Kathis zynische Bemerkung fühlte sich Hinze persönlich angegriffen. »Frau Starck, Sie stehen hier in einem inhabergeführten Testlabor und nicht in einem der großen Ketten, wo die Linke nicht weiß, was die Rechte tut!«

»Und ich spreche aus Erfahrung, nichts ist unmöglich!«

Richtig so, gibs ihm! Angie stieß die Sache mit den Versuchstieren noch immer sauer auf. »Genau meine Meinung.«

»Wir benötigen die Aufzeichnungen aller Kameras hier.«

»Von welchem Zeitraum sprechen Sie, Frau Starck?«

»Vom 29. Mai bis 4. Juni, das sollte reichen.«

»Selbstverständlich bekommen Sie die.« Hinze verschloss den Lagerraum.

Sie verließen den Laborbereich. Anschließend bat Hinze die Kommissarinnen ins Büro seines Security-Chefs im ersten Obergeschoss und autorisierte ihn, die Videodateien an die Kripo zu senden.

»Auch wenn Hinzes Weste sauber sein sollte«, sagte Kathi, zurück beim Wagen, »gibts keine Garantie, dass einer seiner Leute nicht doch Dreck am Stecken hat.«

Angie blies Luft aus. »Dein berühmter Riecher!«

Bevor Kathi losfuhr, schaltete sie die Klimaanlage auf volle Power. Vor der roten Ampel, an der Ausfahrt des Südwestpark-Geländes, warf sie einen Blick auf die Cockpit-Uhr. »Es ist erst zehn vor fünf.« Sie überlegte. »Weißt du was Angie, ich rufe jetzt Frau Bender an und frage sie, ob sie Zeit für uns hat. Wenn ja, machen wir einen Abstecher nach Johannis.«

Trotz Rush Hour benötigten sie nur knapp zwanzig Minuten in die Johannisstraße 137. Ein breites Edelstahltor, vor der Durchfahrt in den Innenhof, dominierte die Erdgeschossfassade des modernen, vierstöckigen Mehrfamilienhauses. Auf der Klingelplatte stand ›Bender, Rückgebäude‹. Kathi ließ die Scheibe herunter und läutete.

»Hallo, hier Bender!«, ertönte eine tiefe, weibliche Stimme etwas blechern aus dem Lautsprecher.

Kathi reckte ihren Kopf aus dem Fenster. »Hallo, Frau Bender, mein Name ist Katharina Starck, Kripo Nürnberg. Wir haben vorhin telefoniert.« Sie hielt ihren Dienstausweis in die Dome-Kamera.

Das Tor öffnete sich unverzüglich. Kathi ließ den BMW beinahe geräuschlos in den begrünten Innenhof des Anwesens rollen. Die Benders residierten in einem einstöckigen Backsteingebäude aus dem Jahr 1901, zu lesen auf der Tafel oberhalb des Türsturzes. Der wintergartenähnliche Vorbau im

Erdgeschoss, beschattet von zwei hohen Ahornbäumen und mit fertigen und halbfertigen Skulpturen im Inneren, diente unverkennbar als Atelier. Daneben befand sich eine Doppelgarage.

Nannan Bender, eine kleine, zierliche Frau mit asiatischem Aussehen, empfing Kathi und Angie an der Tür des Ateliers. Ihre Jeans-Latzhosen, das schwarze Tanktop und die Sneakers wiesen helle Schmutzspuren auf. »Bitte entschuldigen Sie meinen Aufzug, ich war mitten in der Arbeit, als Sie anriefen. Sie lenkt mich von trübsinnigen Gedanken ab.«

»Kein Problem, Frau Bender, mein Beileid.«

Angie schloss sich an. »Herzliches Beileid.«

»Vielen Dank, Ihnen beiden.«

Kathi korrigierte ihr Bild von der Bildhauerin mit dem pechschwarzen Haar, deren kantig geschnittener Bob ihr zartes Gesicht wie ein Bilderrahmen umgab. Aufgrund der tiefen Stimme, vorhin am Telefon, hatte sie eine größere Frau erwartet. Auf der Webseite der 38-Jährigen, von Angie während der Fahrt gecheckt, gab es nur ein Portraitfoto. Nannan, die älteste Tochter einer, seit den 1970er Jahren in Deutschland lebenden, chinesischen Gastronomen-Familie, wurde in Stuttgart geboren und war dort aufgewachsen. Das erklärte ihr, mit schwäbischem Akzent, eingefärbtes Hochdeutsch.

»Schön haben Sie's hier«, sagte Kathi anerkennend. »Was war das früher?«

»Zuerst eine Bäckerei, zuletzt eine Fahrradwerkstatt. Als man vor elf Jahren das vordere Haus neu baute, sollten die Rückgebäude abgerissen werden. Maxim hatte es von einem befreundeten Architekten erfahren, den Komplex gekauft und renovieren lassen.«

»Es ist wirklich toll geworden.«

»Vielen Dank.« Nannan führte die Kommissarinnen durch den vorderen Teil des Anbaus. Vor der Stahltreppe, die nach oben führte, zog sie die staubigen Sneakers aus und ging barfuß weiter.

In der ersten Etage führte ein schmaler Flur zu Maxim Benders Arbeitszimmer, dominiert von einer umfangreichen Bibliothek. Kathi blieb die Spucke weg. In die raumhohen Regale schien kein einziges Buch mehr zu passen. *Wie viele das wohl sind? Bestimmt über Tausend! Ob er die alle gelesen hat?* Der antike Mahagonischreibtisch und die, mit weinrotem Leder bezogene, Sitzgruppe im Chesterfield-Stil, ein Zweisitzer und zwei Sessel, stachen ihr auch ins Auge. *Jedenfalls stand er auf diesen Vintage-Look.*

»Hier saß er.« Nannan legte eine Hand auf den Sessel mit dem Gobelin-Kissen. »Es schien, als würde er schlafen.«

»Hat Ihr Mann davor über Beschwerden geklagt?«

»Nein, deshalb war ich ja so geschockt! Vor seinem Schlaganfall vor fünf Jahren, klagte er über Schwindel und leichte Lähmungserscheinungen, ich konnte den Notarzt rechtzeitig informieren. Aber diesmal …« Sie seufzte. »Ich hätte auf die Vorzeichen achten und sie ernst nehmen sollen.«

»Vorzeichen? Sie sagten eben, er hätte nicht über Beschwerden geklagt.«

Nannan bot den Kommissarinnen Platz auf dem Sofa an, sie selbst wählte den Sessel ohne Kissen.

Kathi holte ihr Padfone aus der Umhängetasche. »Ich nehme unser Gespräch auf.«

»In Ordnung.«

»4. August 2025, Fall NYX672, Befragung Nannan Bender.« Kathi legte das Pad auf den Beistelltisch und richtete es aus. »Frau Bender, Sie erwähnten Vorzeichen, welcher Art und seit wann?«

»Seit etwa sechs Wochen, Maxim hat Tag und Nacht gearbeitet. Das kam früher auch vor, aber nie so extrem.«

»Was war der Grund?«

»Dieses Manuskript.« Nannan zeigte zu dem, mit einem steinernen Buddha beschwerten, Papierstapel auf dem Schreibtisch. »Maxim korrigierte lieber auf Papier. Ich habe die Figur draufgestellt, sonst würde beim Lüften alles durcheinanderwirbeln. Seit seinem Tod habe ich hier nichts mehr angefasst, ich konnte nicht.«

»Verstehe.«

»Das Buch heißt *They know!*, es ist ein Thriller über Geheimdienste. Es stammt von Finn Schrey, einem jungen, sehr talentierten Autoren, er kam auf Empfehlung eines Freundes. Über fünfhundert Seiten Spannung pur, sagte Maxim. Er konnte nicht verstehen, dass die Verlage es abgelehnt hatten. Früher war er Cheflektor bei einem der großen, aber der Einheitsbrei der Star-Autoren langweilte ihn, ein Mitgrund warum er kündigte. Er genoss es, sein eigener Herr zu sein, und er hatte sich der Nachwuchsförderung verschrieben. Nach ›They know!‹ war er süchtig. Wenn mich die Kreativität packt, fällt es auch mir schwer, mich von der Arbeit zu trennen. Aber ich mache Pausen, um Energie zu tanken. ›Du kannst nicht Tag und Nacht auf Buchstaben starren‹, sagte ich erst vor einer Woche zum ihm. ›Dieses Buch bringt dich noch einmal ins Grab‹. Und dann, am Mittwoch ...« Tränen kullerten die Wangen herunter.

Das ist nicht gespielt, dachte Kathi. *Sie muss ihn sehr geliebt haben.* »Ihr Mann litt unter anderem an Bluthochdruck.«

»Sie wissen Bescheid, okay. Maxim war sicher, seine Krankheiten rührten von Stress und Termindruck beim Verlag, ein weiterer Grund für die Kündigung. Er hörte mit dem Rauchen auf und trank kaum noch Alkohol, seiner Gesundheit und mir zuliebe. Seine erste Frau war an Brustkrebs gestorben und den Schmerz, den Partner zu verlieren, wollte er mir nicht zumuten. Er ernährte sich gesund und machte moderaten Sport im Fitness-Studio. Neben den verschriebenen Medikamenten nahm er ein freiverkäufliches Ginkgo-Präparat. Plötzlich dieser Wandel! Ich fragte mich, wie er das durchhält, er trank weder zu viel Kaffee noch Energy-Drinks.«

Kathi zeigte Nannan das Tütchen mit den Pillen. »Die hat Ihr Mann eingenommen, sie stammen aus einer Testcharge und dürften gar nicht im Handel sein. Sie wirken ähnlich aufputschend wie Kokain.«

»O Gott! Auch noch illegales Zeug!« Nannan schniefte und zupfte an ihrer Nase. »Entschuldigung, könnten Sie das Gerät bitte kurz ausschalten, Frau Starck.«

»Natürlich.« Kathi beendete den Aufnahmemodus.

»Eine Wirkung wie Kokain, dann wundert mich nichts mehr.« Nannan stieß einen schweren Seufzer aus. »Ich hatte den Verdacht, Maxim würde diesen Mist schnupfen. Irgendwie war er ständig auf hundertachtzig, er wollte auch mehr Sex. Wir hatten immer schönen, langen, sinnlichen Sex, aber in den letzten Wochen gab es nur noch Quickies – überall im Haus, wenn es ihn überkam. Ich dachte, diese Phase wäre nur der Beginn der Midlife-Crisis, die wieder abflaut.«

Kathi wartete noch einen Moment. »Ich mache mit der offiziellen Befragung weiter, okay?«

»Okay.«

»Befragung Nannan Bender, Teil zwei«, diktierte sie. »Haben Sie Ihren Mann auf Drogen angesprochen?«

»Nein, ich wollte nicht als Kontroll-Freak daherkommen.«

»Wo bewahrte er seine Medikamente auf?«

»In seinem Nachttisch.« Nannan schüttelte den Kopf. »Wie kam er nur an dieses illegale Zeug?«

»Das wollen wir herausfinden. Wir glauben, Ihr Mann nahm diese Pillen ein, ohne von den Nebenwirkungen gewusst zu haben oder eine andere Person hatte sie ihm untergeschoben, zermahlen im Essen zum Beispiel.«

Nannan erstarrte. »Verdächtigen Sie etwa mich?«

»Wir müssen alle Möglichkeiten in Betracht ziehen.«

»Niemals könnte ich so etwas tun! Ich habe Maxim geliebt, trotz allem!«

Kathi sah Nannan eindringlich an. *Sie weicht meinem Blick nicht aus. Sagt sie die Wahrheit oder ist sie Meisterin des Method Acting? Mal sehen, was Voiceselect später sagt.* »Meine Fragen sind beantwortet, haben Sie noch welche an uns?«

»Nein, im Moment nicht.«

»Ende der Befragung von Nannan Bender.« Kathi stoppte die Aufnahme, steckte das Padfone ein und streifte Latexhandschuhe über. »Ich sehe mir jetzt den Schreibtisch an.«

»Einen Durchsuchungsbeschluss haben wir.« Angie zeigte Nannan das Dokument auf ihrem Padfone.

»Nur zu«, meinte Nannan leicht pikiert. »Ich habe nichts zu verbergen.«

Das höre ich heute ständig, dachte Kathi zynisch und ließ den Blick über den Schreibtisch schweifen. Rechts, neben dem Buddha-beschwerten Manuskript lagen ein zugeklapptes Notebook und ein linierter Spiralblock. Links standen eine Messinglampe mit grünem Glasschirm, ein Köcher mit Stiften und Neonmarkern gefüllt, außerdem zwei Duden, ein Fremdwörterbuch und eines für Synonyme.

»Aha, er benutzte den Duden in gedruckter Form.«

»Gewohnheit, Frau Starck, er ging auch online.«

Kathi öffnete die Schreibtischschublade bis zum Anschlag. Darin befand sich nur ein Vorrat an Notizblöcken und Stiften. In den Seitenfächern lagerten zwei Packungen A4-Papier und eine Tonerkartusche für den Laserdrucker, der auf einem Nebentisch stand. Sie suchte nach Knöpfen und Riegeln und umrundete, mit einer Hand unter der Tischplatte entlangfahrend, das wuchtige Möbelstück. Sie konnte nichts finden.

»Wonach suchen Sie?«, fragte Nannan.

»Alte Schreibtische besitzen oft ein Geheimfach. Ihr Mann könnte die Tabletten dort versteckt haben, in Griffweite.«

»Ein Geheimfach?«

»Ja. Schlimmstenfalls wird das Ding zerlegt.«

»Auch das noch!« Nannan besann sich. »Na ja, es ist nur ein Schreibtisch.«

Kathi sah sich weiter um. *Wo könnte man hier Pillen verstecken? Eigentlich überall. Wo wäre ein geeigneter Platz für ein Döschen, wie Fischer es bei sich hatte? Hinter einem der Bücher? Puuuh! Das wird eine Sisyphusarbeit, die alle in die Hand zu nehmen!* Ihr Blick schweifte von den Regalen zurück zum Schreibtisch. *Warum braucht er zwei Duden?* Aus

Neugier blätterte sie in der neueren Ausgabe, ein Lesezeichen fiel heraus. Sie erwischte es noch, bevor es zu Boden fiel. Als sie das Buch zurückstellen wollte, fiel der alte Duden um.

»Pardon!«

Nannan winkte ab. »Das macht nichts.«

Kathi stellte ihn wieder auf und bemerkte die stark zerfledderten Seiten. *Der ist wirklich alt, dreißig Jahre, mindestens! Mal ins Impressum gucken.* Sie klappte ihn auf und staunte nicht schlecht: In einer exakt rechteckig herausgeschnittenen Vertiefung lagen zwei weiße, unbeschriftete Döschen, sie glichen der bei Fischer gefundenen aufs Haar. Kathi pfiff leise durch die Zähne und zeigte Angie ihre Entdeckung.

»Ein klassisches Versteck.«

Nannan erhob sich und kam neugierig näher. »Die habe ich noch nie gesehen!«

Kathi öffnete ein Döschen. »Fast leer, aber es sind keine Pillen.« Sie nahm eine der knapp einen Zentimeter langen, transparenten, mit weißem Pulver gefüllten, Kapseln heraus und betrachtete sie von allen Seiten. »Keine Beschriftung.« Sie gab sie zurück und sah in das zweite Döschen, bis zum Rand mit Kapseln gefüllt. »Wir nehmen beide mit.«

»Ist es dasselbe Zeug wie diese Pillen?«

»Ich weiß es nicht, wir lassen es im Labor prüfen.«

Angie steckte beide Döschen in eine Plastiktüte, schoss ein Foto mit dem Padfone und diktierte die Informationen zum Fundort.

»Eine Bitte, Frau Bender, sollten Sie noch welche davon finden, rufen Sie mich bitte an.«

»Natürlich, Frau Starck.«

»Wie lautet der Name des Fitness-Studios, das Ihr Mann besucht hatte?«

»Das Power Moves in Ziegelstein.«

Kathi sah auf. *Das Power Moves? So ein Zufall!* »Bitte entschuldigen Sie uns kurz, Frau Bender.« Sie bedeutete Angie, ihr hinaus auf den Balkon zu folgen.

Kathi schloss die Balkontür hinter sich und manövrierte Angie bis zur bepflanzten Brüstung. »Es gibt eine erste heiße Spur! Fischer hat im Power Moves gearbeitet, Jana erwähnte es am Samstag. Scheinbar hat er das Zeug dort vertickt.«

»Aber Fischer hatte Pillen, hier sind es Kapseln.«

»Das Medikament könnte es in verschiedenen Darreichungsformen geben. Thomas muss die Kapseln mit den Pillen vergleichen und ich will das Ergebnis heute noch. Ich sag ihm gleich Bescheid, dass ich sie ihm vorbeibringe, sobald wir zurück sind. Ruf du bitte Josch an, er soll bei Artingers Familie nachfragen, ob er Mitglied eines Fitness-Studios war.«

Als sie ins Arbeitszimmer zurückkamen, lehnte Nannan am Schreibtisch und starrte ins Leere.

»Alles in Ordnung?«, fragte Kathi.

»Maxim hatte Geheimnisse vor mir, das belastet mich.«

»Gibt es jemanden, mit dem Sie darüber reden können?«

»Ja, meine Schwester. Sie kommt morgen nach Nürnberg und hilft mir mit den Vorbereitungen für die Beerdigung.«

»Die müssen Sie zurückstellen. Es kann noch einige Zeit dauern, bis der Leichnam Ihres Mannes freigegeben wird.«

Nannan seufzte. »Wie erfahre ich davon?«

»Wir melden uns bei Ihnen.«

»Okay.«

»Wir nehmen Laptop und Smartphone Ihres Mannes mit. Vielleicht finden unsere IT-Spezialisten Hinweise auf die Quelle dieser Kapseln. Sie werden sich außerdem Zugriff auf seinen E-Mail-Account und die Handy-Daten verschaffen.«

»Wenn es sein muss.«

»Sie bekommen die Geräte so bald wie möglich zurück. Außerdem benötigen wir eine Liste mit allen Personen, zu denen Ihr Mann Kontakt hatte.«

»Ich schreibe sie Ihnen auf.«

Zur selben Zeit im ›Baderhof‹, Tiefenberg bei Sonthofen

Zufrieden betrachtete sich Michael Grünbaum im Ankleidespiegel und strich über sein glattrasiertes Gesicht. *Du siehst gut aus.* Das graue, kurzärmelige Trikot und die schwarzen, knielangen Laufshorts lagen eng am drahtigen Körper des 54-Jährigen, 78 Kilogramm, dezent definierte Muskulatur auf 1,83 Meter verteilt, ohne ein Gramm Fett. Er öffnete ein buntes Kaugummidöschen einhändig mit einem Plopp und kippte eines der Dinger direkt in seinen Mund. Dann ließ er das Döschen in seiner Sporttasche verschwinden und verließ das Schlafzimmer.

Während er sich im Flur einen großen Schluck aus einer Mineralwasserflasche genehmigte, steckte ihm seine Frau Ute den Iso-Drink-Beutel in die Rückentasche seines Laufshirts.

»Wann werdet ihr in etwa zurück sein, Schatz?«

»Etwa gegen halb acht.«

»Gut, danach gehen wir Abendessen.«

»Einverstanden. Was machst du bis dahin Schönes?«

»Ich schwimme noch ein paar Runden im Pool, danach werde ich relaxen.« Ute betrieb Sport nur zum Freizeitspaß, nicht um Rekorde aufzustellen, wie ihr Mann und ihr Bruder Tommy. Seit ihrer Jugend waren die beiden Freunde und Trainingspartner. Hier gingen sie jeden Morgen und am späten Nachmittag zum Laufen.

Ute begleitete Michael nach unten, vors Haus, wo Tommy bereits wartete. »Viel Spaß, euch beiden und übertreibt es nicht!«

»Tun wir doch nie, Schwesterherz«, feixte Tommy.

»Schwindler! – Bis später.« Ute kehrte ins Haus zurück.

Tommy taxierte Michael abwartend. »Und?«

Er grinste breit. »Ich könnte Bäume ausreißen.«

»Na, dann, wer schneller im Wald ist.« Tommy boxte ihn zum Spaß in die Seite und nutzte das Überraschungsmoment, um an ihm vorbeizuhuschen.

Polizeipräsidium, Kathis Büro

»So, Thomas und die IT-Jungs sind versorgt.« Kathi setzte sich an ihren Schreibtisch. »In einer Viertelstunde wissen wir, ob Benders Kapseln dasselbe Zeug ist wie Fischers Pillen.«

»Josch war gerade hier«, berichtete Angie. »Er hat Frau Artinger erreicht, ihr Mann war Mitglied im Power Moves.«

»Sehr gut! Also laufen dort die Fäden zusammen.«

»Leider gibts auch schlechte Nachrichten: Die Einäscherungsfeier war am Dienstag vor einer Woche und seine Medikamente hat sie weggeworfen.«

»Mist! – Aber egal, in der Datenbank ist alles gespeichert.«

»Ich habe inzwischen Kron und Mönch gecheckt.« Angie holte die Datei auf die Digi-Pinnwand.

»Was Interessantes gefunden?«

»Nicht wirklich. Kron ist verheiratet, hat eine vierjährige Tochter, keine Schulden und wohnt zur Miete.«

»Besucht er ein Fitness-Studio, ich meine, so wie er gebaut ist?«

»Nein, jedenfalls werden keine Beiträge abgebucht. Ich habe die Kontodaten gecheckt.«

»Okay, vielleicht hat er eine private Muckibude, wie Niko. – Und Mönch?«

»Er ist ledig und ebenfalls sauber, bis auf einige Strafzettel wegen Falschparkens in den letzten zwei Jahren. Er wohnt auch zur Miete und hat einen Kredit für ein Auto laufen. Das ist alles.«

»Okay, dann schauen wir uns mal die Überwachungsvideos von P.L.A.S. an.«

Plötzlich ließ ein lauter Knall die beiden zusammenfahren.

»Allmächd! Bin ich erschrocken!« Kathi zeigte zum Fenster. »Von Westen kommt es kohlschwarz!«

»Nur ein Gewitter«, meinte Angie erleichtert. »Und ich dachte, unten wären zwei Autos zusammengekracht.«

»Hat sich genauso angehört.«

Platsch! Platsch! Platsch! Die ersten, fetten Regentropfen trafen das Fenster. Sekunden später prasselte es gegen die

Scheiben, das Wasser lief in Schlieren herab, als würde jemand einen Gartenschlauch gegen sie richten. Es blitzte und donnerte im Minutentakt, im Büro wurde es zusehends dunkler. Kathi machte Licht und widmete sich mit Angie den Videos. Hinze hatte die Wahrheit gesagt, am 30. Mai wurde die Box mit den NYX672-Pillen vorschriftsmäßig von Kron und Mönch eingelagert und am 3. Juni, zusammen mit allen anderen Behältern, abgeholt.

»Nichts Auffälliges, die Log-Einträge der Security passen auf die Sekunde.« Kathi seufzte. »Dann muss es bei Kunz passiert sein.«

Der Gewitterschauer dauerte keine halbe Stunde. Die Wolkenberge verzogen sich binnen kurzer Zeit und die Sonne kroch wieder hervor. Ihre Strahlen trafen die, an den Scheiben haftenden, Wassertropfen und ließen sie wie Brillanten glitzern.

Kathi rollte mit dem Stuhl zum bodentiefen Fenster, um das Lichtspiel zu betrachten. Ihr Blick fiel auch hinunter zur Straße. An der Kreuzung Schlotfeger- und Mostgasse wagten sich die Menschen wieder ins Freie. »Das war jetzt eine halbe Stunde Leute ärgern«, kommentierte sie das launische Wetter und rollte, Anlauf nehmend, zu ihrem Schreibtisch zurück.

Angie markierte einen Teil der P.L.A.S.-Daten auf der Pinnwand mit Grün, legte eine Spalte mit dem Titel ›Kunz, Regensburg‹ an und notierte ›Daten angefordert‹. »Bin gespannt, wann die kommen.«

»Geben wir Hinze Zeit bis morgen Vormittag, sollten sie bis dahin nicht da sein, bitte nachhaken.«

»Ich setze einen Merker.«

Kathis Telefon läutete. Sie schielte aufs Display, Thomas' Nummer. »Anruf annehmen. Hi, Thomas.«

»Hi, Kathi. Ich machs kurz, das Pulver in den Kapseln ist identisch mit den Pillen, es ist dieses Gepant.«

»Ha! Also wurden sie zermahlen und umgefüllt.«

»Richtig, entweder von Hand oder mit dem entsprechenden Equipment, Mörsermühle und Kapselfüllmaschine. Alles kein Problem für jemanden, der sich damit auskennt, PTA's, Apotheker, Laboranten.«

»Danke, dass es so schnell ging.«

»Gern. Falls noch was ist, ich bin bis acht erreichbar.«

»Schiebst du auch Überstunden?«

»Ausnahmsweise nicht, ich hab erst mittags angefangen.«

»Okay, dann hau rein.«

»Ihr auch, Servus.«

»Servus.« Kathi legte auf. »Es ist dasselbe Zeug.«

Angie nickte. »Habs mitbekommen. Zermahlen und in Kapseln umfüllen macht Sinn, um die Spur zu NyxPHarm zu verwischen. Aber wer steckt dahinter?«

»Fischer kann die Originalpillen nur von dieser Person bekommen haben.«

»Ein Mitarbeiter von Kunz, der von einem Konkurrenten von NyxPHarm bestochen wurde?«

»Dann wusste man, dass dort die Medikamente vernichtet werden.« Kathi kaute nachdenklich auf ihrer Unterlippe. »Aber Fischer und ein Mitarbeiter von Kunz, das ist so weit auseinander. Wir sollten uns auf P.L.A.S. konzentrieren. Mönchs und Krons Verhalten heute kam mir nicht ganz

81

koscher vor und Hinze wirkte auch zu glatt für meinen Geschmack.«

»Hinze, dieser Tierquäler! Natürlich, Frau Starck«, äffte Angie ihn, eine Grimasse schneidend, nach. »Auch diese Informationen bekommen Sie. – Frau Starck hin, Frau Starck her, so ein Arschkriecher!«

Kathi hob grinsend den Daumen. »Was sagt Voiceselect?«

»Fast jeder relevante Satz ist orange markiert, die Stelle ›er würde für seine Mitarbeiter beide Hände ins Feuer legen‹ grün, rot ist gar nichts.«

»Okay. Entweder wird er bei Kritik oder Vorwürfen generell nervös oder er hat gut geschwindelt. Aber er hat eine Master-ID-Card und kommt allein in den Lagerraum. Die Daten passen zwar alle zusammen, aber seit MECH@TRON wissen wir, selbst Security-Chefs sind nicht immer ganz koscher.«
Kathi strich über ihr Kinn. »Schade, dass wir diesen Gandhi heute nicht befragen konnten.«

»Ich habe seine Daten gecheckt: Dr. Guddu Ramachandra, 1980 in Mumbai geboren, Waise, lebte in einem SOS-Kinderdorf, wurde mit fünf von einem deutschen Paar adoptiert. Er wohnt in Heroldsberg, hat in Biochemie promoviert und ist verheiratet mit einer Deutschen. Sie ist Yoga-Lehrerin mit eigenem Studio. Sie haben zwei Söhne, beide gehen aufs Gymnasium. Der Mann hat eine reinweiße Weste, es gibt nicht mal ein Verkehrsdelikt.«

»Was hat Voiceselect bei Dr. Kessler und Nannan Bender ausgespuckt?«

Angie holte die Dateien auf den großen Schirm. »Sieh dir das an, beide überwiegend im grünen Bereich.«

Kathi nickte. »Bei Kessler zeigte sich nur Stress in der Stimme, sobald es gegen NyxPHarm ging.«

»Wie hier: ›Da rollen Köpfe!‹ und ›Das ist fahrlässig und rufschädigend!‹, beides rot. Der Satz ›Ich will, dass NyxPHarm Erster wird, das festigt unsere Position am Markt!‹ ist grün.«

»Auch Frau Bender hatte sich gut im Griff, nur als ich die kokainähnliche Wirkung erwähnte und bei ›eine andere Person hatte sie ihm untergeschoben‹ tendiert es zu rot. Bei Letzterem könnte sie einfach nur Angst gehabt haben, sie hat meinem Blick standgehalten. – Okay. Wir nehmen uns jetzt Mönch und Kron nochmal zur Brust, sie hatten die Pillen als Letzte in den Händen.«

»Wen zuerst, Kathi? Kron wohnt in Großgründlach, Mönch in der Wurzelbauer Straße.«

»Dann besuchen wir Mönch.«

»Rufen wir an?«

»Nein, wir riskieren es so. Sollte er nicht da sein, fahren wir zu Kron.« Kathi warf einen Blick zur Uhr. »Gleich dreiviertel sieben, zum Boxen schaffe ich es heute nicht mehr. Ich sag schnell Niko Bescheid.« Sie stand auf und holte ihr privates Smartphone aus der Umhängetasche. »Niko anrufen.«

»Hi, du«, meldete er sich.

»Hi, Niko. Gut heimgekommen?«

»Ja, kurz vor dem Unwetter bin ich ins Haus.«

»Ich sitze noch im Büro.«

»So viel zu tun?«

»Ja, die Leichen stapeln sich.«

»Oh my god! Mehr will ich gar nicht wissen.«

»Du, ich gehe heute nicht zum Boxen.«

»Verstehe. Magst du nach Feierabend zu mir kommen?«

»Spitzenidee. Dauert aber noch mindestens zwei Stunden, ich muss mit Angie noch zu einer Zeugenvernehmung.«

»Kein Problem. Hast du schon etwas gegessen?«

Kathi lächelte. »Süß, wie du dich um mich sorgst. Ein Baguette mit Parmaschinken, Mozzarella, Tomaten und Rucola, dazu einen halben Liter Apfelschorle, außerdem Wasser, Wasser und nochmal Wasser.«

Nikolai lachte. »Brav.«

»Ich rufe an, sobald ich losfahre.«

Nürnberg, Wurzelbauerstraße

Kathi hielt vor der Einfahrt zwischen den Anwesen Nummer 29, dem Sitz des Kulturladens Nord und 27, wo ›Arktis Klimatechnik‹ residierte. Dort wurde jetzt, Viertel nach sieben, noch gearbeitet, Hochsommerhitze bedeutete Hochbetrieb in dieser Branche. Ein emailliertes Schild über dem Schaukasten des Kulturladens wies den Weg zu den Anwesen im Rückgebäude, Hausnummer 33 A und B.

Angie prüfte die Einträge des Einwohnermeldeamtes. »Mönch wohnt 33 A, im Erdgeschoss. Das erste OG mit der Dachterrasse gehört zur Nummer 33 B nebenan, seltsame Konstellation, oder?«

»Oder eine Einliegerwohnung.« Kathi ließ den Wagen langsam in den Hof rollen, direkt vor die 33, und stieg als Erste aus. Eine Wand aus heißer, dampfgeschwängerter Luft schlug ihr entgegen. »O Mann!«, stöhnte sie.

»Wie in den Tropen!« Angie folgte ihr zum Haus.

Im Erdgeschoss waren alle Fenster geschlossen und die Innenjalousien heruntergelassen. Kathi läutete, nichts regte sich. Probehalber drückte sie gegen den Knauf, die Tür gab nach.

»Die ist ja offen!«, staunte Angie.

Kathi schob die Tür ein Stück auf und lugte in den Flur.

»Herr Mönch, hier ist Starck, Kripo Nürnberg! Wir haben noch einige Fragen.« Sie lauschte, erhielt aber keine Antwort.

»Herr Mönch, können Sie mich hören?«

Totenstille.

»Da stimmt was nicht«, flüsterte Angie.

Sie kehrten zum Wagen zurück. Die Haustür im Auge behaltend, legten sie die Schutzwesten an und prüften ihre Waffen.

»Auf Gefechtsstation!«, flüsterte Kathi und ging, von Angie gesichert, vor dem Haus in Stellung. Sie nickte ihr zu und rammte die Tür bis zum Anschlag auf. Im Innern regte sich nichts. Kathi wagte den ersten Schritt in den Flur und checkte ihn binnen Sekunden. »Sauber!«

Sich gegenseitig sichernd, sahen sie in alle Räume.

»Küche und Wohnzimmer sind sauber«, meldete Angie.

»Das Schlafzimmer auch.«

»Keller gibt es keinen, zumindest den Türen nach.«

»Okay, jetzt noch das Badezimmer.« Ein Blick von Kathi genügte. »Oh shit! Er liegt in der Wanne!«

Angie spähte an ihr vorbei. »Ein rosa Bad!«

Kathi steckte ihre Heckler hinten in den Hosenbund und betrat das Badezimmer. In der Wanne, zu dreiviertel mit rot gefärbtem Wasser gefüllt, lag ein Mann. »Kahlrasierter Schädel,

Ohrringe, Ziegenbärtchen – es ist Mönch.« Kathi konnte weder Atemgeräusche noch Bewegungen des Brustkorbs ausmachen. Die Wasseroberfläche war glatt, fast wie ein Spiegel.

»Ist er wirklich tot?«

»Ich sehe nach.« Kathi zog ein Paar Latexhandschuhe aus der Seitentasche ihrer Schutzweste und streifte sie über. Mit einer Hand prüfte sie Mönchs Halsschlagader. »Nichts mehr zu machen, er hat sich die Pulsadern aufgeschnitten.« Sie deutete zu den klaffenden Wunden an beiden Handgelenken. »Das Messer liegt in der Wanne.«

Angie verstaute ihre Waffe. »Ein klares Schuldeingeständnis, nach unserem Besuch hat er Schiss bekommen.«

»Ich beordere die Spusi und eine Streife her. Holst du bitte unsere Schutzkleidung aus dem Wagen.«

Seit dem Frühjahr hatte Kathi einige komplette Sets, bestehend aus Overall, Füßlingen und Mundschutz, sowie eine Vorratsbox Latexhandschuhe im Kofferraum. So konnte sie mit der ersten Arbeit am Tatort gleich loslegen und die Zeit nutzen, bis die Kollegen eintrafen.

Nach dem Telefonat sah sich Kathi im Badezimmer um, Jeans, T-Shirt und Unterhose lagen gefaltet auf einem Hocker neben dem Waschbecken. *Ordentlich war er.*

Angie spitzte zur Tür herein. »Hab alles hier.«

Aufgrund der beengten Verhältnisse im Bad, zogen sie die Schutzkleidung im Flur an.

Während Angie mit ihrem Pad einige Fotos von Mönch schoss, diktierte Kathi die Auffindungssituation in ihr Gerät: »Montag, 4. August 2025, 19:33 Uhr, Nürnberg, Wurzelbauer

Straße 33 A, Rückgebäude, Erdgeschoss, Badezimmer, männlicher Toter, Name Sebastian Mönch, identifiziert durch KHK Starck. Der Tote liegt in der Badewanne, von Wasser bedeckt. Vermutlich Tod durch Suizid, Pulsadern beiderseits mittels eines Schnittes geöffnet. In der Wanne liegt ein Messer.«

Nach der Totenschau durchsuchten sie die anderen Räume genauer. In einem der Küchenschränke entdeckten sie einen schwarzen, unbeschrifteten Kunststoffbehälter voller NYX-Pillen, mehrere Beutel weiße Döschen, alle mit Kapseln gefüllt, daneben Kartons mit leeren. In den Fächern darunter standen eine Mörsermühle und eine handliche Kapselfüllmaschine.

»Bingo!«, rief Kathi.

An der Haustür läutete es.

»Ich sehe nach.« Angie verschwand nach draußen und kehrte kurz darauf mit Thomas und Tobi zurück, die beiden trugen bereits Vliesoveralls.

»Hallo«, begrüßte Kathi sie. »Ihr wart aber schnell hier.«

»Es war kaum Verkehr«, erklärte Thomas.

»Kommt mit, er liegt in der Wanne.« Sie wies den Kriminaltechnikern den Weg zum Badezimmer. »Jetzt müsst ihr doch Überstunden machen.«

»Ist ja nicht deine Schuld.« Thomas warf einen Blick auf Mönch. »Komm, Tobi, holen wir unser Zeug.«

Kathi und Angie entledigten sich ihrer Schutzkleidung und stopften alles in eine große Mülltüte. Zurück beim Wagen holte Kathi ihr privates Smartphone aus der Tasche. »Niko anrufen.«

»Hi, Süße«, meldete er sich.

»Hi, Süßer.«

»Schon Feierabend?«

»So gut wie. Ich warte noch, bis die Kollegen von der Streife hier sind. Dann fahre ich Angie ins Präsidium-Parkhaus und anschließend fliiieeege ich zu dir!«

Zur selben Zeit in der Nähe von Tiefenberg

Zufrieden kontrollierte Michael Grünbaum die Daten seines Activity-Trackers am Handgelenk. *Perfekt, die beste Zeit bis jetzt!* Er fühlte sich fit für den Allgäu-Panorama-Marathon am kommenden Samstag, 42,2 Kilometer mit 1.400 zu überwindenden Höhenmetern. *Dieses Mal mache ich den ersten Platz in meiner Gruppe.* Voller Elan schloss er zu Tommy auf. Nebeneinander setzten sie ihren Lauf entlang der Iller fort.

Nach etwa fünfhundert Metern verspürte Michael ein heftiges Brennen in beiden Armen und im Oberbauch. *Was ist denn jetzt los?* Er blieb stehen, beugte sich nach vorn und stützte sich an den Oberschenkeln ab. Das Atmen fiel ihm schwer, sein Brustkorb fühlte sich wie eingeschnürt an. Er kniff die Augen zusammen. *Scheiße, tut das weh!*

Tommy, der allein weitergelaufen war, kehrte zurück. »Was ist los? Gehts dir nicht gut?«

»Ich-ich«, keuchte Michael, »bekomme schlecht Luft.«

»Du hechelst wie eine Frau in den Wehen!«

»Ich brauche eine Pause.« Plötzlich fasste sich Michael an die Brust und stöhnte auf. Er verspürte einen Druck, als würde ein Elefant darauf sitzen. »Aaahhh!«

Tommy schaltete schnell, er griff ihm unter die Arme und half ihm, sich ins Gras zu setzen. Schweiß lief über Michaels

Gesicht. »Du schwitzt wie Sau!« Tommy fühlte mit einer Hand die Stirn seines Schwagers. »Eiskalt!« Dann öffnete er den Reißverschluss von Michaels Laufshirt. »Scheiße, du bist überall kalt und so bleich wie der Tod von Forchheim! Ich glaube, du hast einen Herzinfarkt!«

»Du spinnst doch!«, pampte Michael ihn an. »Ich hatte noch nie Probleme. Ich habe es in den letzten Tagen einfach übertrieben. Ich muss mich nur ausruhen.« Mit zitternden Händen versuchte er, den Trinkschlauch des Beutels zum Mund zu führen. Es gelang ihm nicht, Tommy musste helfen. Gierig leerte Michael den gesamten Inhalt.

»Kontrolliere mal Puls und Herzfrequenz!«

Michael tippte auf den Activity-Tracker und erschrak. Stumm hielt er Tommy das linke Handgelenk hin.

»Puls 198! Scheiße, Mann! Deine Pumpe zerreißt es gleich! Bleib sitzen, ich rufe die 110! Zum Glück sind wir so nah an der Stadt.« Tommy erledigte es mit seiner Smartwatch, anschließend kümmerte er sich wieder um seinen bleichen, am ganzen Körper zitternden Schwager. »Ist dir übel, Micha?«

»Nur ein bisschen, aber dieser Schmerz ... furchtbar!«

»Auf der linken Seite?«

»Nein, direkt hinter dem Brustbein.«

»Stechend?«

»Nein, jetzt bohrend und dumpf.« Michael keuchte. »Als würde mir einer Thors Hammer in die Brust rammen.« Er ergriff Tommys Hand und drückte sie fest. »Ich habe eine Scheißangst!«

PILLENDREHER

Dienstag, 5. August, Kathis Büro

»Mönch hat keinen Suizid begangen, Kathi«, berichtete Dr. Stern in der Videokonferenz mit Thomas. »Er bekam zuerst einen Schlag gegen die Kehle, der ihn wahrscheinlich außer Gefecht setzte, die Prellung ist eindeutig. Anschließend hat man ihn in die Wanne in warmes Wasser gelegt und ihm die Pulsadern geöffnet.«

»Damit es aussieht, als hätte er es selbst getan.«

»Richtig. Auffällig ist auch der eine präzise, tiefe Schnitt beiderseits. Normalerweise gibt es Probeschnitte, keiner *trifft* auf Anhieb, so blöd das jetzt klingen mag. Aber daran ist er nicht gestorben, auf diese Art dauert es eine Weile, bis man verblutet.«

»Woran dann?« fragte Angie, die neben Kathi vor dem großen Schirm saß.

»An einer Überdosis Pentobarbital, das wird in der Veterinärmedizin zur Einschläferung von Groß- und Kleintieren verwendet. Es verursacht Herz- und Atemstillstand. Man hatte es ihm durch den Nabel in die Bauchhöhle gespritzt. Da wollte jemand ganz sicher gehen.«

Angie nickte. »Das Zeug hätte sich Mönch bei P.L.A.S. womöglich selbst beschaffen können. Ich wette, damit killt man dort Versuchstiere, die ausgedient haben.«

»Also kein Suizid«, resümierte Kathi. »Der Plan hätte funktionieren können, wenn der Schlag nicht gewesen wäre. Mönch legt sich in die Wanne, spritzt sich das Pentobarbital und schneidet sich anschließend die Pulsadern auf.«

»Bei der Menge des Pentobarbitals hätte der Täter sich das *Blutbad*, in Anführungszeichen gesetzt, sparen können«, sagte Stern.

»Die Täterin«, berichtigte Thomas. »Wir fanden Haare am Wannenrand und im Wasser, weiblich, blond, lang, mit Haarwurzel. Und jetzt haltet euch fest: Es weist Ähnlichkeiten mit dem Haar von Fischers Hosenstall auf.«

Kathi starrte ihn an. »Ist nicht wahr!«

»Die DNA vom Haar bei Fischer hat identische Proteinstellen, leider zu wenig. Es liegt am Wasserstoffperoxid in der Blondierung. Zur exakten DNA-Bestimmung bräuchte ich die Haarwurzel. In einem Punkt gibt es eine hundertprozentige Übereinstimmung, ein Leave-In-Haaröl von Kérastase namens L'Huile Rose.«

»Hm, identische Proteinstellen und dieselbe Haarpflege«, sinnierte Kathi. »Reicht als Beweis nicht, aber es ist schon ein seltsamer Zufall.«

»Das Haar bei Fischer war doch kurz«, meinte Angie.

»Es könnte sich im Reißverschluss verfangen haben, durch das Rauf- und Runterziehen ist es gerissen.«

»Haare im Hosenreißverschluss.« Angie kam ins Schmunzeln. »Wie in diesen schrägen Komödien.«

»Eine blonde Frau war also bei Mönch.« Kathi horchte in sich hinein. *Wer ist blond und hätte ein Interesse, ihn zum Schweigen zu bringen?* »Annett Kessler.«

»An sie dachte ich auch gerade«, meinte Angie.

»Dr. Kessler?«, hakte Stern nach, »die Vorstandsvorsitzende von NyxPHarm?«

Kathi nickte. »Ja. Vielleicht gehört sie zu den rücksichtslosen Pharma-Managern, die du gestern erwähntest.«

Angie runzelte die Stirn. »Ihr Image ist nicht gerade das Beste, aber würde sie über Leichen gehen?«

»Sie hat NyxPHarm gegründet, die Firma ist quasi ihr Baby«, erwiderte Kathi. »Nur mal als Beispiel: Sie wittert ein lukratives Geschäft wegen der kokainähnlichen Wirkung der Pillen und bezahlt Mönch, sie beiseite zu schaffen. Er pulverisiert sie und lässt sie als Kapseln durch Fischer verkaufen. Dann tauchen wir bei P.L.A.S. auf, Mönch bekommt Schiss, ruft Kessler an und verlangt mehr Geld.«

»Wir haben 65.000 Euro in seiner Wohnung gefunden«, sagte Thomas. »50.000 in einem Schuhkarton im Schlafzimmerschrank, 15.000 in einem Umschlag unter der Matratze.«

»Möglicherweise der Lohn fürs Wegschaffen der Pillen. Kessler ist zu ihm gefahren und hat ihn, den Zeugen ihrer kriminellen Machenschaften, ermordet – das würde die blonden Haare erklären. Auch sie käme leicht an Pentobarbital. Ich spinne mal weiter: Mönch könnte ein doppeltes Spiel gespielt haben, bezahlt von einem der Mitbewerber von NyxPHarm, möglicherweise von Guyger. Er versorgt Fischer mit Originalpillen, die dieser in Umlauf bringen soll. Fischer wittert selbst einen Deal und erpresst Kessler mit den Originalen. Darauf lässt sie sich nicht ein und sorgt dafür, dass er zum Schweigen gebracht wird. Das Heroin könnte auch von ihr stammen.«

Angie nickte. »Sie hat sicher keine Probleme an so reinen Stoff zu kommen.«

»Wie gesagt, die Sache mit demselben Haaröl ist schon ein seltsamer Zufall, aber eine Frau wie Kessler würde einem Typen wie Fischer nie einen blasen!« Kathi ächzte.

»Wie ich immer sage, es bleibt nicht langweilig.«

»Sternchen, ich liebe deinen Humor.«

»Ohne gehts nicht. – Übrigens, das Drogenscreening bei Mönch war negativ, auch das Gepant hatte er nicht intus.«

»Ich habe auch noch was«, meldete sich Thomas. »Es gibt keine Aufbruchspuren an der Haustür. Am Geld fanden wir Mönchs Fingerabdrücke und einige, die nicht im System sind. Die könnten von Bankmitarbeitern stammen. Döschen, Pillenbehälter, Mörsermühle und Kapselfüllmaschine waren sauber, der Rest wird noch geprüft.«

»Er wird Handschuhe beim Arbeiten getragen haben.«

»Anzunehmen, Kathi. Das wars zu Mönch. Jetzt noch die ausstehenden Infos zu den Spuren aus Fischers Wohnung: Der Großteil der Fingerabdrücke stammte von ihm selbst. Zwei fremde konnten wir separieren, daneben braunes und schwarzes Haar, außerdem Hautschuppen. Die DNA ist nicht in der Datenbank.«

»Blondes Haar habt ihr nicht zufällig gefunden?«

»Nein, leider nicht. Das wars von mir.«

»Ich habe vorerst auch nichts mehr für dich«, sagte Stern.

»Danke, euch beiden.«

»Gern geschehen«, kam es unisono von den Männern.

Während Stern und Thomas sich aus der Konferenz klinkten, sah Kathi auf die Uhr. »Gleich halb zwölf! Mann, die Zeit vergeht! Wir fordern noch das Bewegungsprofil für Mönchs Wagen und allen anderen in der näheren Umgebung seiner Wohnung an, dann gehen wir Mittagessen.«

Klinikum Immenstadt, Intensivstation

Ute trat leisen Schrittes an Michaels Bett. Auf seinem linken Zeigefinger steckte ein Puls-Clip, vom IV-Zugang auf dem Handrücken führte ein Schlauch zu einem Infusionsbeutel. Michael schlief, wie die beiden anderen Patienten. Das sonore Piepsen des Vitaldatenmonitors beruhigte Ute, die Kurven für Herz-, Kreislauf- und Lungenfunktion sahen für sie normal aus. Sie seufzte leise. Die halbe Nacht hatte sie ausgeharrt, gebetet und geflucht.

Michael schlug die Augen auf. »Hallo, Schatz.«

»Du bist ja wach!« Sie küsste ihn auf die Wange. »Hallo.«

»Schön, dass du da bist.«

»Wie gehts dir?«

Er nahm ihre Hand und strich zärtlich mit dem Daumen darüber. »Schon besser.«

»Du hast uns einen riesigen Schrecken eingejagt.«

»Ein Herzinfarkt, so eine Scheiße!« Michael sank ins Kissen zurück. »Ich hatte doch nie Probleme!«

»Nie Probleme?« Ute fischte ein buntes Döschen aus ihrer Handtasche und hielt es ihrem Mann vor die Nase. »Die habe ich beim Packen deiner Sachen in der Sporttasche gefunden, da sind keine Kaugummis drin!«

Michaels Züge wandelten sich zu denen eines kalt erwischten Einbrechers.

»Seit wann nimmst du diese Kapseln?«, fragte Ute mit dem Blick eines Scharfrichters.

»Seit Ende Juni«, meinte er zerknirscht. »Immer vor dem Training.«

»Also täglich. Und was ist das für ein Zeug?«

»Es putscht ein bisschen auf und man macht nicht so schnell schlapp.«

»Bis heute!«, zischte Ute. »Du warst immer gegen so ein Mistzeug! Du hast mich angelogen!«

»Tut mir leid. – Ich glaube nicht, dass der Infarkt davon herrührt. Ich habe mir in der letzten Zeit einfach zu viel abverlangt.«

»Weil du unbedingt Erster werden willst, du bist keine Dreißig mehr! Woher hast du die Dinger überhaupt?«

»Von einem Typen aus dem Fitness-Studio.«

»Aus dem Studio? Typisch, dort wird langsam jeder Scheiß verkauft! – Mensch, Micha, das ist illegal! Denk an deinen Job und die Folgen, wenn das rauskommt!«

»Es war ein Fehler«, meinte er zähneknirschend.

»Weiß Tommy davon?«

»Nein.«

»Sag die Wahrheit! Sonst hole ich ihn rein.«

»Er weiß es nicht, bitte glaub mir!«

Ute war sich nicht mehr sicher, ob ihr Mann die Wahrheit sagte und Tommy wirklich nichts von den Kapseln wusste. Schließlich besuchte auch er das Power Moves. *Wie konnte Micha nur! Wir sind doch glücklich, warum plötzlich diese Lügen!*

Ein Arzt im weißen Kittel, ein attraktiver Mittvierziger mit graumeliertem Kurzhaarschnitt, kam ins Zimmer und steuerte Michaels Bett an. »Grüß Sie Gott, Herr Grünbaum«, sagte er mit typischem Allgäuer Zungenschlag. »Mein Name ist Starck, ich bin Chefarzt der Kardiologie.«

»Hallo.«

»Frau Grünbaum, nehme ich an.«

»Ja, die bin ich.«

Starck schüttelte beiden die Hände, zog einen der Hocker ans Bett und setzte sich.

»Starck?«, hakte Michael nach. »Sie kennen nicht zufällig eine Katharina Starck?«

»Ja, Kathi ist meine Ex-Frau.«

»So ein Zufall, ich bin ihr Vorgesetzter.«

»Das ist ja interessant!«, meinte der Arzt. »Tja, ich mache es kurz. Sie hatten Glück, Herr Grünbaum. Sie haben die Attacke gut überstanden.«

Er stieß ein Seufzer der Erleichterung aus. »Und wie lange muss ich hierbleiben?«

»Ich denke, eine Woche dürfte reichen.«

»Dann kann ich mir den Marathon abschminken.«

Utes missbilligende Miene signalisierte ›selber schuld!‹.

»Ich meinte als Zuschauer«, erwiderte er mürrisch.

»Der Lauf wird im Lokal-TV übertragen«, sagte Starck. »Am Freitag verlegen wir Sie in ihr Zimmer, dort können Sie ihn live verfolgen. Ist besser als gar nichts.«

Polizeipräsidium, Kathis Büro

Während der halbstündigen Mittagspause waren die Daten von der Mautbehörde eingetroffen. Angie schob zunächst die von Mönch auf die Pinnwand.

```
Montag - 04.08.2025
Fahrzeughalter: Mönch, Sebastian
Fiat 501 E, amtl. Kennzeichen: N-TA 3412

16:33 h Abfahrt Südwestpark
17:11 h Ankunft Wurzelbauerstraße
```

»Er fuhr nach Feierabend sofort nach Hause«, stellte Kathi fest. »Wer hat zu dieser Zeit noch dort geparkt.«

Angie prüfte die Liste. »Nur Servicefahrzeuge von Arktis.«

»Wir müssen die Anwohner befragen, ob ihnen etwas Ungewöhnliches aufgefallen ist. Den Kulturladen können wir uns sparen, da ist montags zu.«

»Leider gibts eine sehr schlechte Nachricht.«

Kathi hob die Augenbrauen. »Und die wäre?«

»Das Gewitter hat eine Störung der GPS-Datenübertragung verursacht, ab Punkt 18:12 Uhr lief in einigen Regionen nichts mehr, Nürnberg war auch betroffen. Erst nach einer guten Stunde und nach einem System-Reset, konnten wieder Daten empfangen werden.«

»Menno!« Kathi gab ein miauendes Geräusch von sich. »Lass uns mal die Aufnahmen der Überwachungskameras in der Gegend ansehen.«

»In der Wurzelbauerstraße gibts keine öffentlichen.«

»So ein Mist!« Kathi lehnte sich zurück und schnellte nach wenigen Sekunden wieder vor. »Ha! Vielleicht hat Arktis welche! Ich ruf da gleich an. – VisuTel, Telefonnummernsuche«, diktierte sie dem System. »Nürnberg, Arktis Klimatechnik, Wurzelbauerstraße 27.« Nach wenigen Sekunden erschien die Nummer. »Bitte verbinden.«

Das VisuTel-Fenster öffnete sich, es zeigte einen kahlköpfigen Mann mittleren Alters. »Grüß Gott, Arktis Klimatechnik. Mein Name ist Klaus Bartel, was kann ich für Sie tun?«

»Hallo, Herr Bartel. Katharina Starck, Kripo Nürnberg.«

»Oh! Kripo?«

»Keine Sorge, nur eine Frage: Gibt es Überwachungskameras auf ihrem Firmengelände?«

»Ja, sogar zwei, eine an der Einfahrt, eine im Innenhof.«

»Sehr gut! Die Aufnahmen könnten uns bei einem ungeklärten Todesfall weiterhelfen.«

»Deshalb war die Polizei gestern Abend im Rückgebäude!«

»Ja. Haben Sie andere Personen oder etwas Ungewöhnliches beobachtet, früher meine ich?«

»Ich habe nicht ständig aus dem Fenster gesehen.«

»Okay. Zu den Kameras, es geht um den Zeitraum von etwa 18:00 bis 19:15 Uhr.«

»Das ist jetzt echt blöd, Frau Starck. Ab etwa zehn nach sechs lief nichts mehr. Während des Gewitters hat es unser Netzwerk samt Security-Equipment lahmgelegt.«

»Shit!«, fluchte Kathi leise.

»Das dürfen Sie ruhig laut sagen. Scheißtechnik, macht bei dem bisschen Gewitter die Grätsche! Deswegen war ich gestern noch so spät im Büro, ich wollte das Netzwerk wieder zum Laufen bringen. Ich musste es allein machen, mein Mitarbeiter, der sich sonst darum kümmert, hat Urlaub.«

»Gestern hat es nicht nur Sie erwischt, vielen Dank.«

»Gern geschehen, Frau Starck, auf Wiederhören.«

»Wiederhören.« Kathi schloss VisuTel. »Schade, das können wir knicken.« Nachdenklich tippte sie mit einem Zeigefinger an den Mund. »Andererseits, Mönchs Mörder wird nicht bis vor die Haustür gefahren sein, sondern in der Nähe geparkt und gewartet haben, bis es zu regnen aufhört.«

»Ich prüfe die Fahrzeuge in der Umgebung, wir haben die Daten von allen im Umkreis von fünfhundert Metern.«

»Ha!«, japste Angie nach wenigen Minuten. »Ab 18:09 Uhr parkte ein Mercedes mit dem amtlichen Kennzeichen N-AK 1000 vor dem Anwesen Stadtpark 11, keine dreihundert Meter von Mönchs Wohnung entfernt. Der Wagen ist auf Annett Kessler zugelassen.«

»Ha! Das nenne ich Zufall!«, meinte Kathi. »Und Glück, kurz danach war die Störung.«

```
Fahrzeughalter: Dr. Kessler, Annett
Mercedes 300iE, amtl. Kennzeichen: N-AK 1000
Montag - 04.08.2025
17:34 h Abfahrt Südwestpark
18:09 h Ankunft Stadtpark 11
Störung
21:02 h Abfahrt Stadtpark 11
21:28 h Ankunft Steinplattenweg 137
```

Angie verglich die Orte mit den Einträgen des Einwohnermeldeamtes. »Der Steinplattenweg ist in Erlenstegen, dort wohnen Kessler und Strauß.«

»Okay.«

»Ich bin bis Februar zurückgegangen, Kesslers Mercedes stand seitdem ein- bis zweimal pro Woche am Stadtpark.«

»Was hat sie dort gemacht?«

»Am Stadtpark gibt es Überwachungskameras, ich fordere die Bilder von den Big Brothers an.« Angie stellte einen Priority-Antrag.

»Was hat Kessler dort gemacht?«, wiederholte Kathi stirnrunzelnd. »Kannte sie Mönch?«

»Soll ich alle Daten ihres Wagens auf den Schirm holen?«

»Später, Angie, konzentrieren wir uns erstmal auf Montag. Schau bitte in den Anruflisten von Mönchs Mobilfunkanbieter nach, mit wem er zuletzt Kontakt hatte.«

»Das haben wir gleich.« Zwei Fingerwischer genügten. »Am Montag hat er eine Prepaid-Nummer angerufen, 16:18 Uhr, das war kurz nachdem wir von P.L.A.S. weg sind.«

»Ich glaube, wir können die Mitbewerber von NyxPHarm außer Acht lassen, Angie. Wie gesagt, Mönch hat die Pillen für Kessler beiseitegeschafft und umkonfektioniert und Fischer hat die Kapseln im Power Moves verkauft. Beide haben Kessler erpresst und mussten sterben. – Fakt ist, sie war in der Nähe von Mönchs Wohnung. Nehmen wir mal an, die beiden haben ein Treffen vereinbart. Kessler parkt ein Stück weiter weg und läuft zu Fuß zur Wohnung. Mönch lässt sie rein, im Glauben, sein Geld zu bekommen. Sie nutzt das Überraschungsmoment und schlägt ihn nieder. Sie ist so groß wie Mönch und hat sicher genug Kraft, ihn mit einem Schlag gegen die Kehle niederzustrecken und ihn ins Badezimmer zu ziehen oder zu tragen. Dann spritzt sie ihm das Pentobarbital und schneidet ihm die Pulsadern auf, um es wie einen Suizid aussehen zu lassen. Sie trug Handschuhe, deshalb gibt es keine Fingerabdrücke.«

»Aber Haare.«

»Da war sie leichtsinnig.«

»Warum hat sie keinen dieser Vlies-Overalls angezogen? Die haben sicher welche in der Firma.«

»Keine Ahnung, Angie. Vielleicht trug sie einen, aber gestern musste es schnell gehen. Beim Überziehen könnten sich Haare gelöst haben und hafteten an der Außenseite.«

»Klingt plausibel.«

»Wir brauchen Kesslers Original-DNA zum Vergleich mit den Haaren von Mönchs Wanne.«

»Ich stelle den Antrag für die Entnahme des Abstrichs.«

»Sobald er genehmigt ist, rufe ich bei NyxPHarm an und vereinbare einen Termin.«

»Du erwähnst die DNA-Entnahme aber nicht, oder Kathi?«

»Nein, vorerst nicht. Das soll eine Überraschung werden.«

Südwest-Park, NyxPHarm

Nadine Prechtl begleitete Kathi und Angie in Kesslers Büro und meldete sie an. Zur Überraschung der beiden war Dr. Strauß ebenfalls anwesend. Er stellte sich vor und begrüßte sie mit festem Händedruck.

Kathi sah sich den attraktiven Lebensgefährten der Vorstandsvorsitzenden natürlich ganz genau an. Er trug ein weißes, kurzärmeliges, körperbetontes Hemd, schwarze Hosen aus einem leichten, leinenähnlichen Stoff, dazu klassische, braune Schnürschuhe. Sein linkes Handgelenk zierte eine edle

Breitling mit weinrotem Lederarmband, ein Modell aus der Bentley-Edition. *Ein toller Mann*, dachte sie und versuchte, Strauß einzuordnen. Sie beobachtete seine Gesten und die Körperhaltung. Neben einem Alphaweib wie Kessler konnte mancher Mann leicht zum Nebendarsteller werden – nicht Strauß, er wirkte ihr ebenbürtig.

Er folgte den drei Frauen zur Besucherecke mit höflichem Abstand. Ganz Gentleman wartete er, bis sie sich gesetzt hatten. Kathi und Angie wählten heute die Sessel, Strauß den Platz auf dem Sofa, neben Kessler.

Sie eröffnete das Gespräch: »Sie erwähnten am Telefon, es gäbe Neuigkeiten in Sachen NYX672, Frau Starck.«

»Das ist richtig. Wir haben die Person ausfindig gemacht, die die Pillen beiseitegeschafft hat.«

Kessler klatschte vor Freude in die Hände. »Das nenne ich eine gute Nachricht! War es jemand von P.L.A.S.?«

»Ja. Einem Mitarbeiter war es gelungen, die Sicherheitsvorkehrungen zu umgehen. In seiner Wohnung fand man einen Behälter mit mehreren Tausend NYX-Pillen, außerdem eine Kapselfüllmaschine, eine Mörsermühle und zu Pulver zermahlene Pillen, in Kapseln abgefüllt.«

»Sehr kreativ.« Kessler nickte zufrieden, sie sah sich bestätigt. »Ein Leck, wie ich gestern bereits sagte. Hinze kann dichtmachen!«

»Wir glauben, der Mann hatte einen Komplizen, der die kokainähnliche Wirkung von NYX672 kannte, entweder bei P.L.A.S. oder hier, bei Ihnen.«

»Bei uns?« Kessler starrte Kathi an. »Das ist jetzt nicht Ihr Ernst!«

»Das ist mein voller Ernst, ohne Insider-Informationen wäre ihm der Coup nicht gelungen.«

»Was sagt er dazu, hat er gestanden?«

»Er kann nichts mehr sagen, er ist tot. Wir haben ihn gestern Abend mit aufgeschnittenen Pulsadern gefunden.«

»O Gott!«

»Scheinbar hatte er ein schlechtes Gewissen«, meinte Strauß achselzuckend. »Wegen der beiden Toten.«

»Nein, der Suizid war vorgetäuscht«, erwiderte Kathi. »Die Spurenlage ist eindeutig, ihm wurde eine hohe Dosis Pentobarbital verabreicht, der Mann wurde ermordet.«

Kessler schlug die Hände vor den kirschroten Mund. »Damit werden bei P.L.A.S. Versuchstiere eingeschläfert!«

Ich hatte Recht. Angie schielte zu Kathi, die stumm nickend ihre Zustimmung signalisierte.

»Der Mann heißt Sebastian Mönch.«

»Der Name sagt mir nichts, Frau Starck.« Kessler wandte sich zu Strauß. »Dir, Robin.«

»Nein, mir auch nicht. Bei den vielen Mitarbeitern können wir nicht jeden beim Namen kennen. Unsere Ansprechpartner bei P.L.A.S. sind Dr. Hinze und Dr. Ramachandra.«

Kathi schaltete ihr Padfone ein. »Ich zeichne dieses Gespräch auf.«

»Bitte, wenn es sein muss«, meinte Kessler lapidar.

»Dienstag, 5.8.2025. Befragung Dr. Annett Kessler und Dr. Robin Strauß, Betreff: Todesfälle durch NYX672. – Fürs Protokoll: Beide sagten aus, das Mordopfer Sebastian Mönch nicht zu kennen.« *So, jetzt lasse ich die Katze aus dem Sack!*, dachte Kathi. »Frau Dr. Kessler, nach den Bewegungsdaten

Ihres Mercedes standen Sie gestern Abend zur fraglichen Zeit am Stadtpark, keine dreihundert Meter von Mönchs Wohnung entfernt.«

»Kann man nicht mehr parken, wo man will?«

Strauß' Blick wanderte zu seiner Partnerin. *Scheiße, die Bewegungsdaten der Mautbehörde!*

»Wollen Sie mir unterstellen, mit Mönchs Tod etwas zu tun zu haben?«, echauffierte sich Kessler. »Das ist unerhört!«

»Wir glauben, Herr Mönch hat die Pillen für Sie beiseitegeschafft. Nachdem er von uns vom Tod der beiden Männer erfuhr, hat er mehr Schweigegeld verlangt, das wäre ein Motiv.«

»Das ist unglaubliche Unterstellung!«, zischte sie.

»Wir haben 65.000 Euro bei ihm sichergestellt.«

Strauß zog sein Smartphone aus der Hosentasche. »Ich rufe jetzt Dr. Kölner an, er soll sofort hier antanzen!« Er entfernte sich einige Schritte, um ungestört telefonieren zu können.

»Wer ist Dr. Kölner?«, fragte Kathi.

»Unser Anwalt.«

»Sie werden ihn brauchen, Frau Dr. Kessler. Ihr Wagen stand fast drei Stunden in der Nähe von Mönchs Wohnung.«

»Ich verließ das Büro gegen halb sechs und fuhr über den Nordwestring, wie immer. Dann kam das Gewitter. Es goss wie aus Eimern, die Scheibenwischer packten das Wasser nicht mehr. Ich war gerade in der Nähe des Stadtparks, habe mir einen Parkplatz gesucht und gewartet, bis es aufhörte. Anschließend bin ich in der Pirckheimer Straße etwas essen gegangen, zu Hause war ich gegen halb zehn.«

»Wie lautet der Name des Restaurants?«

»Thai Cross.«

»Das werden wir nachprüfen. Der Standort ihres Wagens ist nur *ein* Indiz, Dr. Kessler. Man fand lange, blonde Haare bei Mönch, ähnlich den Ihren. Sie stehen unter dringendem Tatverdacht, ihn ermordet zu haben.«

Strauß, der das mitbekam, verfiel in Blickstarre.

»Das reicht, Frau Starck!« Wutentbrannt fuhr Kessler hoch, stemmte beide Hände in die Seiten und ging breitbeinig in Angriffsposition. »Ich war nie dort!«

»Am Montagnachmittag, nach unserem Besuch bei P.L.A.S., hat er eine Prepaid-Nummer angerufen. Besitzen Sie ein zweites Mobiltelefon, Dr. Kessler?«

»Nein!« Ihre Gedanken fuhren Achterbahn, sie setzte sich wieder. *Verdammt! Wer will mir ans Bein pinkeln? Militante Tierschützer etwa?* Ihr zorniger Blick glitt unauffällig zu Angie. *Sie ist auch eine von denen, hundertpro! Aber als Kriminalbeamtin wird sie sich hüten, an illegalen Aktionen teilzunehmen. Manche von diesem Pack sind zu allem fähig, aber sie bräuchten einen Insider bei P.L.A.S.. Hinze fällt raus, dieses Weichei würde nie ein so hohes Risiko eingehen. Vielleicht war es dieser Mönch, schließlich kennt er sich aus. Er ist zwar nur ein kleines Licht, aber scheinbar käuflich. 65.000 Euro sind für manche Leute mehr als ein Jahresgehalt. Wer hasst mich so, dass er über Leichen gehen würde? Wäre es möglich, dass Guyger ...? – Nein, das wäre zu weit hergeholt – oder doch nicht?* »Guyger«, sagte sie schließlich. »Da kann nur Guyger dahinterstecken!«

Kathi sah auf. »Guyger Pharmaceutics?«

»Ja, sie haben ein Motiv, sie tragen mir den verlorenen Prozess um die Formel für das Alzheimermedikament nach!«

»Von diesem Prozess wissen wir.«

»Was Urs damals nicht gelang, übernehmen jetzt seine Söhne. Sie wollen sich an mir rächen und NyxPHarm mit einem Skandal ausbooten!«

Etwas Ähnliches sagte Stern am Montag, dachte Kathi. *Kessler kennt die Guygers, wäre es möglich, dass sie das Ganze eingefädelt haben?*

Strauß trat zu Kessler ans Sofa, blieb aber stehen.

»Ich habe Frau Starck gerade vom Prozess gegen Guyger erzählt, Robin. Die Zwillinge könnten mir die Sache nachtragen und etwas gegen mich einfädeln.«

»Beat und Patrice Guyger?« Strauß verzog den Mund und schüttelte den Kopf. »Glaubst du wirklich? Wie willst du ihnen das nachweisen? – Egal, Kölner ist in einer guten Viertelstunde hier, du sagst nichts mehr ohne ihn.«

»Ich habe nichts getan und kann reinen Gewissens sagen, mit dem Tod von Herrn Mönch nichts zu tun haben.«

»Hier ist ein Gerichtsbeschluss, der es uns gestattet, eine DNA-Probe von Ihnen zu nehmen.«

»Einverstanden, Frau Starck, damit diese Farce ein Ende hat!«, erwiderte Kessler energisch. »Sicher eilt mein Ruf mir voraus, man nennt mich eiskalt und knallhart, aber das muss man als Frau in unserer Branche sein. Es prallt auch an mir ab, wenn die Leute sagen, ich hätte mich hochgevögelt. Aber ich würde nie das Leben von Menschen riskieren, ich bin keine Mörderin!«

Holy crap! Kathi hob beide Augenbrauen. *Sie nimmt wirklich kein Blatt vor den Mund.* Ihr Blick wanderte zu Angie, die kopfschüttelnd den Analyzer auspackte.

»Machen sie schon!«, drängte Kessler.

»Nein, Annett!«, wand Strauß ein. »Nicht bevor …!«

»Lass mich!«, bügelte sie ihn ab. »Gib Nadine Bescheid, keine Anrufe durchzustellen.«

Ohne weitere Widerworte ging Strauß hinüber zu Kesslers Schreibtisch und richtete es Frau Prechtl telefonisch aus.

Angie streifte Latexhandschuhe über, nahm Abstriche aus Kesslers Mundhöhle und steckte das Stäbchen in die Analyse-Einheit. »Das ist ein Schnelltest«, erklärte sie. »Er ermittelt Ihre DNA und vergleicht sie mit der Haarwurzel-DNA, die bei Mönch sichergestellt wurde, sie ist im Analyzer gespeichert. Das Ganze dauert etwa fünfzehn Minuten.«

»Gut, bis dahin ist Dr. Kölner da, aber wir können ihn ohnehin wieder wegschicken.«

Wir werden sehen, dachte Kathi.

Strauß setzte sich wieder. »Ich finde das nicht in Ordnung.«

»Aber ich!«, erwiderte Kessler patzig.

»Kurze Pause«, diktierte Kathi ins Padfone.

Während sie auf das Testergebnis warteten, fixierte Kessler, die langen Beine übereinandergeschlagen, die Kakteen, deren Blüten inzwischen in sich zusammengefallen waren. Strauß, mit vor der Brust verschränkten Armen, sah meist auf seine Breitling. Kathi beobachtete beide und versuchte zu enträtseln, wer nervöser wirkte. Es gelang ihr nicht, beide beherrschten Pokerface.

Als der Analyzer nach einer Viertelstunde piepste, wanderten acht gespannte Augenpaare gleichzeitig zum Tisch. Angie prüfte das Ergebnis und zeigte es Kathi.

»Hundert Prozent Übereinstimmung, das ist der Beweis.«

Kesslers Züge entgleisten, ihre Fingernägel krallten sich in die gepolsterte Armlehne. »Das ist unmöglich! Ich kenne den Mann nicht und war nie in seiner Wohnung!«

Strauß sah sie von der Seite schräg an. »Ich kann das nicht glauben!«

»Fürs Protokoll«, diktierte Kathi in ihr Padfone, »der DNA-Schnelltest bei Frau Dr. Kessler ergab eine hundertprozentige Übereinstimmung.«

»Ich fordere den Haftbefehl an und rufe eine Streife.« Angie zückte ihr Padfone.

An der Tür klopfte es. Nach Strauß' Aufforderung einzutreten, erschien Nadine Prechtl in Begleitung eines abgehetzt wirkenden Mannes. »Dr. Kölner für Sie.«

»Endlich!« Strauß sprang auf und ging ihm entgegen, um ihn mit Handschlag zu begrüßen.

Dr. Bert Kölner, ein stämmiger, kahlköpfiger Mittvierziger, trug einen naturfarbenen Leinenanzug, mit den typischen Knitterfalten vom langen Sitzen, darunter ein schwarzes Poloshirt. Sein Alu-Aktenkoffer schien schwer zu sein, er zog Kölners rechten Arm etwas nach unten und verursachte einen leichten Schiefstand der Schultern. Der Anwalt steuerte Kathi und Angie an. Sie stellten einander vor.

»Ich verstehe das nicht«, meinte er. »Dr. Kessler sagte gestern, bei P.L.A.S. sei Mist gebaut worden.«

»Dort auch.« Kathi berichtete im Telegrammstil und präsentierte das Ergebnis des Schnelltests. »Die Haare aus Mönchs Wohnung sind identisch mit Dr. Kesslers DNA. Im Labor wird noch ein ausführlicher Test gemacht.«

Kopfschüttelnd stellte Kölner den Aktenkoffer ab und setzte sich in den freien Sessel. Strauß blieb dahinter stehen und steckte beide Hände in die Hosentaschen.

Kathi schielte zu ihm. *Aha, er geht bereits auf Distanz zu Kessler.* Sie nahm im freien Sessel Platz und aktivierte das Padfone. »Ende der Pause, Rechtsanwalt Dr. Kölner ist mittlerweile anwesend. – Ich zeichne weiter auf, sind Sie einverstanden Dr. Kölner?«

»Ja, bin ich.«

»Frau Dr. Kessler, kennen Sie Jimmy Fischer?«

»Nein.«

Kölner stöhnte gereizt auf. »Wer ist das?«

»Ein Ex-Junkie und Dealer, bei dem man vergangenen Samstag eine halbe Dose mit NYX672-Pillen fand.«

»Ich kenne keinen Jimmy Fischer!«, erwiderte Kessler scharfzüngig. »Glauben Sie im Ernst, ich würde Pillen mit unserer Prägung in Umlauf bringen?«

»Dann erklären Sie mir bitte, wie ein Haar, ähnlich dem Ihren, an seinen Hosenstall geraten konnte.«

Kesslers Züge gefroren. »Wie bitte?«

»Verwenden Sie ein Leave-In-Haaröl von Kérastase namens L'Huile Rose?«

»Ja.«

»Im blonden Haar, das man bei Fischer fand und ähnliche Proteinstellen wie das Ihre besitzt, wurde es ebenfalls nachgewiesen.«

Strauß klappte die Kinnlade herunter, es schien, als stellte er das Atmen ein. *Heilige Scheiße! Hat sie ihm einen geblasen? Woher kennt sie den Typen überhaupt?*

»Können Sie eine zu 100 Prozent identische DNA nachweisen, Frau Starck?«

»Leider nicht.«

»Das reicht mir nicht als Beweis«, sagte Kölner.

Was läuft hier? Kessler fühlte sich hilflos, es war ihr fremd und machte ihr Angst, ihre Wangen brannten vor Scham und Wut. *Das ist ein Albtraum! Gebt mir was zum Werfen!* Ihre umherwandernden Augen blieben an einer der Wasserflaschen in der Kühlbox auf dem Tisch haften. *Jetzt eine von denen gegen die Fensterscheiben donnern – nein, am besten gleich die ganze Box!* Sie hörte es bereits klirren und sah Glassplitter umherfliegen. Dann atmete sie tief durch. *Contenance bewahren! Mach dich nicht angreifbar!*

»Frau Dr. Kessler«, fuhr Kathi fort. »Wo waren Sie am Abend des 1. August? Das war vergangenen Freitag.«

»Ich war im Gusto Natural, bei einem Geschäftsessen mit Robin, von halb acht bis elf Uhr. Dafür gibt es mehr als ein Dutzend Zeugen.«

»Auch das werden wir nachprüfen.«

Mit einem lauten PLING-PLING machte Angies Padfone auf sich aufmerksam.

»Der Haftbefehl ist da.«

Kathi nickte. »Leite ihn bitte an Dr. Kölner weiter.«

Während der Anwalt Angie die E-Mail-Adresse seiner Kanzlei nannte, klopfte es erneut.

»Wer ist das jetzt?«, brummte Strauß genervt. »Ja, bitte!«

Frau Prechtl öffnete, eine Streifenbeamtin und ein männlicher Kollege traten ein. Kathi winkte die beiden zu sich und wandte sich an ihre Hauptverdächtige. »Frau Dr. Kessler, ich nehme Sie fest wegen Mordes an Sebastian Mönch, des Weiteren wegen schwerer Körperverletzung mit Todesfolge in zwei Fällen und wegen Inverkehrbringen nicht freigegebener Arzneimittel.«

»Das ist ein großes Missverständnis!«, protestierte sie.

»Sie haben das Recht, die Aussage zu verweigern«, fuhr Kathi unbeirrt fort. »Alles was Sie sagen, kann gegen Sie verwendet werden. Sie haben das Recht auf einen Anwalt, sofern Sie sich keinen leisten können, wird Ihnen vom Gericht einer gestellt.« Den Anwalt erwähnte sie nur der Vollständigkeit halber, sie wollte nicht riskieren, dass Kölner wegen eines Formfehlers Beschwerde einlegt und so das weitere Verfahren verzögert. »Haben Sie alles verstanden, Frau Dr. Kessler?«

Sie seufzte. »Ja, das habe ich.«

»Dann darf ich Sie bitten.« Mit einer eindeutigen Handgeste forderte Kathi sie auf, sich zu erheben.

Kessler gehorchte, ihre Bewegungen wirkten wie ferngesteuert. Stumm und um Fassung bemüht, ließ sie sich von der Streifenbeamtin die Arme in den Rücken legen. Beim Klicken der Handfesseln durchfuhr ein Zucken ihren Körper. Als man sie hinausführte, blickte sie sich nicht einmal mehr um.

»Ende des Gesprächs mit Dr. Kessler und Dr. Strauß«, diktierte Kathi ins Padfone.

Polizeipräsidium Nürnberg

Nach der erkennungsdienstlichen Behandlung verweigerte Kessler Kathi die Aussage, mit Dr. Kölner besprach sie sich umso ausführlicher. Während der Vorführung beim

Haftrichter, beantragte er ihre Freilassung gegen Zahlung einer Sicherheitsleistung, die dieser wegen Fluchtgefahr ablehnte. Im Anschluss daran wurde Kessler in die Frauen-JVA überstellt und in U-Haft genommen.

Kathi und Angie kehrten ins Büro zurück. Wenige Minuten später spitzte Josch zur Tür herein. »Hab ich doch richtig gehört, ihr seid wieder da.«

»Das Verhör mit Dr. Kessler fiel flach«, erklärte Kathi. »Geben wir ihr eine Nacht, vielleicht ist sie morgen gesprächiger.«

»Ihr Alibi für Freitagabend ist jedenfalls wasserdicht, sie war mit Strauß im Gusto Natural.«

»Okay, danke. Dann hätten wir das.« Kathi trommelte mit den Zeigefingern auf die Tischplatte. »Was lief mit ihr und Fischer? Die Sache mit den nahezu identischen Haaren und dem Pflegeöl wurmt mich. Wie kam es an Fischers Hosen?«

»Sie könnten sich vorher getroffen haben«, mutmaßte Angie. »Sie gibt ihm das Schweigegeld und das Heroin als Bonus.«

»Und den Blowjob gabs als Extra-Bonus«, meinte Josch.

Kathi schüttelte den Kopf. »Ich kann mir das beim besten Willen nicht vorstellen.«

»Wie sonst verfangen sich weibliche Haare im Reißverschluss einer Männerhose?«

»Und wo ist das Geld abgeblieben? In Fischers Wohnung wurden nur knapp zweihundert Euro gefunden, bei Mönch waren es 65.000.«

Josch zuckte mit den Schultern. »Dann hat er es eben woanders versteckt.«

Angie lehnte sich zurück und fuhr mit allen zehn Fingern durch ihre rote Lockenpracht. »Vielleicht war doch mehr zwischen Kessler und Fischer, sie steht ja auf jüngere Männer und er sah gar nicht mal so schlecht aus.«

»Kessler und ein Ex-Junkie? Never! Eine Frau wie sie leistet sich einen Luxus-Callboy.«

»Sie steht eben auf Bad Boys«, meinte Angie augenzwinkernd.

»O Mann!«, stöhnte Kathi. »Lass mal die Stimmenauswertung unseres heutigen Gesprächs laufen.«

»Okay.« Nach wenigen Minuten erschienen Text und Grafiken auf dem großen Schirm. »Seht euch das an, überwiegend orange und rot, welch ein Unterschied zu gestern!«

»Sie hat sich ständig verteidigt.«

»Ergo hat sie gelogen«, meinte Josch.

»Wie sieht es bei Strauß aus?«

Angie holte die Daten heran. »Alles im grünen Bereich.«

»Na ja, er hat nichts Relevantes gesagt. – Okay, belassen wir es vorerst dabei. Hast du noch was für uns, Josch?«

»Nein.«

»Gut, dann fahren wir jetzt zum Power Moves.«

Fitness-Studio Power Moves, Nürnberg-Ziegelstein

»Tot, der Jimmy?« Jan Gregor schüttelte sichtlich getroffen den Kopf. Der zwei Meter große, braungebrannte Hüne schloss die Jalousien seines verglasten Büros. Er bot Kathi und Angie Platz auf den Besucherstühlen an und ließ sich in seinen hochlehnigen Chefsessel fallen. »Das haut mich jetzt echt um.«

»Er starb vergangenen Freitag an einer Überdosis Heroin.«

»Shit! Er war doch über ein Jahr clean!«

»Wir vermuten, dass er hier ein illegales Medikament verkauft hatte. Zwei Ihrer Mitglieder sind daran gestorben.«

»O Gott!« Gregor schüttelte den Kopf. »Aber der Jimmy? Nee. Seit er bei mir arbeitet, hat er sich nichts zu Schulden kommen lassen. Jedenfalls ist mir nichts aufgefallen.«

»Dann eben heimlich in der Umkleide oder auf dem Parkplatz, in den Autos. Die Spur führt hierher, die Kontakte *müssen* hier geknüpft worden sein.«

»Heroin, ich glaubs nicht! Wieso wieder diesen Scheiß?«

»Wie lang kannten Sie Fischer?«

»Seit fast zehn Jahren, er hat in seiner aktiven Zeit schon bei mir trainiert.« Gregor zeigte auf eine gerahmte Fotografie, eine von vielen an der Wand, zwischen den Vitrinen und Regalen mit Dutzenden Pokalen. »Das sind Fish und ich auf Hawaii, 2019 bei der Siegerehrung, als er Vizeweltmeister im Surfen wurde. Der schwere Unfall im Jahr darauf hat ihn total aus der Bahn geworfen, er hat sich nicht mehr blicken lassen. Letzten Dezember stand er plötzlich hier auf der Matte, erzählte seine Junkie- und Dealer-Story und dass er auf Bewährung raus ist. Ich habe ihm eine Chance gegeben und ihn eingestellt, erstmal befristet für ein Jahr. Er war pünktlich, fleißig und zuverlässig, außerdem hatte er sich für eine Ausbildung zum Fitness-Coach angemeldet. Ich wollte ihn fest anstellen, als Aufsicht und Instructor. – Ich verstehs nicht.«

»Kennen Sie einen Sebastian Mönch?«

Er überlegte kurz. »Nee, sagt mir nichts, wir haben über 700 Mitglieder und nennen uns alle beim Vornamen.«

»Er ist aus Nürnberg.«

»Moment, wir haben ein paar Sebastians.« Gregor tippte sein Passwort ein und holte die Mitgliederdatei auf den Schirm. »Suche Mönch, Sebastian«, diktierte er. Nach wenigen Sekunden erschien das Ergebnis. »Kein Eintrag vorhanden.« Er drehte den Schirm zu Kathi. »Sehen Sie selbst.«

Ein Blick reichte ihr. »Okay, danke.«

»Offenbar kannte er Fischer von woanders«, flüsterte Angie ihr zu.

»Würden Sie uns bitte die komplette Mitgliederliste zur Verfügung stellen, Herr Gregor?«

»Klar.«

»Die E-Mailadresse lautet Info ät SOKO Bindestrich Pillen Punkt de.«

»Ich schicke Sie Ihnen gleich.«

»Vielen Dank. Außerdem sollte man hier mit einem Aushang vor dem Medikament warnen.«

»Gute Idee, das machen wir.«

»Unsere Pressestelle wird sich bei Ihnen melden.«

Auf dem Rückweg zum Präsidium überflog Kathi Gregors Liste und blieb bei ›St‹ hängen. »Ich glaubs nicht! Robin Strauß ist auch Mitglied!«

»Ha!«, japste Angie und verriss beinahe das Lenkrad. »Sorry.« Sie umklammerte es mit beiden Händen und konzentrierte sich wieder auf die Straße. »Ist er am Ende Kesslers Komplize?«

»Langsam glaube ich, alles ist möglich. Sie hat dafür gesorgt, dass die Pillen beiseitegeschafft werden und er kümmert sich um den Verkauf. Fitness-Studios dienen als Umschlagplätze von allen möglichen Mittelchen. Ich spinne jetzt mal: Strauß spricht Fischer an, weil ihm die Fixernarben aufgefallen sind. Er will NYX672 nicht nur über das Studio verkaufen, sondern dessen Kontakte in die Szene nutzen. Angenommen, Fischer hat die Pillen für die beiden vertickt, das Zeug spricht sich in Insiderkreisen schnell herum, weil es wie Koks wirkt und man es mit Standard-Drogentests nicht nachweisen kann, Fischer wittert das große Geschäft und erpresst Kessler mit den Originalpillen.«

»Das war sein Todesurteil.«

»Vielleicht lief es ab, wie ich heute Mittag sagte. Durch das Geld, wo immer es auch ist, wiegt Fischer sich in Sicherheit. Er nimmt das Heroin und wird schwach. Ich wette, er wusste nichts von der Reinheit und hat sich ungewollt den Goldenen Schuss verpasst.«

»Als es ihn weggebeamt hat, waren Kessler und Strauß im Gusto Natural«, erinnerte Angie.

»Das perfekte Alibi.«

»Dann müssen sie sich vorher getroffen haben.«

»Richtig.«

»Wo ist Fischers Geld? Von Kesslers Konto gab es keine größeren Barabhebungen in den letzten zwei Monaten.«

»Sicher bunkern sie etwas zu Hause, in einem Safe.«

Angie sah in Rück- und Seitenspiegel und setzte den Blinker, bevor sie in die Karl-Grillenberger-Straße einbog. »Was meinst du, was könnte man pro Stück verlangen?«

»Den Preis von Koks würde ich sagen. Ein Gramm kostet im Durchschnitt 80 Euro.« Kathi sah auf dem Pad nach. »195.688 Stück waren laut Hinze noch übrig. – Rechne 195.688 mal 80«, diktierte sie. »Allmächd! Das macht über 15 Millionen Euro, wenn alle verkauft werden, das sind zehn Prozent der Entwicklungskosten!«

»Wollen sie durch den illegalen Verkauf einen Teil wieder reinbekommen?«

»Wer weiß? Wie viel könnte das bis jetzt sein?«

»Bei Mönch fand man 100 Dosen mit jeweils 50 Kapseln, also 5.000«, rekapitulierte Angie. »Thomas sagte, eine Kapsel entspricht einer Pille, im Behälter waren noch knapp 187.000. 195.688 minus 5.000 minus die 187.000 ergibt zirka 3.700 verkaufte Kapseln oder Pillen. Die mal 80 Euro pro Stück, das sind 296.000 Euro, ein nettes Nebeneinkommen.«

»Wenn wir zurück sind, rufe ich Patrick wegen des Aushangs für das Power Moves an und erkundige mich, ob er die offizielle Pressemitteilung schon verschickt hat.«

Polizeipräsidium, Kathis Büro
Während des Besuches bei Power Moves waren die Aufnahmen der Überwachungskameras am Stadtpark gekommen. Die Überprüfung ging schnell, sie schlossen den Bereich, in dem Kessler parkte, nicht mit ein, sie deckten nur das Stück zwischen Park und Hauptstraße ab. Als Nächstes widmete sich Angie den Mautdaten aller Fahrzeuge von Norikus und der näheren Umgebung und glich das Bewegungsprofil von Kesslers Mercedes mit der Liste von Juni bis heute ab.

»Kessler ist am Freitag kurz nach fünf von der Firma direkt nach Hause gefahren«, berichtete sie, als Kathi mit zwei großen Gläsern Eistee aus der Teeküche zurückkehrte.

»Super, danke!« Angie genehmigte sich sofort einen Schluck. »Mmmhhh, ist der lecker.«

»Hat Ott spendiert.«

»Sehr nett, von mir aus darf er Grünbaum öfter vertreten. – Weiter mit den Daten: Gegen halb acht fuhr Kessler zum Restaurant, aber sie war nie in Norikusnähe, jedenfalls nicht mit ihrem Wagen.«

»Sie hätte genug Zeit gehabt, um mit einem Taxi zu Fischer zu fahren. Ruf bitte die Zentrale an, ob es Fahrten von Erlenstegen aus gab. Sie könnte auch allein mit Strauß' Wagen oder bei ihm mitgefahren sein.«

»Das wissen wir genau, sobald die Bewegungsdaten seines Rovers da sind.«

Kathi zog eine Schnute. »Warum dauert das so lang?«

»Du kennst doch die Mautfuzzies, gegen Strauß liegt bis jetzt nichts vor. Das hat bei denen Prio zwei.«

Kathis Telefon läutete, ohne hinzusehen nahm sie ab. »Hallo, hier Starck, Kriminalpolizei Nürnberg, Morddezernat zwo … Ja, Herr Schulte, Sie sind richtig … Im Power Moves? Aha!« Sie neigte sich etwas vor und hörte aufmerksam zu, ihre Züge erhellten sich zusehends. »Würden Sie das schriftlich bezeugen? … Sehr gut, wann können Sie ins Präsidium kommen? … In einer Viertelstunde, perfekt! Melden Sie sich am Empfang, Sie werden abgeholt. Und bringen Sie bitte die Dose mit … Vielen Dank, Wiederhören.« Sie legte auf. »Das war ein gewisser Sven Schulte, er ist Mitglied des Power Moves. Er hat trainiert, während wir mit Gregor sprachen und mitbekommen, wer wir sind. Als wir weg waren, hat er ihn gefragt, worum es ging. – Halt dich fest: Schulte hat die Pillen von Strauß!«

Angie japste. »Ich glaub, ich spinne!«

»Diese linke, schauspielernde Ratte! Steht neben Kessler und tut so, als ob er keiner Fliege etwas zu leide tun könnte, dabei hat *er* das Zeug im Studio vertickt!«

»Mit dem Mord kann er nichts zu tun haben, er war bis Dienstag in Würzburg.«

»Das sind rund 120 Kilometer von hier, also etwa eindreiviertel Stunden Fahrzeit, das ist nicht viel.« Kathi nahm ihr Glas mit dem Eistee und legte es zur Kühlung an die Stirn. »Was lief heute in Kesslers Büro ab? Wären sie Komplizen, würden sie sich gegenseitig Alibis verschaffen.« Sie trank aus und stellte das Glas ab. »In welchem Hotel fand dieses Symposium statt, Angie?«

»Im Royal.«

»Ich rufe da jetzt an. – Suche Hotel Royal, Würzburg.« Das VisuTel-Fenster poppte nach wenigen Sekunden auf. »Bitte verbinden.« Kathi landete in der Telefonzentrale, sie gab sich als Kriminalbeamtin zu erkennen, schilderte ihr Anliegen und wurde verbunden.

»Das Symposium war etwa um 12:30 Uhr zu Ende«, erklärte die Sekretärin der Event-Abteilung. »Der Dozent für die Nachmittagsveranstaltung war überraschend erkrankt und auf die Schnelle hatte man keinen Ersatz gefunden.«

»Wann hat Dr. Robin Strauß ausgecheckt?«

»Moment bitte, ich sehe nach.« Es dauerte nicht lang. »Um 12:58 Uhr, die Rechnung wurde mit Kreditkarte bezahlt.«

»Vielen Dank.« Kathi beendete das Telefonat und lehnte sich, die Arme verschränkt, zurück. »So, jetzt sind wir wieder ein Stück schlauer. Was hat Strauß ab Mittag in Würzburg gemacht?«

»Vielleicht etwas gegessen«, meinte Angie, »oder er unternahm am Nachmittag etwas mit anderen Teilnehmern.« Ein leises PLONG-PLONG ließ sie zu ihrem Monitor sehen. »Super Timing! Die Bewegungsdaten seines Wagens!« Sie schob alle auf die Pinnwand.

```
Fahrzeughalter: Dr. Strauß, Robin
Range Rover Evo XE, amtl. Kennzeichen: N-RS 1

Freitag - 1.8.2025

16:30 h Abfahrt Südwestpark
16:56 h Ankunft Neubleiche
18:00 h Abfahrt Neubleiche
18:25 h Ankunft Steinplattenweg
18:53 h Abfahrt Steinplattenweg
19:11 h Ankunft Bürgweg
22:56 h Abfahrt Bürgweg
23:14 h Ankunft Steinplattenweg

Samstag - 2.8.2025 / Sonntag - 3.8.2025
Keine Fahrzeugbewegungen

Montag - 04.08.2025
06:00 h Abfahrt Steinplattenweg
08:10 h Ankunft Würzburg, Schweinfurter Str.
13:10 h Abfahrt Schweinfurter Str.
13:22 h A3 Fahrt von Würzburg nach Nürnberg
15:01 h Ankunft Neubleiche
16:51 h Abfahrt Neubleiche
17:20 h Ankunft Steinplattenweg
17:58 h Abfahrt Steinplattenweg
```

Störung
19:21 h Ankunft Neubleiche

Dienstag - 05.08.2025
09:22 h Abfahrt Neubleiche
09:54 h Ankunft Südwestpark

»Dieses Aas hat gelogen!« Kathi gab einen fauchenden Laut von sich. »Er war am Montagnachmittag in Nürnberg!«

»Die Neubleiche ist in der Nähe der S-Bahn-Haltestelle Dürrenhof. Ist er mit den Öffis weitergefahren?«

»Keine Ahnung, Freitagnachmittag war er auch dort. Was gibts noch in der Nähe?«

»Die Apotheker- und Ärztebank, der Milchhof, ein Hotel.« Kathi spitzte die Ohren. »Ein Hotel? Hat er eine Freundin und deshalb wegen Würzburg gelogen?«

»Gut möglich, gestern stand sein Wagen über Nacht auch an der Neubleiche.«

»Gehen wir mal davon aus, dass er ihn nicht verliehen hatte und selbst am Steuer saß.«

»Die Daten Würzburg-Nürnberg passen jedenfalls.«

»Was liegt eigentlich am Bürgweg?«

»Das war am Freitagabend, könnte das Gusto Natural sein.« Angie warf einen Blick auf die Webseite des Restaurants. »Richtig, Bürgweg 25.«

»Von welchem Zeitraum haben wir die Bewegungsdaten von Strauß' Wagen?«

»Moment.« Angie scrollte zum Dateianfang. »Ab Januar. Warum fragst du?«

»Selektiere bitte die häufigsten Fahrziele in Nürnberg, außer Firma und Wohnhaus.«

»Okay, also ohne Südwest-Park und Steinplattenweg.« Angie benötigte keine Minute. »Ha! Die Neubleiche ist mit Abstand das häufigste Ziel, manchmal war er wöchentlich dort.«

»Ich kombiniere mal: Er war regelmäßig dort, es gibt ein Hotel in der Nähe – er könnte eine Affäre haben.«

Mit einem leisen PLONG meldete Kathis Monitor einen eingehenden Anruf via VisuTel. »Gespräch annehmen.«

Das Fenster zeigte Arktis-Chef Bartel. »Hallo, Frau Starck.«

»Hallo, Herr Bartel.«

»Ich habe etwas für Sie. Unser Überwachungssystem läuft wieder, beim Checken habe ich entdeckt, dass die Innenhofkamera während des Gewitters doch einige Zeit aufgezeichnet hat. Leider sind die Bilder durch die beschlagenen Linsen nicht besonders scharf. Später sieht man gar nichts mehr, weil eine Plastiktüte draufklebte.«

»Eine Plastiktüte?«

»Hat wahrscheinlich der Wind hochgewirbelt.«

»Ausgerechnet! Schicken Sie das Video bitte an Info ät SOKO Bindestrich Pillen Punkt de.«

»Okay, geht gleich raus.«

»Noch eine Frage, Herr Bartel: Sie sagten, Sie waren gestern länger im Büro, ist Ihnen im Hof etwas aufgefallen?«

»Nein, ich habe nicht ständig aus dem Fenster gesehen, ich war mit meiner IT beschäftigt.«

»Hätte ja sein können. Vielen Dank, auf Wiederhören.«

»Wiederhören.«

Kathi schloss das VisuTel-Fenster. Kurz darauf meldete das E-Mail-Programm einen Eingang. »Das Video von Arktis ist da.«

Angie schob es neben Strauß' Fahrzeugbewegungsdaten und ließ es ab der Zeitmarke 18:00 Uhr laufen: Im strömenden Regen verließ ein LKW den Innenhof. Um 18:19 Uhr hörte es auf zu regnen und die Linse beschlug. Um 18:22 erschienen die Umrisse eines Arktis-Servicefahrzeugs, gefolgt von einem weißen Geländewagen, der vor Mönchs Haus hielt. Das Nummernschild war leider verdeckt. Ein großer, schlanker Mann stieg aus, öffnete den Kofferraum und entlud ihn. Um 18:26 wehte es die Tüte vor die Linse.

»So was Blödes!«, knurrte Kathi. »Zoome bitte mal das Typenschild näher ran, sieht aus wie Evo XE, oder?«

»Würde ich auch sagen, der Evo XE ist ein Range Rover.«

»Ha! Ein weißer Range Rover Evo XE vor Mönchs Haus, das ist kein Zufall mehr! Was sagt uns das, Angie?«

»Strauß war dort.«

»Körpergröße und Figur des Mannes passen auch auf ihn. Unsere Spezialisten sollen das Bild schärfen und das Gesicht mit dem biometrischen Foto seines Perso abgleichen. – Lass das Filmchen nochmal langsamer laufen, bis die Tüte die Sicht versperrt, vielleicht sieht man Kessler.«

Die beiden beobachteten das Geschehen genauer. Von zwei Arktis-Mitarbeitern abgesehen, die bei dem strömenden Regen zum LKW rannten und einstiegen, erschien niemand.

»Entweder Kessler weiß, wo die Kameras hängen und hat sich vorbeigemogelt«, meinte Angie. »Oder sie war bereits dort. Sie kam neun nach sechs am Stadtpark an und die dreihundert Meter in die Wurzelbauerstraße sind wenigen Minuten zu schaffen.«

»Aber es hat noch stark geregnet, trotz Schirm wäre sie nass geworden. In Mönchs Wohnung war der Boden trocken.«

»Stimmt.« Angie schürzte die Lippen. »Könnten Strauß und Kessler Mönch gemeinsam ermordet haben?«

»Jedenfalls hatten sie eine gute halbe Stunde Zeit.«

»Aber warum fand man keine Spuren von ihm?«

»Er war eben vorsichtiger. Vermutlich trug Kessler keine Schutzkleidung, weil sie Strauß die *Drecksarbeit* allein machen ließ. Dann ging es ihr zu langsam und hat mitgeholfen, zum Beispiel Mönch in die Wanne zu legen. Dabei könnten sich Haare gelöst haben. Am Ende hat sie gewischt, deshalb war der Fußboden trocken.«

»Und Strauß' Spuren hat sie gleich mit weggewischt.«

»Thomas soll alles aus Mönchs Wohnung nochmal auf fremde, männliche Spuren checken. Ich rufe ihn gleich an.«

Wenig später meldete der Empfang die Ankunft von Sven Schulte. Kathi holte ihn ab, nahm seine Aussage auf, ließ sie ausdrucken und unterschreiben – eine Sache von einer Viertelstunde. Er übergab ihr eine halbvolle Dose mit Kapseln, die sie anschließend zu Thomas ins Labor zur Analyse brachte.

Zurück im Büro, wartete Angie mit den nächsten guten Nachrichten auf. »Der Haftbefehl für Strauß ist gerade gekommen und ich habe eine Idee, was er Freitag- und Montagnachmittag in der Neubleiche gemacht haben könnte. Er besitzt dort eine Wohnung, Hausnummer fünf. Laut Einwohnermeldeamt ist zurzeit keiner gemeldet, offenbar hatte er Besichtigungstermine mit Miet-Interessenten.«

»Am Montag wäre das sehr kurzfristig gewesen, aber möglich, Studenten sind scharf auf Wohnungen in Uni-Nähe.«

»Kessler wähnte ihn in Würzburg.«

»Sie hat gelogen, Angie. Nachdem wir weg waren, hat sie ihn angerufen und über den Pillen-GAU informiert.«

»Aber er muss doch wissen, dass sein Wagen nachträglich geortet werden kann.«

»Er wäre nicht der Erste, der das einfach vergisst, deshalb fuhr er direkt vor Mönchs Haus. Ich rekonstruiere mal: Nach unserem Besuch bei P.L.A.S. ruft Mönch Kessler oder Strauß an und verlangt mehr Schweigegeld. Das könnte der Anruf um 16:18 Uhr gewesen sein. Strauß holt später das Geld aus dem Safe im Haus, das würde seine Fahrt nach Erlenstegen erklären. Dann fährt er zu Mönch. Kessler ist bereits dort und hält ihn wegen des Geldes hin – das Bewegungsprofil ihres Wagens passt jedenfalls. Mönch ist es zu wenig Kohle, es kommt zum Streit und Strauß schlägt zu.«

»Vielleicht haben er und Kessler da erst beschlossen, ihn endgültig zum Schweigen zu bringen.«

»Nein, Angie, der Mord war geplant. Das Pentobarbital hatten sie nicht zufällig dabei.«

»Du hast Recht.« Sie wickelte eine Haarlocke um den Zeigefinger. »Aber warum fuhr Strauß hinterher wieder zurück zur Neubleiche und warum stand Kesslers Mercedes bis kurz nach neun am Stadtpark?«

»Das finden wir noch raus. Strauß hat die Kapseln im Studio verkauft, er steckt knietief in der Scheiße! Ich bin gespannt, welche Ausrede er für Montag auf Lager hat.«

☠

Südwestpark, NyxPHarm

Der Einrichtungsstil in Strauß' Büro ähnelte dem von Kessler, nüchtern und ebenfalls mit Zugang zur Dachterrasse. Strauß erhob sich vom Schreibtisch, einem Acrylglas-Ungetüm, als Kathi und Angie ihn ansteuerten. »Was kann ich für Sie tun? Frau Prechtl richtete aus, es sei wichtig.«

»Das stimmt.«

»Sie haben Glück, mich so spät noch anzutreffen. Ich musste wegen Annetts Verhaftung einiges delegieren.«

Du wirst gleich noch mehr delegieren müssen! Kathi hielt ihm das Padfone mit dem Haftbefehl unter die Nase. »Dr. Strauß, ich nehme Sie fest. Ihnen wird Beihilfe zum Mord an Sebastian Mönch zur Last gelegt, daneben schwere Körperverletzung mit Todesfolge in zwei Fällen und Inverkehrbringen nicht freigegebener Arzneimittel, sowie Irreführung der Ermittlungsbehörden.«

Strauß' arroganter Blick erstarrte, sein selbstgefälliges Grinsen gefror, langsam sank er in den Sessel. *Fuck! Sie sind mir auf die Schliche gekommen!* In seinem Schädel hämmerten die Gedanken, äußerlich ließ er sich nichts anmerken, stoisch dreinblickend hörte er zu.

Während Angie die beiden Streifenbeamten hereinholte, fuhr Kathi mit dem Spruch zum Aussageverweigerungsrecht und der freien Anwaltswahl fort und erläuterte die Details zum erhobenen Tatvorwurf.

»Haben Sie alles verstanden, Dr. Strauß?«, hakte Kathi am Ende nach.

»Sie haben die Zeugenaussage. Ja, ich habe NYX672 als Kapseln verkauft, aber Beihilfe zum Mord«, seine Stimme verschärfte sich, »das lasse ich mir nicht anhängen! Sie haben keine Beweise!«

»Doch, die haben wir! Am Montag waren Sie seit etwa 15:00 Uhr wieder in Nürnberg, Ihr Wagen stand an der Neubleiche und ab 18:22 für unbestimmte Zeit direkt vor Mönchs Wohnung in der Wurzelbauerstraße.«

Fuck! Die Bewegungsdaten! Verärgert biss Strauß die Zähne zusammen. *Und ich Idiot dachte, sie lassen mich nach Annetts Verhaftung in Ruhe! Fuck!*

»Außerdem sind wir in Besitz von Aufnahmen einer Überwachungskamera.« Kathi vollführte eine generöse Handbewegung. »Sie dürfen gern Ihren Anwalt anrufen.«

»Das werde ich!« Er beugte sich vor, in Richtung Telefon. »Hallo, Frau Prechtl.«

Sie meldete sich unverzüglich. »Ja, Dr. Strauß?«

»Rufen Sie Kölner und Jungnickel an, ich brauche sie!«

»Wird sofort erledigt, Dr. Strauß.«

Rufen Sie Kölner und Jungnickel an, wiederholte Kathi in Gedanken. *Ohne bitte und ohne Doktortitel, sind wir ein bisschen angepisst?* Sie verkniff sich ein Grinsen. *Schadenfreude ist die schönste Freude.* »Die nächste Aufsichtsratssitzung wird wohl nicht lang auf sich warten lassen, zwei neue Vorstände müssen benannt werden.«

Strauß' verachtender Blick traf Kathi mit voller Wucht, aber sie hielt ihm stand. *Du brauchst mich gar nicht so anzusehen! Wollen wir es austragen, wer länger durchhält?* – Ein spöttisches Lächeln umspielte ihren Mund, als er den Kopf senkte und sich entschied, seine Breitling zu fixieren. *Schon verloren, mein Junge!* In den wenigen Minuten, die sie auf Dr. Jungnickel warteten, zupfte Strauß mehrere Male an seinem Hemdkragen und weitete ihn. *Dir wird wohl ein bisschen warm.* Kathi wollte nicht länger zusehen. *Das nervt!* Sie bat ihn, sich zu erheben und die Streifenbeamten, ihm die Handfesseln anzulegen.

Just in diesem Moment erschien Frau Prechtl mit einem hageren, wenig begeistert wirkenden, Mittfünfziger. Scheinbar hatte sie ihn bereits über die Anwesenheit der Polizei informiert. Der Anblick seines gefesselten Vorstandskollegen machte ihn so perplex, dass er vergaß, zu grüßen. »Was ist hier los?«

Kathi trat zu ihm. »Dr. Jungnickel, nehme ich an.«

»Richtig.«

»Mein Name ist Starck, Kripo Nürnberg. Dr. Strauß ist festgenommen.«

Jungnickel blieb der Mund offenstehen, er wich einen Schritt zurück. »Darf ich fragen, weshalb?«

»Ich mache es kurz: Beihilfe zum Mord, schwere Körperverletzung mit Todesfolge, Inverkehrbringen nicht freigegebener Arzneimittel.«

Jungnickel stand da wie ein begossener Pudel, zu keiner Regung fähig.

»Dr. Kölner wird Sie später informieren«, erklärte Strauß, bevor man ihn abführte.

Polizeipräsidium, Verhörraum B-233

Strauß saß auf einem der vier Stühle des fensterlosen, grau getünchten Raumes und malte mit den Fingern unsichtbare Symbole auf die Platte des massiven Metalltisches, immer an dieselbe Stelle. Eine armlange Kette, an den Stahlbügeln am Tisch befestigt, verband seine Handschellen miteinander und schränkte seinen Bewegungsspielraum ein. *Wie spät ist es eigentlich?*, fragte er sich. Er vermisste seine Breitling, diese hatte man ihm nach der erkennungsdienstlichen Behandlung abgenommen. *Wehe, die bekommt einen Kratzer ab!* Er glaubte, ein Geräusch zu hören und schielte zum zwei mal drei Meter großen Einwegspiegel an der Wand. *Bestimmt beobachten sie mich, genau wie der Bulle an der Tür. Glotzt nur, genießt euren Triumph, ich bin hier bald wieder raus!*

Die Tür wurde von außen geöffnet. Strauß beendete sein imaginäres Gekritzel. Mit einem stummen ›Endlich!‹ auf den Lippen, sah er über die Schulter und zuckte zusammen, als er Kathi entdeckte.

»Hallo.« Sie fächelte sich mit einer dünnen Mappe Luft zu und trat an den Tisch.

Vorwurfsvoll streckte Strauß ihr beide Hände entgegen, bis sich die Kette spannte. »Muss das sein? Sie behandeln mich wie einen Schwerverbrecher.«

Kathi beäugte ihn geringschätzig.

An der Tür klopfte es, der Polizist öffnete unverzüglich und ließ Dr. Kölner ein. Er grüßte knapp und nahm neben seinem Mandanten Platz. Er kramte einen Spiralnotizblock, einen Bleistift und ein Tablet aus dem Koffer und legte alles akkurat nebeneinander auf den Tisch.

Kathi schob ihm die Mappe hin. »Das ist der Haftbefehl, Sie müssten ihn inzwischen per E-Mail erhalten haben.«

»Ja, habe ich.«

»Gut. Ich warte draußen, bis Sie und Dr. Strauß sich besprochen haben.«

Nach einer halben Stunde holte der Streifenbeamte Kathi herein, jetzt in Begleitung von Angie. Sie setzten sich den Männern gegenüber. Kathi ließ per Knopfdruck zwei grazile Mikrofone aus der Tischplatte fahren. »Dienstag, 5. August 2025, Aktenzeichen 3.4.80 Strich 2025. KHK Starck und KA Knecht anwesend zur Vernehmung von Dr. Robin Strauß im Beisein seines Anwalts Dr. Kölner. – Gibt es Fragen vorab?«

»Nein, keine.«

»Von Ihnen, Dr. Strauß?«

»Nein.«

»Erzählen Sie uns etwas zu Ihrer Wohnung in der Neubleiche. Wie bereits erwähnt, stand Ihr Rover am Montagnachmittag längere Zeit dort.«

Scheiß Überwachungsstaat! Strauß verschränkte seine Finger und betrachtete die manikürten Nägel.

»Waren Sie allein?«, fragte Kathi.

»Nein«, gab er zähneknirschend zu.

»Was haben Sie dort gemacht? Wir wissen übrigens, dass die Wohnung seit einiger Zeit leer steht.«

Fuck! Ich bin am Arsch! Er ächzte und dachte angestrengt nach. *Gibt es dort Überwachungskameras? Bestimmt, so nah an der S-Bahn. Ich gebe es lieber zu.* »Ich traf mich mit einer Frau.«

»Aha, Sie haben eine Affäre. Seit wann?«

»Seit Ende Januar, wir treffen uns immer dort.«

Er sagt die Wahrheit. Kathi nickte zufrieden. »Wie lautet der Name dieser Frau?«

Strauß schüttelte vehement den Kopf. »Sie hat mit der Sache nichts zu tun.«

»Ihre Entscheidung. Zu Ihrer Information, die Spurensicherung ist mit einem Durchsuchungsbeschluss zur Wohnung unterwegs.«

»Dort werden Sie nichts Besonderes finden.«

»Überlassen Sie das uns, Dr. Strauß. – Sie kannten Mönch von P.L.A.S., nicht wahr?«

»Ja.«

»Er hat die Pillen in Ihrem Auftrag zur Seite geschafft.«

»Ja.«

»Was weiß Dr. Kessler von der Sache?«

Kölner klopfte mit dem Bleistift monoton auf den Notizblock und warf einen eindringlichen Seitenblick zu Strauß.

Kathi ließ die beiden nicht aus den Augen. *Ich wette, sie haben sich vorhin wegen Kessler abgesprochen.* Sie wartete noch ein wenig. »Okay, Sie ziehen es vor, nicht zu antworten. – Wie lief das Ganze ab?«

»Mönch hat die Pillen im Labor ausgetauscht, fragen Sie mich nicht wie. Ich weiß nur, er nahm Katzenstreu, die hat in etwa dasselbe Gewicht.«

»Wohin brachte er die Pillen?«

»In seine Wohnung, wo Sie sie gefunden haben. Dort hat er gleich einen Teil pulverisiert und in Kapseln gefüllt, das war so ausgemacht.«

»Wo könnte er sich Mörsermühle und Kapselfüllmaschine besorgt haben?«

»Wahrscheinlich waren es ausrangierte Geräte von P.L.A.S. oder er hatte sie von Ebay, dort gibt es doch alles.«

»Warum sind Sie am Montag zu ihm gefahren?«

»Er wollte mehr Geld. Am Nachmittag rief er mich an, er war total nervös und erzählte, zwei Typen wären an dem Zeug gestorben und die Bullen hätten herumgeschnüffelt.«

Kathi hob eine Augenbraue. »Wie viel wollte er?«

»Weitere 100.000, 50.000 hatte er schon bekommen. Ich sagte, ich müsste das Geld erst beschaffen und bot ihm 15.000 an, die lagen bei uns zu Hause im Safe. Den Rest wollte ich bis Ende der Woche besorgen. Ich fuhr zu ihm, gab ihm das Geld und nahm einen Beutel mit fünfzig abgefüllten Dosen mit. Aber ich habe ihn nicht ermordet, als ich ging, lebte er noch!«

»Wann war das?«

»Das weiß ich nicht mehr genau, ich habe nicht auf die Uhr gesehen. Ich war höchstens eine halbe Stunde bei ihm.«

»Glauben Sie, mein Mandant würde direkt vor Mönchs Haus fahren, wenn er ihn ermorden wollte?«, wand Kölner ein. »Ich dachte, Sie hätten die Aufnahme der Überwachungs-kamera.«

»Leider wurde die Optik ab 18:26 Uhr durch eine hochge-wehte Plastiktüte blind, wir wissen nicht, wann er dort wieder wegfuhr.« Kathi wandte sich wieder an Strauß. »Sie sagten, Sie nahmen einen Beutel mit fünfzig Dosen mit. Obwohl Sie wussten, dass zwei Männer nach dem Konsum gestorben sind, wollten Sie das Zeug weiter verkaufen? Hatten Sie keine Skrupel?«

»Die beiden litten an Hypertonie und waren anderweitig vorbelastet, das war eben Pech.«

Kathis Augen weiteten sich. »Pech? Ich fasse es nicht!«

»Ich wusste nichts von deren Krankheiten«, erwiderte er schnoddrig. »Sonst hätte ich es ihnen nicht verkauft. Als Annett mich Montagnachmittag anrief und mir davon berichtete, glaubte ich, mich verhört zu haben. – Das Zeug ist an sich nicht gefährlich, ich nahm es selbst.«

»Trotz der Nebenwirkungen bei den Primaten?«

»Die Tiere bekamen hohe Dosen verabreicht. Primaten, gezüchtet zu Testzwecken, oft überzüchtet, sind keine Menschen, außerdem waren nicht alle betroffen. Nachdem Hinze mir die miesen Testergebnisse präsentiert hatte, bat ich ihn, mit der Vernichtung der Pillen zu warten. Ich wollte mir die Daten in Ruhe ansehen. Ich nahm mir Blut ab und schluckte eine Pille, nach sechs Stunden wiederholte ich es und nach weiteren sechs ein drittes Mal. Mein Puls stieg leicht an und der Blutdruck erhöhte sich, beides gab sich wieder. Am Ende kontrollierte ich die Blut- und Leberwerte, die waren in Ordnung. Ich war sicher, es lag an der hohen Dosierung über eine lange Zeit, deshalb wurden die Primaten krank. Ein gesunder Mensch, der ab und zu eine nimmt, übersteht es unbeschadet.«

»Dieses Risiko sind Sie eingegangen?«

»Warum nicht?«

»Ja, warum nicht«, erwiderte Kathi zynisch. »Alles für die Wissenschaft, NYX672 taugt zwar nicht für die Dauertherapie bei Migräne, aber als Aufputschmittel.« Sie schielte zu Kölner, der unleserliche Notizen auf seinen Spiralblock kritzelte. *Mit der Schrift hättest du Arzt werden können.*

»Die Wirkung war der Hammer«, sagte Strauß. »Besser als bei Koks.«

»Sie konnten also vergleichen.«

»Haben Sie sich noch nie eine Line reingezogen?«

»Nein.«

Er sah Kathi skeptisch an. »Noch nie?«

»Ich brauche derartigen Mist nicht!«, erwiderte sie pikiert. »Halten Sie mich ruhig für spießig.« *Scheinbar kennst du nur kettenrauchende, drogen- oder alkoholabhängige Kommissare mit Psychoknacks, wie sie durch manche TV-Krimis trampeln!* »NYX672 kann man mit den üblichen Drogentests nicht nachweisen, war das mit ein Grund, es zu verkaufen?«

»Es zu vernichten, wäre eine Schande gewesen. Das Geld und die Arbeit, die man reingesteckt hat und dann heißt es ›Ab auf den Müll‹? – Nee, nicht mit mir! Wissen Sie, was es bedeutet, ein neues Medikament auf den Markt zu bringen? Zehn Jahre Entwicklungszeit und 1,5 Milliarden Euro!«

»Sie handelten also aus Geldgier. Wenn es hier keinen Markt gäbe, hätten Sie das schädliche Zeug wahrscheinlich in ein Entwicklungsland verscherbelt.«

»Das wäre Perlen vor die Säue werfen«, kam als kaltschnäuzige Antwort.

Der Worte beraubt, schielte Kathi zu Angie, die zu ihr und beide gleichzeitig mit Strauß zu Kölner. Der Anwalt hatte vor Schreck den Bleistift in den Notizblock gerammt, so heftig, dass die Spitze abgebrochen war. Reflexartig schlug er mit der flachen Hand auf den Block, um sie am Davonhüpfen zu hindern. Kathi hätte vor Lachen losbrüllen können, wäre Strauß' Aussage nicht so traurig gewesen. Verlegen kramte der Anwalt einen Dosenanspitzer aus seinem Koffer und drehte den Bleistift sachte darin. Das sonore Knirschen machte Kathi wahnsinnig, am liebsten würde sie Kölner das Ding aus der Hand reißen und gegen die Wand donnern. Sie räusperte sich absichtlich laut. Der Anwalt deutete es richtig und stellte den Anspitzer zur Seite.

Endlich!, dachte Kathi. »Nahmen Sie später noch einmal Pillen, Dr. Strauß?«

»Ja, gelegentlich, mir hat es nicht geschadet.«

Nachdem was du so vom Stapel lässt, hat es deine Birne aufgeweicht! »Was bedeutet *gelegentlich*?«

»Eine bis zwei pro Woche.«

»Einige Ihrer Kunden nahmen eine bis zwei pro Tag.«

»Ich riet jedem, es nicht zu übertreiben.«

»Das wollte scheinbar keiner hören.«

»Das ist nicht mein Problem, sie waren scharf auf das Zeug.«

»Wie Kinder, die scharf auf Süßigkeiten sind«, erwiderte Kathi zynisch. »Sie bekommen schlechte Zähne, werden dick und krank. Sie können froh sein, dass es bisher nur zwei Todesopfer gibt. An wen haben Sie die Kapseln verkauft?«

»An 53 Jungs im Studio, seit Mitte Juni.«

»Ausschließlich an Männer?«

»Ja.«

»Nur im Power Moves?«

»Ja.«

»Wie heißen Ihre Abnehmer?«

»Von den meisten kenne ich nur den Vornamen, ich habe auch keine Handynummern. Wenn sie Nachschub wollten, kamen sie auf mich zu.«

»Ich will alle Namen, an die Sie sich erinnern.«

»Okay.«

Kölner kritzelte etwas mit dem frisch angespitzten Bleistift auf seinen Block.

Gott, ist das eine Sauklaue!, dachte Kathi. *Na ja, er muss es lesen können.* »Wie lief der Deal ab, Herr Strauß?«

»Zuerst gab es eine Kapsel gratis, zum Probieren. Danach wollte jeder mehr, das Zeug hat es in sich.«

»Was haben Sie verlangt?«

»80 Euro pro Stück, dasselbe wie für ein Gramm Koks.«

»Der marktübliche Preis, natürlich.«

»Die Wirkung von NYX672 hält länger an.«

»Und lässt sich nicht nachweisen, eigentlich die perfekte Droge, hätte sie nicht so tückische und tödliche Begleiterscheinungen für manche Menschen. Nach unserer Rechnung haben Sie etwa 3.700 Stück verkauft, das macht Summa summarum 296.000 Euro bis jetzt – nicht übel für Pharmazie-Müll.«

»Bei zwei Dosen gab es fünf Prozent Nachlass.«

»Wie großzügig!« Kathi rümpfte die Nase. »Kannten Sie Jimmy Fischer?«

»Flüchtig, aus dem Power Moves, aber ich hatte kaum mit ihm zu tun.«

»Dann haben Sie alle Kapseln selbst verkauft?«

»Ja.«

Kölner sah auf. »Warum fragen Sie, Frau Starck?«

»Weil Fischer eine halbe Dose Originalpillen bei sich hatte, als man ihn tot an der Norikus-Bucht fand. Wir fragen uns, wie er drangekommen sein könnte.«

Strauß zuckte mit den Schultern. »Er wird sie von Mönch gehabt haben.«

Kathi sah zu den Notizen auf ihrem Tablet. »Das wärs fürs Erste, Dr. Strauß. – Haben Sie noch Fragen?«

»Nein.«

»Ich auch nicht«, sagte Kölner.

»Ende der ersten Vernehmung von Dr. Strauß, Aktenzeichen 3.4.80 Strich 2025.« Kathi ließ die Mikros in der Tischplatte verschwinden.

»Was geschieht jetzt mit mir?«

»Sie werden dem Haftrichter vorgeführt und in Untersuchungshaft genommen. Dr. Kölner wird Ihnen das Prozedere erläutern. Wir benötigen außerdem Ihre DNA zum Abgleich, der Antrag für den Abstrich ist gestellt.«

»Ich habe mir vorhin notiert, ob wir das Bewegungsprofil von Jungnickels Wagen anfordern sollten«, sagte Angie, zurück im Büro.

»Könnte nicht schaden, reicht aber morgen noch.« Kathi legte ihre, wie zum Gebet gefalteten Hände an den Mund. »Mir gefällt nicht, dass man in Mönchs Wohnung keine Spuren von Strauß gefunden hat, obwohl er angeblich eine halbe Stunde bei ihm gewesen sein will. Ich kann mir nicht vorstellen, dass man alles wegputzen kann, nicht in dieser kurzen Zeit. Außerdem die Zeiten: Um 18:09 Uhr kommt Kessler am Stadtpark an, sie wartet, bis es zu regnen aufhört und geht los. Die dreihundert Meter vom Stadtpark sind in sechs bis sieben

Minuten locker zu schaffen. Um 18:22 Uhr fährt Strauß in den Innenhof und, seinen Angaben zufolge, nach einer halben Stunde wieder weg, also gegen 18:52 Uhr. Mönch hat angeblich noch gelebt. – Wo war Kessler zu dieser Zeit? Sie ist kein unscheinbares Mäuschen.«

»Sie könnte irgendwo im Hof gewartet haben, nachdem sie Strauß' Range Rover entdeckt hatte. Nachdem er weg war, ist sie ins Haus und hat Mönch zum Schweigen gebracht.«

»Schon möglich, Angie. Wir kamen etwa Viertel nach sieben bei Mönch an, da war kein Mensch zu sehen. Demnach wären Kessler nur zwanzig Minuten für die Tat geblieben, das ist verdammt wenig. Sie und Strauß hätten sich begegnen müssen.«

»Ich checke seine Aussage mit Voiceselect.« Angie ließ das Ergebnis anzeigen, über sechzig Prozent der Textpassagen waren grün markiert, der Rest orange. »Keine in Rot!«

»Seine Affäre, der Selbstversuch mit NYX, die Frage nach Fischer und dem Power Moves – da war er entspannt. Alle Aussagen Mönch betreffend, sind in Orange. Sicher stresste es ihn, weil es etwas *Verbotenes* war.«

»Warum nicht rot, könnte er trainiert haben, sich das Lügen nicht anmerken zu lassen?«

»Durchaus möglich, Angie. Strauß ist der Vertriebsvorstand, quasi der oberste Verkäufer. Sicher gibt es spezielle Seminare für Manager, um cool zu bleiben, wenn sie den Kunden Ramsch andrehen. Der Perlen-vor-die-Säue-Satz ist grün markiert, das meinte er ehrlich und man hat es ihm angesehen. Aber als ich Kessler erwähnte, sind er und Kölner ausgewichen.«

»Stimmt. – Wo war sie, als Strauß bei Mönch wegfuhr? Wir müssen die Nachbarn befragen, irgendjemand wird doch gesehen haben, was in diesem Hof nach dem Gewitter passiert ist.«

»Aber heute nicht mehr, Angie, es ist gleich acht. Den Feierabend haben wir uns redlich verdient. Einen Verhör-Marathon wie wir heute, schafft nicht jeder.«

»Sogar ohne aufputschende Mittelchen.« Angie hielt Kathi die Hand hin. »Gimme Five!«

Grinsend klatschte sie ab.

Mieses Pharma-Karma

Mittwoch, 6. August
›Pharmaskandal in der Kulturhauptstadt! Zwei Manager verhaftet!‹, lautete die Schlagzeile in den Nürnberger Nachrichten. ›Nach der Mordserie im Januar wird Nürnberg von einem weiteren, spektakulären Kriminalfall erschüttert. Gestern klickten im Südwest-Park zweimal die Handschellen, innerhalb weniger Stunden. Unter dringendem Verdacht, einen Testlabormitarbeiter ermordet zu haben, wurde die Vorstandsvorsitzende eines dort ansässigen Pharmaunternehmens in Untersuchungshaft genommen. Die Tat diente der Vertuschung eines illegalen Medikamentenhandels, angebahnt durch den ebenfalls festgenommenen Vertriebsvorstand. Das neuartige Migränemittel NYX672 war aufgrund gefährlicher Nebenwirkungen im Test durchgefallen, die Charge aber nicht vorschriftsgemäß vernichtet, sondern beiseitegeschafft worden – aus Profitgier, wie bei den Pharmaskandalen in der Vergangenheit. Man versprach sich ein Millionengeschäft, das Medikament hat eine aufputschende Wirkung, ähnlich wie Kokain, und ist mit Standard-Drogentests nicht nachweisbar. Allerdings wirkt es lebertoxisch und kann bei Leberzirrhose, Herz- und Gefäßkrankheiten, sowie bei Bluthochdruck zum Tod führen. Zwei Männer sind bereits gestorben. Das Medikament existiert in zwei Darreichungsformen: Die Pillen

tragen die Prägung NYX672-T1, die transparenten, mit einem weißen Pulver gefüllten Kapseln sind unbeschriftet. Vor der Einnahme wird dringend gewarnt! Die Nürnberger Kriminalpolizei ruft alle Konsumenten auf, sich zu melden und ihr die Restbestände zu übergeben.‹. Ein Foto neben dem Bericht zeigte Pillen und Kapseln mit Größenangabe.

Nikolai legte das Tablet zur Seite und widmete sich seinem Müsli. »Ist das dein Fall vom Montag?«

»Ich werde keine Namen nennen«, sagte Kathi.

»Weiß ich doch.« Er zwinkerte ihr zu. »Im Südwestpark gibt es nur NyxPHarm, demnach kann es sich nur um Dr. Kessler und Dr. Strauß handeln.«

Kathi verschluckte sich beinahe an ihrem Milchkaffee. Sie stellte die Tasse sicherheitshalber ab. »Du kennst sie?«

»Klar, NyxPHarm testet seit März die Funktion der Mikro-Injektoren unserer Medi-Drones mit Placebos.«

»Ach ja, ich erinnere mich, Frau de Boer hat es im Interview in der SCIENCE erwähnt.«

»Diese Pillensache an sich ist verheerend, aber Mord! Ich wette, heute gibt es als Erstes eine Krisensitzung.«

»Ist der bevorstehende RAPIS-Launch gefährdet?«

»Nein, aber die Verhaftung der beiden könnte sich auf unsere Geschäftsbeziehungen auswirken.«

»Mieses Pharma-Karma.«

»Du triffst es auf den Punkt, meine Süße.«

Klinikum Immenstadt, Intensivstation

»Guten Morgen, Frau Grünbaum, Herr Grünbaum.« Mit ernster Miene, ein Tablet unter den Arm geklemmt, trat Dr. Starck an Michaels Bett.

»Guten Morgen«, erwiderten sie unisono.

»Ihre Blutwerte liegen jetzt komplett vor, Herr Grünbaum.«

»Gibt es etwas Besorgniserregendes?«

»Darf ich fragen, seit wann Sie an Migräne leiden?«

Er legte die Stirn in Falten. »Migräne? Wie kommen Sie darauf, Dr. Starck?«

»In ihrem Blut fand man Spuren eines Migränemittels.«

»Das verstehe ich nicht, so etwas habe ich noch nie genommen. Ich bekomme bei abrupten Wetterwechseln gelegentlich Kopfschmerzen, da reicht ein Aspirin.«

»Irgendwie ist dieses Gepant in Ihren Körper gelangt.«

»Gepant?«

»So nennt man die Medikamentengruppe, zu der es gehört. Für Patienten, die an Hypertonie oder Leberproblemen leiden, ist es absolut nicht geeignet.«

»Ich leide weder an dem einen noch am anderen, ich trinke auch kaum Alkohol.«

Dr. Starck warf einen kurzen Blick zu Michaels Zimmergenossen, beide im Tiefschlaf. »Ich will Ihnen nichts unterstellen, Herr Grünbaum, nehmen Sie wirklich keine Medikamente oder andere Mittelchen ein? Sie wären nicht der erste Extremsportler auf meinem Tisch, der das tut.«

Scheiße! Michaels Herz klopfte schneller, hörbar und sichtbar am Monitor, auch der Blutdruck stieg leicht an. Hilfesuchend sah er zu Ute. *Was soll ich tun, Schatz?*

Sie verstand ihn auch ohne Worte. »Den Dackelblick kannst du dir sparen, gestehe!«

Michael stieß einen schweren Seufzer aus. »Ich habe nur ein Aufputschmittel genommen.«

Ich kenne doch meine Pappenheimer!, triumphierte Starck insgeheim. »Welche Art Aufputschmittel?«

»Diese Dinger hier!« Ute holte das Kaugummidöschen aus ihrer Handtasche und reichte es dem Arzt. »Ich habe nachgezählt, fünfzehn sind noch drin.«

Er öffnete es und äugte kritisch hinein. »Wie viele nahmen Sie insgesamt?«

»Seit Ende Juni täglich eine, bisher fühlte ich mich gut.«

»Die sind konfisziert.« Starck ließ die Dose in einer der Taschen seines Kittels verschwinden und nahm das Tablet zur Hand. Er tippte auf den Link von ›all-in‹, der Online-Ausgabe der Allgäuer Zeitung, und zeigte Michael die Schlagzeile: ›Pharmaskandal in Nürnberg, zwei Manager verhaftet!‹. »Das geht heute durch alle Medien«, sagte er und las das Wichtigste laut vor.

Michael und Ute erstarrten gleichermaßen.

Am Ende scrollte Starck zum Foto mit den Pillen und den Kapseln. »Die Dinger in ihrem Döschen sehen genauso aus. Als ich das heute Morgen las, dachte ich mir nichts dabei. Dann bekam ich Ihre Blutwerte auf den Tisch. Die Nürnberger Kripo bittet alle Konsumenten, sich zu melden und ihr das Zeug zu übergeben, auch anonym.«

»Ich habe die Kapseln in meinem Fitness-Studio gekauft«, gestand Michael. »Von Robin Strauß, dem Vertriebsvorstand von NyxPHarm.«

»Herrgottsack!«, fluchte der Arzt. »Dann sind Sie ein wichtiger Zeuge, Sie müssen sofort Kathi anrufen!«

»Können Sie das nicht übernehmen, Dr. Starck?«

»Feigling!«, zischte Ute.

Der Arzt nickte eindringlich. *Recht hat sie, aber ich muss die Lage entschärfen, sonst wirft sie ihm noch was an den Kopf.* »Ich stehe in diesem Fall in einem Gewissenskonflikt, Herr Grünbaum. Ich könnte zu Kathi sagen ›Ich behandle einen Patienten, der diese Pillen genommen hat. Den Namen darf ich nicht nennen, das fällt unter die ärztliche Schweigepflicht‹. Aber als Ihr Chef tun Sie's am besten selber.«

Polizeipräsidium, Kathis Büro

Sachte legte Kathi den Telefonhörer auf und sank in ihren Sessel. »Und das vor dem Mittagessen!«

»Wer war das?«, fragte Angie, die von Andis Platz dem Telefonat gelauscht hatte.

Kathi sah sich um und vergewisserte sich der geschlossenen Tür. »Was ich dir jetzt erzähle, verlässt dieses Büro vorerst nicht.«

»So schlimm?«

»Nicht für uns.«

Angie richtete sich auf. »Aha!«

»Das war der Chef?«

»Grünbaum? Was ist passiert?«

»Er hatte während eines Trainingslaufes einen Herzinfarkt und liegt seit gestern Abend im Klinikum Immenstadt.«

Angie blieb kurz der Mund offenstehen. »O Gott!«

»Er nahm auch diese Kapseln und er hatte sie von Strauß aus dem Power Moves.«

»Ach du Scheiße!«

»Zum Glück war Grünbaum gleich im Krankenhaus. Es geht ihm schon besser, seine Frau und sein Schwager sind bei ihm. Und das *Beste*, mein Ex-Mann behandelt ihn.«

»Das wird ja immer besser!«

»Ich wusste nicht, dass Robert Chefarzt der Kardiologie in Immenstadt ist. Er hat heute Morgen den Bericht über NYX672 gelesen und sofort reagiert, als Grünbaums Blutwerte vorlagen. Er hat das Zeug konfisziert und will mich in den nächsten Tagen selbst noch anrufen, sagte Grünbaum jedenfalls. Ich bin gespannt.«

»O Mann! Nach so langer Zeit mit dem Ex zu reden, ich würde mich unwohl fühlen.«

»Ich sehe da kein Problem.«

»Okay. Wie gehen wir mit Grünbaum um?«

»Er wird behandelt wie jeder Zeuge.«

»Na ja, eigentlich ist er ein Opfer, er wusste nichts von den *anderen* Nebenwirkungen.«

»Jeder, der irgendwelchen illegalen Scheiß schluckt, trägt eine Mitschuld.«

»Wir hätten die Liste des Studios genauer checken sollen.«

»Das würde nichts ändern, Angie. Grünbaum nahm die Dinger seit Ende Juni, täglich! Dieser Idiot, alles wegen schneller, höher, weiter und das in seinem Alter!« Kathi rollte mit den Augen. »Wir bekommen seine Aussage heute noch per E-Mail. Das Formular schicke ich ihm gleich zu, das kann er ausfüllen und unterschrieben zurücksenden.« Sie suchte

Grünbaums private E-Mailanschrift heraus. »Hallo Chef, wie telefonisch besprochen, siehe Anhang«, diktierte sie dem System. »Mit freundlichen Grüßen, KHK Starck. Dateianhänge: Aussageformular ZA01 plus Datenschutzerklärung. E-Mail senden.«

Ein leises DONG bestätigte den erfolgreichen Versand.

»Komm, Angie gehen wir essen, ich krieg langsam Kohldampf. Du bist eingeladen.«

»Cool!«

Kaum aufgestanden, läutete Kathis Telefon.

»Menno! Muss das jetzt sein?« Sie warf einen Blick aufs Display. »Die Frauen-JVA, was wollen die denn?« Sie nahm ab. »Hier Starck ... Hallo ... Wer? Dr. Kessler? ... Mit mir? ... Okay, wir sind in zwanzig Minuten da.«

»Ist sie mürbe geworden?«

»Lassen wir uns überraschen, Angie.

JVA Nürnberg, U-Haft Frauen

Dank grüner Welle vom Plärrer bis zur Mannertstraße schaffte Kathi die Fahrt in einer Viertelstunde. Im Verhörraum, ein Drittel kleiner als B-233 im Präsidium, aber ähnlich eingerichtet, lief die Klimaanlage auf vollen Touren. Kathi und Angie setzten sich Kessler gegenüber, deren Hände vorschriftsmäßig mit Handschellen an den Metallbügel der massiven Tischplatte fixiert waren. Die dunklen Augenringe und die blassen Lippen ließen Kessler müde wirken, dennoch bewahrte sie Haltung, sie wirkte ruhig und gefasst.

Die Nacht scheint ihr nicht gut bekommen zu sein, dachte Kathi. *Na ja, eine Liege mit einer dünnen Matratze ist eben nicht das eigene Bett, außerdem ist sie sicher nicht gewöhnt, dieselbe Kleidung an zwei aufeinanderfolgenden Tagen zu tragen.* Sie ließ das Mikrofon ausfahren und tippte es für einen Test kurz an, es knisterte leise. »Mittwoch 6. August 2025, Aktenzeichen 3.4.70 Strich 2025. Gespräch mit Dr. Annett Kessler, anwesend sind KHK Starck und KA Knecht. Dr. Kessler hat auf das Beisein ihres Rechtsanwalts verzichtet.«

»Ich muss etwas richtigstellen, Frau Starck«, begann sie ohne Umschweife. »Am Montagabend war ich nicht im Thai Cross essen, ich hatte nur Essen bestellt und es abgeholt. Ich wollte nicht nach Hause, ich rief einen Freund vom anderen Handy an und fuhr zu ihm.«

»Sie besitzen also doch ein zweites.«

»Ja.«

»Und wer ist dieser Freund?«

»Mike.« Sie seufzte. »Mein Liebhaber.«

Sieh einer an, sie hat auch eine Affäre! Kathi hob eine Augenbraue. *Warum hat sie gestern gelogen, sie hätte sich die Nacht in U-Haft erspart. Es vor Strauß zuzugeben war ihr wohl peinlich, sie ist also doch nicht so abgebrüht.*

»Mit Robin läuft es nicht mehr wie früher«, erzählte Kessler weiter. »Außerdem hat er seit längerer Zeit ebenfalls Affären. Ich habe sie geduldet, es waren immer nur Phasen. Seit Januar ist es anders, ich spüre, dass er mich verlassen will. Ich wollte bereits einen Privatdetektiv engagieren, ließ es aber.«

»Wie heißt dieser Mike noch?«

»Michael Wörne, er wohnt Stadtpark 11. Wir kennen uns seit Februar, am Montag war ich bis kurz vor neun bei ihm.«

»Wir werden ihn befragen. Falls er es bestätigt, haben Sie ein Alibi. Warum haben sie es gestern verschwiegen?«

»Ich wollte ihn nicht mit hineinziehen. Letzte Nacht wurde mir klar, er ist meine einzige Chance. Inzwischen ist es mir egal, wenn unser Verhältnis an die Öffentlichkeit kommt. Ich habe mir nichts zu Schulden kommen lassen, wie Robin, dieser ...!« Zorn und Hass spiegelten sich in ihrem Gesicht.

»Wer hat Sie über seine Verhaftung informiert, Dr. Kölner?«

»Ja, heute Mittag. Anschließend habe ich ihm das Mandat entzogen.«

»Verstehe, es besteht ein Interessenskonflikt. Welcher Anwalt vertritt Sie jetzt?«

»Ich denke, ich werde Vincent Leberecht konsultieren, er ist der Anwalt einer guten Freundin.«

»Zurück zu Montag, fuhren Sie nach dem Besuch bei Herrn Wörne gleich nach Hause?«

»Ja, ich trank noch ein Glas Rotwein und ging dann zu Bett. Nach dem Frühstück bin ich in die Firma gefahren. Gegen zehn kam Robin, direkt aus Würzburg, behauptete er. Dieses verlogene Aas! – Pillen illegal verscherbeln, wie konnte er unseren Ruf nur so in den Schmutz ziehen!« Kessler schüttelte den Kopf. »Wir haben die Firma zusammen groß gemacht und die Freude über die Erfolge geteilt, aber das jetzt, das ist Verrat! Was trieb ihn nur dazu?«

»Die Motive liegen auf der Hand, ein gekränktes Ego und Geldgier. Unseren Informationen zufolge ist Dr. Strauß quasi der Erfinder der Pillen. Anfangs sieht alles vielversprechend aus und dann muss eine komplette Testcharge vernichtet werden, ein herber Rückschlag.«

»Rückschläge hat er noch nie gut verkraftet, unsere Mitarbeiter können ein Lied davon singen. Nach außen hin markiert er gern den Coolen, davon darf man sich nicht täuschen lassen. Aber jetzt ist er zu weit gegangen.« Nachdenklich wiegte sie ihren Kopf hin und her. »Der Mord an diesem Mönch, war es Robin?«

»Einige Indizien sprechen gegen ihn. Sicher ist, die beiden waren Komplizen beim Wegschaffen der Pillen.«

»Unfassbar! Aber wie kommen meine Haare in die Wohnung dieses Mannes? – Hat Robin …?«

Kathi ging nicht auf die Frage ein.

»Ich weiß, Sie dürfen nichts sagen, solange die Ermittlungen laufen, Frau Starck. Ich wette, er knickt vor Ihnen ein.«

Allein der Gedanke daran bereitete Kessler Genugtuung, ihre Augen wurden zu Schlitzen. »Das würde ich zu gern sehen.«

Das glaube ich dir aufs Wort, dachte Kathi. »Vielen Dank für Ihr Vertrauen, ich gebe mein Bestes.«

Kessler nickte zuversichtlich. »Was werden Sie jetzt tun?«

»Erstmal Herrn Wörne befragen.«

»Seine Telefonnummer lautet 0196 5553 9101.«

Im Biergarten der Lederer Kulturbrauerei

Die Traditionswirtschaft lag auf halbem Weg zum Präsidium, Kathi hatte spontan beschlossen, hier die Mittagspause nachzuholen. Sie ließ sich mit Angie an einem Tisch im Schatten der hohen Ahornbäume nieder und bestellte das fränkische

Brotzeitbrettl für zwei Personen, mit kaltem Braten, Stadt-
wurst, Bauernschinken, Radieschen und Bauernbrot, dazu jeweils ein Radler aus alkoholfreiem Bier.

Kathi nutzte die Wartezeit aufs Essen und rief Michael
Wörne an, leider erreichte sie nur den Anrufbeantworter.»Ich
versuchs später noch einmal. Ich will nicht auf seine Box
sprechen und ihn am Ende verscheuchen, wenn er *Kripo
Nürnberg* hört. Wer weiß, wie loyal er Kessler gegenüber ist.
Ich bin wirklich gespannt, ob er ihr Alibi bestätigt.«

Sie konnten ihr Mittagessen ungestört genießen. Nachdem
Kathi bezahlt hatte, erreichte sie ein Anruf von Josch.

»Hi, was gibts?«

»Hier ist ein gewisser Michael Wörne und behauptet, Annett Kessler wäre Montagabend bei ihm gewesen.«

»Ha!«, japste sie.»Das nenne ich gutes Karma.«

»Karma?«, fragte Josch.

»Genau, Karma.«

»Du weißt doch nicht, worum es geht«, wunderte er sich.

»Doch, ich weiß es, Karma eben. Herr Wörne soll bitte in
meinem Büro warten, wir sind in zehn Minuten da.«

Polizeipräsidium, Kathis Büro
Angie musste sich zwingen, Michael Wörne nicht mit offenem
Mund anzustarren, als er sie und Kathi mit einem kräftigen
Händedruck begrüßte. Ein Traummann stand vor ihnen, fast
1,90, athletische Figur, gebräunte Haut, dunkelblondes, na-
ckenlanges Haar, blaue Augen und Dreitagebart. Der 45-

jährige Kommunikations-Fachwirt trug ein weißes T-Shirt mit rotem COMdat-Aufdruck, dem Logo seiner Firma, dazu leichte, hellgraue Trekkingbermudas und Designer-Flip-Flops.

»Bitte entschuldigen Sie mein Casual-Outfit«, sagte er mit tiefer, samtweicher Stimme. »Ich komme gerade von einem Kurzurlaub in den Bergen.«

Von mir aus kannst du einen Jutesack überziehen, dachte Angie amüsiert. *Am besten gar nichts!*

»Kein Problem.« Kathi bedeutete Wörne mit einer Geste, wieder Platz zu nehmen. Unauffällig beobachtete sie Angie, deren schwärmerische Blicke sich nicht verleugnen ließen. *Mich würde interessieren, was sie gerade denkt, vorhin stand sie kurz vor der Schnappatmung. Verständlich, kaum eine Frau würde Magic Mike von der Bettkante schubsen. Ich auch nicht, wenn ich Single wäre, bin ich aber nicht.* Lächelnd dachte sie an Nikolai, sie sah ihn vor sich und das Blitzen in seinen grünen Augen. *Mmmhhh, die Liebes- und Sexteilchen, das kann kein anderer!* Sie besann sich wieder und richtete das aufnahmebereite Tablet aus. »Ergänzung zu Aktenzeichen 3.4.70 Strich 2025, Zeugenaussage Wörne, Michael, wohnhaft Am Stadtpark 11, Nürnberg. – Sie sagten meinem Kollegen vorhin, Frau Dr. Kessler wäre am Abend des 4. August bei Ihnen gewesen.«

»Das ist richtig. Annett ist keine Mörderin, es ist eine Schande, wie die Medien über sie herziehen! Ich erfuhr erst vorhin davon, sonst hätte ich mich bereits früher gemeldet.«

»Zu Montagabend: Wissen Sie noch die Uhrzeiten?«

»Annett kam gegen halb sieben zu mir, sie hatte asiatisches Essen mitgebracht, kurz vor neun ist sie gegangen. Auf die

Minute genau weiß ich es nicht mehr, aber die Zeiten können Sie nachprüfen, in unserem Haus gibt es Überwachungskameras, am Hauseingang und im Treppenhaus, vor der Kellertür. Vergangenes Jahr wurden mehrmals Kellerabteile aufgebrochen, außerdem ein Kinderwagen gestohlen, deshalb hat sich die Eigentümergemeinschaft im Januar für den Einbau entschlossen. Den Film bekommen Sie von unserem Facility-Manager, Markus Greiner heißt er. Die Telefonnummer habe ich Ihrem Kollegen vorhin gegeben.«

»Vielen Dank, Herr Wörne, auch für Ihre Offenheit. Das bringt uns in diesem Fall ein großes Stück weiter.« Kathi beendete den Aufnahmemodus des Tablets. »Sollten wir noch Fragen haben, rufen wir an.«

»Er scheint Kessler wirklich zu mögen«, sagte Angie, nachdem Josch Wörne hinausbegleitet hatte.

Kathi nickte beiläufig. »Scheint so.«

»Welcher Mann gesteht sein gschlampertes Verhältnis, das zeichnet ihn wirklich aus.«

»Magic Mike gefällt dir, richtig?«

»Zehn auf einer Skala von zehn.«

»Und der Stolli, zehn mal zehn?«

Angies Augen weiteten sich. »Woher weißt du ...?«

Kathi zwinkerte ihr zu. »Ich arbeite hier.«

»Du hast bis jetzt nichts gesagt, ich dachte, du hast was gegen *Fuck in the Company*.«

»Solange ihr es nicht in der Abstellkammer, im Archiv oder sonst irgendwo im Präsidium treibt«, Kathi grinste süffisant, »und euch nicht erwischen lässt, habt ihr meinen Segen.«

Angie schmunzelte peinlich berührt.

»Wie sagte meine Oma immer ›Appetit darf man sich überall holen, gegessen wird zu Hause‹.«

»Deine Oma wird mir immer sympathischer, Kathi.«

»Leider lebt Oma Blümlein nicht mehr.«

»Aber in deinen Erinnerungen, es vergeht kaum ein Tag, an dem du sie nicht zitierst.«

»Das hast du schön gesagt.« Kathi schlug die Beine übereinander und kam ins Grübeln. »Es ist so leicht, alles läuft irgendwie perfekt, wie Wörnes Auftritt.«

»Gut für uns, ist eben gutes Karma«

»Irgendwas stimmt nicht.«

»Die Kaddi mit ihren Vorahnungen, würde Andi sagen.«

»Bei 95 Prozent liege ich richtig, oder Angie?«

»Tust du.«

»Ich habs im Blut, dass noch eine Überraschung auf uns wartet. Ruf bitte diesen Markus Greiner an und lass dir die Aufnahmen von Montag schicken, und er soll schnell machen.« Kathis Telefon läutete, sie erkannte Thomas' Nummer auf dem Display. Da Angie gerade telefonierte, griff sie zum Hörer, um sie nicht mit dem Gespräch über Lautsprecher zu stören. »Hi, Thomas, was gibts?«

»Hi, Kathi, ich habe dir gerade unseren vorläufigen Bericht zugeschickt. Jetzt kannst du Strauß festnageln.«

JVA Nürnberg, U-Haft Männer

Strauß, mit Handschellen an den Tischbügel gefesselt, saß Kathi und Angie gegenüber und starrte an die Wand des nüchternen Verhörraums, ein 1:1-Pendant zu dem der Frauen-U-Haft. Die Tür sicherte ein MP-bewaffneter JVA-Beamter in Schutzweste.

»Was gibt es denn heute wieder, Frau Starck?«, beschwerte sich Kölner, als er eintrat. Seine zusammengekniffenen Augen und der schmale Mund signalisierten Verärgerung. »Sie dirigieren die Leute durch die Gegend, wie es Ihnen passt!«

»Es gibt wichtige Neuigkeiten, die wollen wir Ihrem Mandanten nicht vorenthalten. Wenn es nach mir ginge und um Zeit zu sparen, würde ich Dr. Strauß auch allein befragen, aber ich halte mich an unsere Gesetze. Nehmen Sie bitte Platz, damit wir die Sache zügig über die Bühne bringen können.«

Kölner wuchtete den Aktenkoffer auf den freien Stuhl. Bevor er sich neben seinen Mandanten setzte, kramte er sein Equipment heraus und legte alles akkurat nebeneinander auf den Tisch, dasselbe Ritual wie gestern im Präsidium.

Tja, geht alles von deiner Zeit weg, dachte Kathi gehässig.

»Ich habe Sie außerdem hergebeten, weil ich endlich die Wahrheit von Dr. Strauß erfahren will.«

»Ich habe alles gesagt!«, betonte er.

»Sie haben etwas gesagt, aber ein Teil war gelogen.«

»Was veranlasst Sie zu dieser Annahme?«, fragte Kölner.

»Einen Moment bitte.« Kathi rückte das Mikrofon gerade. »Fürs Protokoll, Mittwoch 6. August 2025, zweite Vernehmung von Dr. Robin Strauß im Beisein seines Rechtsanwalts Dr. Kölner, Aktenzeichen 3.4.80 Strich 2025.« Sie öffnete eine Datei auf ihrem Tablet. »Ich habe vorhin den vorläufigen Bericht der Spurensicherung bekommen, in Mönchs Wohnung hat man keine Spuren von NYX672 gefunden, außer am

Pillen-Behälter und den abgefüllten Dosen. Mörsermühle und Kapselfüllmaschine waren ebenfalls sauber.«

»Er wird beim Arbeiten Handschuhe getragen und am Ende alles gereinigt haben«, meinte Strauß.

»Wenn er die Pillen in der Wohnung zermahlen und umgefüllt hat, müssten Spuren zu finden sein, im Teppich, auf Polstermöbeln et cetera.«

»Vielleicht hatte er alles mit Folie abgedeckt.«

Kathi sah ihn schräg an. »Und wir glauben, Sie haben das Equipment zu Mönch geschafft.«

»Ich? Blödsinn!«

»Warum sollte mein Mandant das tun?«, fragte Kölner.

»Ich komme gleich dazu. In Dr. Strauß' Wohnung in der Neubleiche fand man Kratzspuren und schwarzen Gummiabrieb auf dem Tisch im zweiten Zimmer.«

»Der stammt von meinen letzten Mietern, wie der Schrank, sie haben das Zeug einfach stehenlassen. Ich bin bisher nicht zum Entrümpeln gekommen.«

Kathi warf Strauß einen tadelnden Blick zu. »Ich war noch nicht fertig, Herr Strauß.«

»Pardon«, meinte er kleinlaut.

»Dieser Gummiabrieb passt von den Abmessungen her genau zu den Standfüßen der Kapselfüllmaschine, die man in Mönchs Wohnung fand. An den Füßen hafteten feine Holzsplitter von der Tischplatte. Die Analyse der Abriebe ergab ein identisches Ergebnis, wie bei der Mörsermühle. Daneben wurden Pulverspuren des Medikaments nachgewiesen. Aber, Herr Strauß«, Kathi stützte die Ellenbogen auf und faltete die Hände, »man fand keine Spuren von Sebastian Mönch in Ihrer

Wohnung. Demnach kann er dort auch nicht für Sie gearbeitet haben, falls Sie uns wieder eine Ausrede auftischen wollen.«

»Das ist lächerlich!«, erwiderte Kölner.

»Umgekehrt fand man in Mönchs Wohnung keine Spuren von Herrn Strauß. Das ist ungewöhnlich, wenn sich jemand einige Zeit dort aufhält, wie Sie am Montag. Wir gehen von mehr als einer halben Stunde aus. Ich wette, meine Kollegen werden auch keine Spuren von Ihnen finden, weil Sie Schutzkleidung trugen.«

Strauß verschränkte seine Finger so fest, dass die Knochen hervortraten. Er schluckte, sein Atem ging flach und schnell. Kölner schielte zu ihm.

»Wir glauben«, fuhr Kathi fort, »Dr. Strauß hat Herrn Mönch ermordet, weil er von ihm erpresst wurde. Er wollte die Tat Dr. Kessler anhängen, indem er falsche Spuren im Badezimmer legte. Sie war niemals in Mönchs Wohnung.«

Strauß, inzwischen leichenblass, begann zu schwitzen. Er musste sich, der kurzen Kette zwischen Handfesseln und Bügel geschuldet, etwas vorbeugen, um sich beidhändig den Schweiß von der Stirn zu wischen.

Das bereitete Kathi sichtlich Vergnügen. *Hab ich dich ertappt! Wenn ich mit dir fertig bin, kocht dein Gehirn und die Soße läuft in Strömen herunter!* »So war es doch, oder?«

»Wie kommen Sie zu diesem haltlosen Vorwurf?«, bellte Kölner.

»Bitte in einem anderen Ton!«, wies Kathi ihn zurecht, worauf er zusammenzuckte. »Dieser Vorwurf ist keineswegs haltlos! Ein Zeuge hat bestätigt, dass sich Dr. Kessler am Montagabend zur fraglichen Zeit bei ihm aufgehalten hat.«

»Ein *Zeuge*? Ein Mann?«

»Richtig, Herr Strauß. Frau Kesslers Alibi ist wasserdicht, die Aufnahme der Überwachungskamera zeigt sie beim Betreten und Verlassen seines Wohnhauses am Montagabend, genau zur fraglichen Zeit.«

Strauß konnte keinen klaren Gedanken mehr fassen, sein Gehirn war wie Brei. Er versank förmlich im Stuhl, bis sich die Kette spannte und ihn bremste.

Kathi grinste in sich hinein. *Gewöhn dich schon mal an die Dinger, die wirst du jetzt öfter tragen.*

Kölner versteifte sich. »Sie hat einen Liebhaber?«

»Schlampe!«, brummte Strauß.

»Wer im Glashaus sitzt, sollte nicht mit Steinen werfen!«, warnte Kathi. »Sie haben Ihren Vorrat aufgebraucht. – Und jetzt würde ich gern eine Antwort hören.«

Strauß flüsterte Kölner etwas zu, dieser erwiderte energisch. Das ging einige Male hin und her, die Züge der Männer wirkten aufs Äußerste gespannt.

»Ja«, sagte Strauß schließlich.

»Ja, was?«, bohrte Kathi. »Bitte weniger einsilbig.«

»Alles, was Sie mir vorwerfen, stimmt. Sie haben ja scheinbar genug Beweise.«

Ha! Kathi hätte am liebsten einen Luftsprung gemacht. *Er kapituliert schneller als erwartet, Kessler hatte Recht!* »Nicht nur scheinbar und Schwarz auf Weiß, sondern in Farbe und auf Film. Erzählen Sie uns Ihre Story doch bitte von Anfang an.«

Strauß ächzte. »Ich hatte die Pillen in der Wohnung in der Neubleiche gelagert.«

»Haben Sie die, ich glaube es waren rund 8.700 bis jetzt, selbst umkonfektioniert?«

»Ja, danach brachte ich die Geräte wieder in den Keller.«

»Im Haus in Erlenstegen?«

»Ja, dort steht mehr von dem Zeug herum, in Folie verpackt, nennen Sie's Nostalgie.«

»Montagabend holten sie es und brachten es zu Mönch.«

»Ja.«

»Wann haben Sie den Plan gefasst, ihn zu ermorden? Sie sind erst eine halbe Stunde nach seinem Anruf nach Erlenstegen gefahren.«

»Ich war mit Jax gerade beim Essen, als er anrief.«

Kathi sah auf. *Ah, sie heißt Jax, interessant!*

»Ich wusste von Annett, dass die Kripo wegen NYX672 ermittelt«, erzählte Strauß weiter. »Sie hatte mich gegen halb vier angerufen. Bis Mönch sich meldete, blendete ich alles aus. Ich habe mit ihm den Zeitpunkt für die Geldübergabe ausgehandelt, wie ich gestern im Präsidium bereits aussagte. Nach dem Essen beschloss ich, die Sache über die Bühne zu bringen.«

»Im Klartext, Mönch zu ermorden und es wie einen Suizid aussehen zu lassen, als Schuldeingeständnis am Tod der beiden Männer, und es Dr. Kessler anzulasten.«

»Ja.« Strauß presste die Lippen aufeinander, rieb sie und befeuchtete sie mit der Zunge. »Ich habe mir den Trolley mit allen Pillen und Kapseln geschnappt, außerdem ein paar Tüten mit leeren Dosen und bin nach Hause gefahren. Annett war nicht da, es hat gerade gepasst. Ich habe zuerst die 15.000 Euro aus dem Safe genommen, dann die Kartons mit den

Geräten aus dem Keller geholt und alles ins Auto geladen. Im Badezimmer schüttelte ich Haare aus Annetts Bürste in eine Plastiktüte.«

»Woher stammte die Schutzkleidung?«

»Wir haben Muster von Vertretern.«

»Anschließend sind Sie also zu Mönch.«

»Ja. Ich konnte hinter einem Servicewagen von Arktis in den Hof fahren. Vor dem Haus lud ich die Kartons und den Trolley aus und deponierte alles vor der Tür. Es sollte so aussehen, als würde ich etwas liefern, zum Glück regnete es nicht mehr. Mönch ließ mich rein, ich gab ihm den Umschlag mit den 15.000. Er grinste und bemerkte nicht einmal, dass ich Latexhandschuhe trug. Als er das Geld zählte, schlug ich ihn nieder. Ich zog die Schutzkleidung an, trug ihn ins Badezimmer, legte ihn in die Wanne und gab ihm eine Spritze mit Pentobarbital.«

»Sie wollten also ganz sicher gehen. Woher stammte es?«

»Wir hatten es zu Hause.«

»Zu Hause?«

»Unser Hund musste vor einem Jahr eingeschläfert werden, ich habe es selbst gemacht. Es war noch ein Rest übrig, Annett wusste nichts davon.«

»Ein großer Rest.«

Strauß zuckte mit den Schultern. »Ich musste Mönchs Körpergewicht und die Menge schätzen.«

»Wie ging es weiter bei ihm?«

»Während das warme Wasser einlief, suchte ich in der Küche nach einem scharfen Messer. Als ich zurückkam, konnte ich nur noch ein schwaches Lebenszeichen ausmachen. Ich schnitt ihm die Pulsadern auf und verteilte Annetts Haare am Rand der

Wanne. Anschließend habe ich das Equipment ausgepackt, gesäubert und im Küchenschrank verstaut.«

»Warum dort?«

»Ganz einfach, weil Platz war. Bevor ich mich im Flur wieder auszog, sammelte ich das Geld ein und steckte es im Umschlag unter die Matratze. Dann bin ich zurück in die Neubleiche.«

Wahrscheinlich gabs noch einen Fick zur Feier des Tages, dachte Kathi ketzerisch. »Sie haben einen Mann ermordet und sind danach zu Ihrer Geliebten ins Bett gekrochen, ganz schön abgebrüht. Wollte sie nicht wissen, wo Sie waren?«

»Ich sagte, ich hätte etwas erledigen müssen.«

»Wo ist der leere Trolley abgeblieben?«

»Der steht zu Hause, im Keller.«

»Okay. Zu Ihrer Geliebten, Sie nannten sie vorhin Jax.«

»W-woher …?« Strauß' starrer Blick blieb auf Kathi haften. Sie registrierte es mit Wohlwollen. *Er hat es nicht einmal bemerkt!* »Jax und weiter?«

»Das verrate ich nicht, sie hat mit der Sache nichts zu tun.«

»Das müssen Sie auch nicht«, unterstrich Kölner.

»Wie Sie meinen«, erwiderte Kathi pikiert. *Na warte, das kitzle ich auch noch aus dir heraus.* »Sie haben dem Ganzen derzeit also nichts hinzuzufügen?«

Beide verneinten.

»Ende der Vernehmung, Dr. Strauß, 6.8.2025«, diktierte sie ins Mikrofon. »Ich veranlasse, dass die Staatsanwaltschaft Ihnen die Anklageschrift in Sachen Mord an Sebastian Mönch umgehend zukommen lässt, Dr. Kölner.«

Resigniert nahm er es hin. »In Ordnung.«

»Eine Information der Vollständigkeit halber, es gab einen weiteren Fall von schwerer Körperverletzung durch die NYX-Kapseln, dieser wurde aber noch nicht zur Anzeige gebracht.«

»Noch einmal Körperverletzung?«

»Einer von Dr. Strauß' Kunden aus dem Power Moves hat einen Herzinfarkt erlitten, ihn zum Glück aber überlebt.«

JVA Nürnberg, U-Haft Frauen

Auf Kathis Geheiß wurden Annett Kessler die Handfesseln nach Betreten des Verhörraums abgenommen. »Konnten Sie Herrn Leberecht inzwischen erreichen?«

»Leider nicht, Frau Starck. Am Mittwochnachmittag ist die Kanzlei nicht geöffnet.«

»Sie können ihn morgen von zu Hause aus anrufen, Sie sind frei.«

Kesslers Züge entspannten sich. »Mike hat mich entlastet.« Sie schickte eine Lobpreisung nach oben. »Danke!«

»Es gibt außerdem die Aufnahme einer Überwachungskamera, die Sie beim Betreten und Verlassen seines Hauses zeigt. Alle Anklagepunkte gegen Sie wurden fallengelassen, Dr. Strauß hat alles gestanden. Er hat mit Ihrem Haar falsche Spuren gelegt, um den Verdacht auf Sie zu lenken.«

»Dieser Bastard!« Kesslers Finger formten sich zu Krallen. »Er wollte mir den Mord anhängen, den *er* begangen hatte! Reichte es ihm nicht, den Ruf der Firma mit dieser Pillensache in den Schmutz zu ziehen? Und ich hatte Guyger im Verdacht, so kann man sich irren.«

»Er hat jeden an der Nase herumgeführt.«

»Was hat es mit dem Haar bei diesem Fischer auf sich?«

»Wie Dr. Kölner sagte, es reichte nicht als Beweis.«

»Ich trage Ihnen den Verdacht gegen mich nicht nach, Frau Starck, alle anderen Beweise sprachen gegen mich. Sie haben Ihre Arbeit gemacht, sehr gut, wie ich finde. Hätte ich Mike von Anfang an erwähnt, wäre mir die erkennungsdienstliche Behandlung und eine Nacht hinter Gittern erspart geblieben. Aber ich könnte Robin ...!« *Erwürgen, strecken, vierteilen, mit Benzin übergießen und anzünden!* Sie biss die Zähne zusammen. »Wie sind Sie ihm auf die Schliche gekommen?«

»Durch unwiderlegbare Spuren, die Aussagen einiger seiner Kunden aus dem Fitness-Studio und den Mautdaten seines Wagens. Am Montag war er bereits gegen 15:00 Uhr wieder in Nürnberg. Die Tagung endete gegen halb eins, wegen Erkrankung des Dozenten. Das Hotel hat es bestätigt.«

»Als ich nach Ihrem Besuch mit Robin telefonierte, um ihn über dieses Pillen-Desaster zu informieren, behauptete er, er würde Kaffeepause machen. Dieses Lügenmaul! Wo war er?«

»Sein Range Rover stand in der Neubleiche.«

»In der Neubleiche? Robin besitzt dort ein Zweizimmer-Appartement, die Mieter sind Mitte Januar ausgezogen. Vermutlich hatte er einen Besichtigungstermin vereinbart, die Wohnungen dort sind begehrt. – Hm ...« Kessler legte den Kopf schief. »Deswegen hätte er nicht lügen müssen. Er war nicht wegen einer Besichtigung dort, oder, Frau Starck?«

»Nein, er traf sich mit einer Frau.«

»Ha! Mein Gefühl täuscht mich selten. Sie werden lachen, am Montag fragte ich mich, welches Betthäschen ihm die Nacht in Würzburg versüßen wird. Wer ist sie?«

»Das wissen wir noch nicht. Und wenn, dürfte ich es Ihnen nicht verraten.«

»Schon gut, ich habe auch eine Affäre.« Nachdenklich kaute Kessler auf ihrer Unterlippe. »Wie du mir, so ich dir.« Von einer Sekunde auf die andere veränderte sich ihre Mimik. Mit zusammengezogenen Brauen starrte sie auf ihre rotlackierten Fingernägel, welche die Aktion bis jetzt unbeschadet überstanden hatten. Sie gab sich keine Mühe mehr, ihre Gereiztheit zu verbergen. »Dieses verlogene Aas, dieser Schauspieler! Bevor man mir die DNA-Probe nahm, mimte er noch den Besorgten. Wenn ich an seine teilnahmslosen Blicke denke, als man mir die Handschellen anlegte, kommt mir die Galle hoch! Sicher glaubte er, jetzt wäre der Weg für ihn frei, für ihn und seine Weiber!« Sie blies Luft aus. »Egal, es ist vorbei, jetzt heißt es neu durchstarten!« Instinktiv sah sie auf ihr linkes, uhrloses Handgelenk. »Wie spät ist es eigentlich, Frau Starck?«

»Kurz vor fünf.«

»Ich muss Nadine anrufen. Ich brauche meine Tasche mit den Haus- und Wagenschlüsseln, sie wird sie im Büro eingeschlossen haben.«

Eine JVA-Beamtin brachte Kessler in ein Büro, um den Papierkram zu erledigen. Im Anschluss daran bekam sie ihre Wertsachen und ihr Smartphone ausgehändigt. In Begleitung der Beamtin wartete sie geduldig, bis man das Tor öffnete und verließ erhobenen Hauptes das Untersuchungsgefängnis.

Als Kathi und Angie wenige Minuten später ins Freie traten, beendete sie gerade ein Telefonat.

»Konnten Sie Ihre Sekretärin erreichen?«, fragte Kathi.

»Ja, sie ist in zwanzig Minuten hier.«

»Gleich um die Ecke ist ein Café, falls Sie nicht hier draußen warten wollen.«

»Danke, das halte ich aus. Ich nutze die Zeit und schmiede Pläne für morgen. Ich muss Dr. Jungnickel briefen, dem Aufsichtsrat und den Aktionären Rechenschaft über die Sache ablegen, außerdem mit unseren PR-Leuten eine Strategie gegen das angekratzte Image entwickeln. Die Sache hat uns zwar zurückgeworfen, aber ich gebe nicht auf. Unsere Forschungsabteilung wird sich weiter der Fehlersuche bei NYX672 widmen. Ich glaube an das Medikament und bin sicher, ist es nur ein kleines Rädchen, an dem wir drehen müssen.«

Auf dem Weg zu Nikolais Wohnung holte Kathi das bestellte Weißbrot bei ›Kriemhilde‹ in der Wodanstraße ab, die Bäckerei lag nur zwei Querstraßen entfernt. Sie musste nicht läuten, seit einigen Wochen besaß sie einen eigenen Smart-Key. Nikolai hatte mittlerweile auch einen Schlüssel für ihre Wohnung.

Kathi schloss die Tür hinter sich und stellte ihre Tasche neben die Kommode. Sie vernahm Geräusche aus der Küche. *Aha, er ist schon am Werkeln*, dachte sie. Nikolai machte es nichts aus, nach Feierabend am Herd zu stehen, beim Kochen konnte er am besten entspannen. Kathi spitzte in die Küche. Nikolai, vor der Anrichte stehend und in die Arbeit vertieft, umwickelte drei Zentimeter dicke Rinderfiletstücke mit je einer dünnen Seite fetten Speck und fixierte sie mit Küchengarn. Heute Abend standen Tournedos auf Pesto-Bruschetta und Eichenblattsalat auf der Speisekarte.

Kathi raschelte mit der Brottüte. »Hallo, Meisterkoch.«

Grinsend wandte Nikolai sich um. »Hi, Süße.« Die fettigen Hände nach oben haltend, begrüßte er Kathi mit Küsschen.

Neugierig spitzte sie an ihm vorbei. »Das sieht toll aus!«

»Dankeschön.«

Kathi wies zum gewaschenen Salat, der zum Abtropfen in einem Sieb auf der Spüle stand. »Du bist ja schon so gut wie fertig! Seit wann bist du zu Hause?«

»Seit einer dreiviertel Stunde.«

»Du bist voll der Profi!«

»Mach ich doch gern. – Danke fürs Brot abholen.«

»Mach ich doch gern.« Zwinkernd legte Kathi die Tüte auf den Esstisch. »Ich bin mal kurz im Bad, dann mache ich das Bruschetta.«

Als sie zurückkam, trocknete sich Nikolai die Hände an einem Küchenhandtuch ab und umarmte sie.

»Mmmhhh, das tut gut.« Sie schmiegte sich an ihn. »Das habe ich mir redlich verdient, wir waren heute ausgesprochen fleißig.«

»Wen hast du in Ketten gelegt?«

Sie lachte. »Keinen, viel besser.«

»Erzähl.«

»Erst du, gabs bei euch ne Krisensitzung?«

»Ja, sie dauerte fast zwei Stunden. Frau de Boer war geschockt, aber sie glaubt nicht, dass Dr. Kessler einen Mord begehen könnte. Sie will abwarten und hat entschieden, die

Geschäftsbeziehungen aufrecht zu halten. Mit den Medi-Drones soll es weiterlaufen, wie bisher.«

»Deine Chefin liegt völlig richtig, Dr. Kessler hat mit der ganzen Sache nicht das Geringste zu tun. Ihr Alibi ist wasserdicht.« Sie räusperte sich. »Diese Sache ist allerdings etwas delikat.«

Nikolai grinste süffisant. »Dann ist es das, was ich denke.«

»Ich kann es von deinen Augen ablesen. Bis auf diese Sache, steht morgen alles in der Zeitung. Strauß hat gestanden, auch den Mord. Er wollte es Kessler anhängen, indem er falsche Spuren legte.«

»Diese Drecksau!«

»Wie wahr. Dr. Kessler ist wieder auf freiem Fuß.«

»Trotzdem bleibt ein Imageschaden für NyxPHarm.«

»Sie will alles daransetzen, ihn zu minimieren.«

»Wie seid ihr Strauß auf die Schliche gekommen?«

»Einige seiner *Kunden*«, Kathi formte Hochkommas mit beiden Zeigefingern, »haben sich gemeldet.«

»Anonym?«

»Zwei sogar mit ihrem Namen.«

»Respekt.«

Nikolais Magen knurrte. »Ups.«

»Ausnahmsweise deiner.«

»Ich sollte auf ihn hören. In zehn Minuten können wir essen.« Nikolai goss Bratöl in die bereitstehende Pfanne, prüfte die Temperatur und legte die Tournedos hinein.

Kathi toastete vier große Weißbrotscheiben und bestrich sie mit Bärlauchpesto aus dem Glas. Nach zwei Minuten unter dem Grill platzierte sie jeweils zwei auf den Tellern, neben dem mittlerweile angemachten Salat. Nikolai setzte die Fleischstücke darauf und würzte sie mit Meersalz und Pfeffer aus der Mühle. Ein gut gekühlter, fruchtiger Rosé rundete das Abendessen ab.

☠

Nürnberg, Steinplattenweg 137
Vor der Schminkkommode sitzend, ein Badetuch um den Körper geschlungen, föhnte Annett Kessler ihr Haar trocken und kämmte es mit allen zehn Fingern durch, so wirkte die Frisur natürlicher. Nach einem kurzen, zufriedenen Blick in den Spiegel, nahm sie ihr zweites Smartphone aus der obersten Schublade und entsperrte es mittels Visual Scan. »Mike anrufen.«

»Hi«, meldete er sich nach einmal Läuten.

»Hi, ich bin wieder zu Hause.« Sie schlenderte hinüber zum Kingsize-Bett.

»Das ging ja schnell, diese Kommissarin ist wirklich auf Zack!«

»Ja, das ist sie. Aber ohne deine Aussage säße ich noch in U-Haft. Ich bin dir sehr dankbar für deine Loyalität – überwältigt trifft es eher.«

»Das war Ehrensache.«

Annett ließ sich auf der zurückgeschlagenen Bettdecke nieder und legte sich zurück. »Es ist so schön, deine Stimme zu hören.«

»Schön, *dich* zu hören. Wie geht es dir?«

»Na ja, wie es einem so geht, nach beinahe zwei Tagen Knast in denselben Klamotten und bei dieser Hitze. In der

Zelle stand die Luft, furchtbar! Ich habe vorhin erstmal ausgiebig geduscht.«

»Zum Glück hast du die Sache hinter dir.«

»Noch nicht ganz, erst wenn ich Robins Sachen habe packen und einlagern lassen. Nach seiner Entlassung, irgendwann, kann er den Schlüssel bei Kölner abholen.«

»Was wirst du tun, du bist jetzt frei?«

»An meinen Gefühlen für dich hat sich nichts geändert, Mike.«

»An meinen auch nicht. Wann sehen wir uns wieder?«

»Lass mir bitte ein paar Tage Zeit, bis sich alles beruhigt hat. Ich melde mich.«

TRIGGERPUNKTE

Donnerstag, 7. August
An diesem Morgen bestimmte eine Nachricht alle Medienkanäle: ›Überraschende Wende im Fall NyxPHarm – CEO unschuldig! Gestern, am frühen Abend, wurde Dr. Annett Kessler, die Vorstandsvorsitzende des Nürnberger Pharmariesen, aus der U-Haft entlassen. Man hatte sie beschuldigt, Pillen aus einer Testcharge illegal verkauft und einen Labormitarbeiter ermordet zu haben. Aufgrund neuer Beweise konnte Dr. Kessler von allen Vorwürfen freigesprochen und die Anklage gegen sie fallen gelassen werden. Dr. Strauß, Vertriebsvorstand und ihr Partner, hat alle Taten gestanden. Gegen ihn wurde Anklage wegen Mordes in einem Fall und wegen Totschlags in zwei Fällen erhoben, außerdem wegen Irreführung der Ermittlungsbehörden und Verschleierung von Straftaten‹.

Vielleicht melden sich noch ein paar von Strauß' Kunden, dachte Kathi. Sie schloss NN-online auf ihrem Büro-Rechner und holte alle Fall-relevanten Daten für das 9:00-Uhr-Meeting mit Philipp Stoll und Rüdiger Clausen auf den Schirm. Den beiden Jungkommissaren war während ihres dreitätigen Seminars einiges entgangen. Das Festnetztelefon läutete, eine ihr unbekannte Nummer. *Hm, könnte einer der Kunden sein.* Gespannt nahm sie das Gespräch an. »Hallo, hier Starck, Kriminalpolizei Nürnberg, Morddezernat zwo.«

»Grüß dich, Kathi, hier ist der Robert, guten Morgen.«

Ihr blieb kurz die Spucke weg. »Guten Morgen.« Obwohl von Grünbaum angekündigt, hatte sie nicht so schnell mit dem Anruf gerechnet.

»Ich wollte dich nicht so früh überfallen, aber ab neun ist Visite und danach muss ich in den OP.«

»OP? Ist was mit Grünbaum?«

»Nein, dem gehts gut, halt den Umständen entsprechend.«

»Sorry, war mein erster Gedanke.«

»Das zeichnet dich aus, nicht jeder sorgt sich so um seinen Chef. – Wie gehts dir, Kathi?«

»Danke, gut. Und dir?«

»Danke, mir gehts auch gut. Ich hab vorhin die Zeitung gelesen, meinen Glückwunsch.«

»Vielen Dank.«

»Ich hab eh nicht geglaubt, dass Annett Kessler den Mord begangen hat. Sie genießt einen gewissen Ruf, aber über Leichen geht sie nicht.«

»Du bist nicht der Einzige, der das sagt, Robert. – Kennst du sie etwa persönlich?«

»Ja, ich arbeite hin und wieder für NyxPHarm.«

»Aha, und wie kam es dazu?«

»Annett hat mich vor einigen Jahren auf dem Cardio Symposium angesprochen, ob ich das nächste Mal einen Vortrag für sie halten will, seitdem mache ich es regelmäßig.«

»Umsonst?«

»Nein, gegen Honorar.«

»Robert, ich falle vom Glauben ab! Du lässt dich von einem Pharmaunternehmen bezahlen?«

»Ja, aber ich bin nicht käuflich!«

»Verschreibst nur bevorzugt deren Medikamente, oder wie heißt der Spruch ›Wes Brot ich ess, des Lied ich sing‹?«

»Nein, Kathi, so ist es nicht!«

»Na ja, was man halt so hört.«

»Als Mediziner musst du immer auf dem neuesten Stand sein. Ich arbeite nicht nur für NyxPHarm. Ich halte meine Vorträge aus ärztlicher und wissenschaftlicher Sicht und lasse auch nichts Negatives weg, damit ist keinem geholfen. Außerdem, ohne dieses Sponsoring könnte sich keine Klinik und kein niedergelassener Arzt qualifizierte Fortbildungen leisten.«

»Ein Gschmäckle bleibt trotzdem, Robert. Ich will dir ja nichts unterstellen, aber ...«

»Ich verstehe dich, die Verstrickungen zwischen Ärzten, Kliniken und Pharmakonzernen in den vergangenen Jahren waren nicht immer ganz koscher.«

»Milde ausgedrückt.«

»Ich muss mir nichts nachsagen lassen, Kathi. Ich opfere meine Freizeit und finde nichts Anrüchiges daran, Geld dafür zu bekommen. Außerdem lege ich alle Honorare in einer Datenbank offen.«

»Es darf nur deine Entscheidung bei der Wahl von Medikamenten nicht beeinflussen.«

»Das tut es nicht. Unser Klinikverbund prüft, ob der Aufwand zur Bezahlung passt.«

»Na ja, solange nichts unter der Hand läuft und es keine schwarzen Kassen gibt«, meinte Kathi zynisch.

»Die Kathi und ihre Schwarzmalerei, überall wittert sie Verbrechen.«

»Ich bin keine Schwarzmalerin, aber das Wittern habe ich im Blut. Und du weißt ja, ich irre mich selten. Von Grünbaum hätte ich allerdings nicht gedacht, dass er sich jemals zu etwas Illegalem hinreißen lassen würde.«

»Und er hat damit seiner Gesundheit geschadet.«

»Das habe ich ihm auch gesagt.«

»Siehst du, Kathi, da sind wir sogar einer Meinung.«

»Dass ich das noch erlebe!«

Beide lachten.

»Weswegen ich eigentlich anrufe, soll ich dir Grünbaums Kapseln zuschicken? Es sind noch fünfzehn Stück, in einem Kaugummidöschen.«

»Im Kaugummidöschen? Gut getarnt! – Schick sie bitte ins Präsidium, zu meinen Händen.«

»Wird gemacht.«

»Danke, dass du Grünbaum überredet hast, anzurufen.«

»Gern geschehen, Kathi, ich durfte ja nicht.«

»Ich weiß, ärztliche Schweigepflicht.«

An der Tür klopfte es.

»Momentchen.« Kathi wandte sich um. »Ja, bitte.«

Stoll und Clausen, mit ihren Tablets unter dem Arm, spitzten herein. Kathi gab ihnen ein Handzeichen, einzutreten.

»Robert, ich muss Schluss machen. Meine Kollegen sind da, wir haben gleich ein Meeting.«

»Okay, dann frohes Schaffen. War nett, mit dir zu plaudern. Alles Gute und viel Erfolg weiterhin.«

»Danke, das wünsche ich dir auch.«

»Danke, tschau.«

»Tschau.« Kathi legte auf. *Zurück zur Tagesordnung.*

Stoll und Clausen waren zur richtigen Zeit erschienen, das Gespräch mit Robert begann sich wie Kaugummi zu ziehen.

»Guten Morgen, ihr beiden.«

»Guten Morgen«, erwiderten sie unisono.

»Den Bericht von eurem Seminar müssen wir zurückstellen, der Pillen-Fall hat oberste Prio.«

Beide nickten und setzten sich zu Kathi an den Besprechungstisch.

Es klopfte ein weiteres Mal, Angie trat ohne Aufforderung ein. »'Morgen miteinander.«

»'Morgen«, erwiderte die Runde.

Mit Angies Unterstützung, die den visuellen Part übernahm, informierte Kathi die Jungs über den Stand der Ermittlungen. Sie endete mit Grünbaums Herzinfarkt.

»Mann-o-Mann, wie kann man bloß so blöd sein!«, meinte Stoll. »Der Chef müssts eigentlich besser wissen.«

Clausen nickte. »Rein rechtlich kann ihm nichts passieren, er hat keine Straftat begangen. NYX672 ist keine Droge, die unter das Betäubungsmittelgesetz fällt. Wenn er Pech hat, muss er bei Gericht als Zeuge aussagen.«

»Ich denke, dazu wird es nicht kommen«, erwiderte Kathi. »Strauß hat alles gestanden.«

»Warum zeigt Grünbaum ihn nicht wegen Körperverletzung an, hat er Schiss, dass sein Fauxpas an die Öffentlichkeit kommt?«

»Schon möglich, Clausi.«

»Wie lange fällt er eigentlich aus?«

»Mindestens vier Wochen.«

»Der arme Ott.«

Stoll zuckte mit den Achseln. »Er muss halt delegieren, sonst ist er der Nächste mit einem Herzkasper.«

»Apropos delegieren«, merkte Kathi an. »Ich habe einen Job für euch. In der Liste von Strauß' Kunden stehen auch ein paar Nachnamen, vergleicht sie bitte mit dem Mitgliederverzeichnis des Power Moves.«

»Okay.«

»Noch eine Info für alle«, meldete sich Angie zu Wort. »Benders Laptop und das Smartphone wurden seiner Frau zurückgegeben, unsere IT-Spezialisten konnten nichts finden, was zu Strauß führt. Er sagte ja selbst, der Deal lief direkt ab. Wie es aussieht, hatte Bender auch kein Zweithandy, aber von seinem Bankkonto waren im Juni zweimal kurz hintereinander 3.800 Euro abgehoben worden, damit könnte er die Kapseln bezahlt haben.«

»3.800? Nicht 4.000?«, fragte Clausen. »Ich dachte, eins von den Dingern kostete 80 Euro und wurde in 50er-Dosen verkauft.«

»Minus fünf Prozent Rabatt bei Abnahme von zwei Dosen.«

»Ach so, okay.«

»Dann können wir das auch abhaken«, sagte Angie. »Ich schiebe Kesslers Spalte gleich mit in die Ablage.«

»Wieder zwei Punkte erledigt.« Kathi prüfte die Ampelanzeige auf der Digi-Pinnwand. 38 Prozent standen auf Grün, 35 auf Gelb und der Rest auf Rot. »Wir hatten schon schlechtere Zwischenstände nach drei Tagen Ermittlungsarbeit.«

»Jetzt sind wir zwei wieder da.« Stoll hob beide Daumen. »Ab jetzt flutschts richtig!«

Er und Clausen wollten gerade aufstehen, als es an der Tür klopfte. Thomas spitzte ins Büro. »Darf ich stören?«

»Immer.« Kathi winkte ihn herein. »Was hast du Schönes für uns?«

Er strahlte. »Das endgültige Ergebnis der Spurenauswertungen aus Strauß' Wohnung in der Neubleiche.«

»Lass hören.«

Thomas setzte sich mit an den Tisch. »Strauß' Fingerabdrücke waren überall zu finden, die anderen konnten wir bisher niemandem zuordnen. Wir haben eine weibliche und eine männliche DNA sichergestellt, von Haaren und Hautschuppen, außerdem Vaginalsekret und Spermaspuren auf der Bettwäsche, letztere stammen von Strauß.«

»Und das Sekret von seiner Geliebten.«

»Ja. Ich habe die weibliche DNA mit der von Kessler verglichen, sie stimmen überein.«

Kathi stierte Thomas an. »Wie bitte? – Ich checks nicht mehr, war sie auch mal dort?«

»Es kommt noch wilder, die blonden Haare aus der Wohnung und die, die wir bei Fischer gefunden haben, sind 100 Prozent identisch. Ich habe sie dreimal durch den Sequenzer gejagt, weil ich dachte, die Probe wäre verunreinigt.«

Kathi hob die Hand. »Stopp! Nochmal zum Mitschreiben: Die weibliche DNA aus Mönchs Wohnung, die aus Strauß' Appartement und die an Fischers Hosenstall sollen alle von Kessler sein? – Ich krieg die Krise! Steckt sie doch mit drin?«

Angie ächzte. »Müssen wir wieder von vorn anfangen?«

»Nein, das müsst ihr nicht!«, wand Thomas ein. »Für die Übereinstimmung von Kesslers DNA aus Mönchs Wohnung mit den anderen gibt es eine plausible Erklärung: eine weibliche Blutsverwandte.«

»Eine weibliche Blutsverwandte?« Kathi spitzte die Ohren.

»Kessler hat eine Tochter!«

»Ich weiß. Mutter und Tochter, deren Tochter und wieder deren Tochter und so weiter, weisen immer dieselbe mitochondriale DNA-Sequenz auf. Ich habe sie verglichen, sie passen. Das Haar bei Fischer, das ohne Wurzel, muss von der Tochter stammen, die signifikanten Proteinstellen sind identisch. Die Sache mit demselben Haaröl ist wirklich ein Zufall.«

»Das Zeug gibt es in fast jedem Drogeriemarkt zu kaufen. Wartet mal kurz.« Kathi zoomte ein Pressefoto der Familie Guyger größer, eines der letzten, die vor Urs' Schlaganfall aufgenommen wurden. Es zeigte ihn mit seinen drei Kindern. Die Zwillinge Beat und Patrice, groß, schlank und sehr attraktiv, hatten das markante Kinn ihres Vaters geerbt. Sie sahen sich zum Verwechseln ähnlich, allein die Frisur ermöglichte eine Unterscheidung, Beat trug sein dunkelblondes Haar kurz, Patrice nackenlang. Um Jacqueline, eine ausgesprochen hübsche junge Frau mit blondem, raspelkurzem Haar, hatte Urs seinen Arm gelegt. »Das ist Kesslers Tochter, Jacqueline Xenia Guyger, 25. Sie lebt in Basel, ist eigentlich Ärztin, arbeitet zurzeit aber als Model.«

»Wow!«, riefen Thomas und Clausen unisono.

Angie nickte. »Wirklich, sehr hübsch.«

»Stimmt«, sagte Stoll nüchtern.

Kathi schmunzelte. *Er hat gewartet, bis Angie sich äußert, sehr diplomatisch. Was würde er sagen, wenn sie nicht hier wäre, der Schlingel?* Sie widmete sich wieder dem Foto, betrachtete es eingehend und begann zu spekulieren. »Könnte Jacqueline Guyger Strauß' Geliebte sein?«

Vier Köpfe drehten sich gebannt zu ihr.

»Wäre doch möglich«, meinte sie achselzuckend. »Er ließ den Namen Jax fallen, sicher ein Spitzname. Sie heißt Jacqueline Xenia – kurz: Jax.«

»O-o!« Clausen kratzte sich am Kinn.

»Wartet mal kurz.« Kathi googelte die Begriffe ›Jax, Model, Fashion‹. Sie wurde in einigen Modemagazinen und auf der Seite der Agentur FUTUREmodelZ in Zürich fündig. »Ich habe sie! – Hier steht zwar kein Familienname, aber Jax ist definitiv Jacqueline Xenia Guyger.«

»Allmächd! Strauß poppt die Tochter seiner Alten!«

Ein typischer Stolli. Kathi grinste. »Und die Tochter hat Fischer einen geblasen.«

Angie prustete los. »Ich krieg mich nicht mehr ein!«

»O Mann!« Thomas schüttelte den Kopf. »Ist das ein schräger Haufen!«

»Entweder Strauß weiß nicht, dass Jax Kesslers Tochter ist«, mutmaßte Kathi. »Oder er weiß es und schwieg deshalb so beharrlich, als ich ihn nach dem Namen seiner Geliebten fragte.«

»Oder Jax steckt mit Strauß unter einer Decke«, meinte Angie. »Sie könnte Fischer das Heroin gegeben haben.«

»Gut möglich. Jax und Fischer treffen sich an der Bucht, sie bläst ihm einen, wartet bis er sich den Stoff spritzt und über den Jordan geht. Dann haut sie ab.«

»Wie könnten sie sich kennengelernt haben?«

»Strauß kannte Fischer flüchtig aus dem Studio, behauptet er. Das muss ja nicht stimmen.«

»Hm. Vielleicht wusste Strauß, dass Fischer am Norikus wohnte und hat Jax auf ihn angesetzt, um ihm die Originalpillen unterzujubeln.«

»Aber damit schneidet er sich ins eigene Fleisch!«, erwiderte Clausen.

»Strauß könnte auch mit den Guyger-Brüdern unter einer Decke stecken, er versorgt sie mit Informationen über NyxPHarm und lässt sich fürstlich bezahlen.«

»Du sprichst auf den Rachefeldzug für den verlorenen Prozess um das Alzheimer-Mittel an, den Kessler erwähnt hat.«

»Genau, Angie. Möglicherweise ist da wirklich was dran. Ich frage mich seit Montag, ob es eine persönliche Sache ist. Strauß wollte es Kessler in die Schuhe schieben und brauchte ein Bauernopfer: Fischer. Ein Ex-Junkie passte genau in seinen Plan und die Wohnung in der Neubleiche war der Ausgangspunkt für alle Vorhaben.«

»Wie gehen wir weiter vor, Kathi?«

»Ich setze mich erstmal mit den Kollegen der Kantonspolizei in Basel in Verbindung.«

Seit Inkrafttreten des COPCO, des Contract of Police Coworking, durften deutsche Ermittler seit zwei Jahren direkt mit den Kollegen im europäischen Ausland zusammenarbeiten. Er galt auch in Nicht-EU-Ländern, wie der Schweiz, und ersetzte den einstigen, bilateralen Staatsvertrag zur Regelung der Übertragung der Strafverfolgung. Aufgrund der zunehmenden, grenzüberschreitenden Verbrechen innerhalb Europas, war dieses spezielle Abkommen notwendig geworden. Bei Mord, Totschlag, Körperverletzung und Vergewaltigung, aber auch bei minderschweren Delikten wie Diebstahl, ermittelte von Beginn an die zuständige Kripo zusammen mit den Kollegen des Landes, aus dem der Verdächtige stammte oder in das er geflohen war. Durch die kurzen, direkten Wege und weniger Papierkrieg versprach man sich Ermittlungen ohne Informationsverlust und Kompetenzgerangel. Diese Vorgehensweise entlastete Europol und Interpol, zuständig bei grenzüberschreitender organisierter Kriminalität, Terrorismusbekämpfung, illegalem Waffenhandel, Drogenhandel, Kinderpornografie und Wirtschaftskriminalität. Die Kompetenzen von LKA und BKA blieben davon unberührt.

Kathi sah der Zusammenarbeit mit den Schweizer Kollegen gespannt entgegen. Bereits nach einer knappen Stunde erhielt sie eine E-Mail von Leutnant Elias Vötter, ihrem Verbindungsmann in Basel. Sie rief ihr Team zusammen und berichtete: »Die ersten Infos zu Jacqueline Guyger sind da: Sie wird seit sieben Jahren von der Agentur FUTUREmodelZ in Zürich vertreten. Sie modelt seit ihrer Studienzeit, wird hauptsächlich für Sport-Shootings, Ski, Snowboard, Surfen et cetera gebucht. In ihrer Baseler Wohnung hat man sie nicht angetroffen, deshalb haben die Schweizer Kollegen die Agentur kontaktiert. Sie müssten wissen, wo Jax sich zurzeit aufhält. Das ist alles im Moment.« Kathi schickte unverzüglich einen Dankesgruß. »Komm, Angie. Wir fahren jetzt in die JVA und befragen Strauß zu seinem Betthäschen.«

179

JVA Nürnberg, U-Haft Männer

Im Verhörraum warteten Kathi und Angie geduldig, bis Dr. Kölner neben Strauß, vorschriftsmäßig an den Händen fixiert, Platz genommen und seine Sachen zurechtgelegt hatte.

»Vielen Dank, dass Sie es so kurzfristig einrichten konnten, Dr. Kölner«, flötete Kathi und nahm dem, wieder sichtlich genervten, Rechtsanwalt den Wind aus den Segeln.

»Mittlerweile bin ich es von Ihnen ja gewohnt, Gewehr bei Fuß zu stehen.«

Kathi lächelte gekünstelt. »Donnerstag, 7. August 2025,« diktierte sie ins Mikro. »Dritte Vernehmung von Dr. Robin Strauß im Beisein seines Rechtsanwalts Dr. Kölner, Fall Nummer 3.4.80 Strich 2025. – Herr Dr. Strauß, ich habe einige Fragen zu Ihrer Freundin Jax.«

»Ich sagte es bereits, ich werde sie nicht mit hineinziehen.«

»Sie steckt tiefer drin, als Sie glauben.«

»Was soll das heißen?«, zischte er.

»Verraten Sie mir zuerst ihren Nachnamen.«

Strauß sah ratsuchend zu Kölner, worauf dieser nickte.

»Also gut, Klein.«

»Klein? Aha.« *Sie hat ihn belogen.* »Sie sagten gestern, Sie waren Freitag vor einer Woche mit ihr im Appartement.«

»Ja. Am Abend wollte sie zu diesem Open Air auf der Wöhrder Wiese. Ich konnte nicht lange bleiben.«

Na ja, für nen Quickie wirds gereicht haben. »Danach fuhren Sie nach Hause und später zu diesem Geschäftsessen.«

»Ja.«

»Blieb Jax über Nacht in Nürnberg?«

»Ja, es war nicht das erste Mal, sie hat einen Schlüssel.«

»Wo haben Sie sich kennengelernt?«

»Im Davoser Hilton, im Januar. Ich war mit Freunden beim Skifahren.«

»Ohne Dr. Kessler?«

»Ja, Annett macht sich nichts aus Wintersport.«

»Zurück zu Ihrer ›Freundin‹, woher kannte sie Jimmy Fischer?«

»Fischer? Woher sollte Sie ihn kennen?«

»Ich dachte, Sie könnten mir das sagen, Herr Strauß.«

»Nein, das kann ich nicht.«

»Sicher?«

»Ja! Ich kannte ihn selbst nur flüchtig, aus dem Power Moves, das sagte ich Ihnen bereits.«

»Jax' blonde Haare wurden an Fischers Hosenstall gefunden.«

Strauß hob die gefesselten Hände. »Wieso sind es plötzlich Jax' Haare, ich dachte, sie stammen von Annett!«

»Das war ein Irrtum. Die blonden Frauenhaare, die Hautschuppen und das Vaginalsekret, die unsere Kriminaltechniker in Ihrem Appartement sichergestellt haben, können nur von Jax stammen, oder?«

»Ja, ich war nur mit ihr dort.«

»Die DNA dieser Spuren ist einhundert Prozent identisch mit der an Fischers Hose, demnach kann nur Jax ihm einen Blowjob verpasst haben.«

Strauß glotzte Kathi an, wie Gollum aus Herr der Ringe mit den Nazgul auf den Fersen. »Wie bitte, dem Fish? Einem Ex-Junkie? – Sie hat einen besseren Geschmack.«

»Scheinbar war sie letzten Freitag nicht wählerisch.«

Diese Bitch! Strauß ballte beide Hände zu Fäusten.

»Außerdem hat sie auf dem Open Air NYX672-Pillen in Tütchen verteilt.«

»Wie bitte?« Strauß runzelte die Stirn. »Woher sollte sie die haben?«

»Von Ihnen.«

»Ganz sicher nicht!«

»Irgendwie ist sie drangekommen, Sie hatten sie schließlich im Appartement gelagert. Haben Sie die kokainähnliche Wirkung irgendwann erwähnt?«

»Ja, ich bot ihr einmal eine an, aber sie wollte sie nicht.«

»Frau Starck, erklären Sie mir bitte, worauf Sie hinauswollen«, drängte Kölner.

»Wir glauben, Jax ist die Komplizin von Herrn Strauß. Ich versuche einmal, das Ganze zu rekonstruieren: Jax besucht am Freitag das Open Air, nur einen Sprung vom Appartement entfernt, mit der Absicht, die Pillen in seinem Auftrag zu verteilen. Sie sucht sich einen Junkie und macht ihn heiß. Sie trinken etwas, landen am Seeufer, dann verpasst sie ihm den Blowjob und gibt ihm das Heroin. Sie wartet, bis es ihn wegbeamt, steckt ihm die halbvolle Pillendose zu und verschwindet.«

»So ein Blödsinn!« Strauß verzog den Mund. »Durch die Prägung sieht man sofort, dass sie von NyxPHarm stammen.«

»Damit würde sie meinem Mandanten schaden.«

»Wir glauben, Jax verfolgte ein anderes Ziel, Dr. Kölner.«

»Rekonstruieren Sie von mir aus weiter«, raunzte Strauß genervt. »Es gibt keinen gemeinsamen Plan! Ich habe alles allein durchgezogen, die Pillensache, den Deal im Studio und das mit Mönch, mit Fischer hatte ich nichts zu schaffen!«

»Was wollen Sie noch, Frau Starck? Mein Mandant hat alles gestanden. Die Sache mit dieser Jax klingt für mich wie an den Haaren herbeigezogen.«

»Für mich klingt es, als würde Dr. Strauß sie schützen wollen«, erwiderte Kathi.

»Ich weiß nicht, was sie Freitagabend noch gemacht hat.«

»Sie war mit Fischer zusammen«, unterstrich Kathi. »Die Spurenlage ist eindeutig. Mittlerweile gibt es einen dritten Toten durch NYX672. Diese Info kam vorhin frisch auf meinen Tisch. – Zur Vorgeschichte, seit Montag prüft die Rechtsmedizin in Erlangen das Blut aller Verstorbenen auf Spuren dieses Gepants. Gestern obduzierte man einen Mann, Alkoholiker, fortgeschrittene Leberzirrhose – die toxische Wirkung von NYX672 auf das Organ war fatal. Er hatte mit zwei Freunden das Open Air am Freitag besucht. Die drei bekamen die Pillen von einer großen Blondine geschenkt, anhand eines Fotos wurde Jax eindeutig identifiziert. Meine Kollegen konnten weitere Konzertbesucher befragen, diese bestätigten die Aussagen der Freunde des dritten Opfers. Ein Junkie, der Pillen für NyxPHarm vertickt, das passt perfekt in ihren Plan, dem Unternehmen zu schaden.«

»Warum sollte sie? Sie weiß, dass ich dort arbeite.«

»Vielleicht war es ihr egal?«

»Worauf wollen Sie hinaus, Frau Starck? Und was soll das mit dem Plan, NyxPHarm schaden zu wollen?«

»Bitte noch einen Moment, Dr. Kölner.«

»Jax und ein Junkie? Sorry, das kann ich mir beim besten Willen nicht vorstellen!« Angewidert verzog Strauß das Gesicht.

Kathi freute sich tierisch. *Ha! Das haut dich jetzt um!* »Sie kannten sie scheinbar doch nicht so gut.« Sie drehte das Tablet zu ihm und zeigte ihm einige Fotos von Jax aus einem Modemagazin. »Ist sie das?«

»Ja, das ist sie.«

»Hier ist noch ein Familienfoto, vom Weihnachtsfest 2023. Das sind ihr Vater, Urs Guyger, und ihre Halbbrüder Beat und Patrice.«

Strauß schluckte. »Waaas?«

Kathi zeigte ihm eine dritte Fotografie. »Und das ist ihre Mutter, Annett Kessler. Jax ist ein Spitzname, sie heißt eigentlich Jacqueline Xenia Guyger.«

»Nee, das ist nicht wahr!« Strauß stierte mit offenem Mund auf die Bilder, die Adern an seinem Hals pochten. »Sie ist Annetts Tochter?« Er versuchte zu schlucken, hatte aber sichtlich Mühe, den stachelbewehrten Kloß hinunterzuwürgen.

»Sie ist eigentlich Ärztin von Beruf, hat den Job aber nach dem Schlaganfall ihres Vaters hingeworfen.«

Fuck! Fuck! Fuck! Vor Strauß' innerem Auge schoben sich die Bilder von Jax und Annett übereinander und nahmen die Größe eines Filmplakats an. Trotz des Altersunterschiedes konnte er jetzt, im direkten Vergleich, eine Ähnlichkeit nicht verleugnen. *Dieselbe Ausstrahlung, das Androgyne, Gott, war ich blind!* »Ich wusste nicht, dass sie Annetts Tochter ist, das müssen Sie mir glauben! In den Magazinen und auf der Agenturseite wurde ihr Familienname nie genannt.«

»Stimmt. Klein heißt der Chef der Agentur, nur zur Info.«

Strauß' Blick verengte sich. »Sie hat mich belogen, diese Bitch!«

»Sie wollten Dr. Kessler einen Mord anhängen!«, zischte Kathi. »Also nennen Sie Jacqueline Guyger nicht Bitch!«

Das saß. Strauß vermied weiteren Augenkontakt mit ihr, er zog es vor, auf die Tischplatte zu starren.

Kathi vernahm die Mischung aus Schock, Wut, Frust und Verachtung mit Wohlwollen. *Tja, Herzchen, du hast Mutter und Tochter gevögelt.* »Auch wenn es Ihnen missfällt, Herr Dr. Strauß, ich rekonstruiere weiter: Fischer hatte eine halbe Dose Originalpillen in seiner Hosentasche. Jax *muss* von Ihrem Versteck in der Wohnung gewusst haben, vielleicht hat sie es zufällig entdeckt. Sie ist Ärztin und die Tochter eines Pharmazeuten, sie kennt die Bedeutung von T1. Vielleicht hat sie auch die Kapseln und das Equipment gesehen. Sie brauchte nur eins und eins zusammenzählen und wusste, dass Sie das Zeug pulverisieren, um illegale Geschäfte zu machen. Eines Tages erzählen Sie beiläufig von der kokainähnlichen Wirkung, sie informiert ihre Brüder und gemeinsam schmiedet man einen Plan, NyxPHarm zu schaden.«

Strauß ächzte. »Dann steckt in diesem Fall wirklich Guyger dahinter, wie Annett am Dienstag vermutete, Rache wegen des verlorenen Prozesses?«

»Das ist naheliegend. Und der Plan ging auf, Pillen aus einer Testcharge von NyxPHarm kamen in Umlauf, die Medien sprangen darauf an. Die Skandale der jüngeren Vergangenheit sind noch nicht vergessen. Mittlerweile scheint die Moral in der Pharmaindustrie immer mehr zu schwinden, Ihre ebenfalls, Dr. Strauß. Wie Jax wollten Sie der Firma Schaden zufügen, deshalb liegt der Verdacht einer Komplizenschaft nahe.«

»So ein Unsinn«, meinte Kölner.

»Genau, ich schneide mir doch nicht ins eigene Fleisch! Durch meine Forschung und Entwicklungen habe ich NyxPHarm groß gemacht, Annett wäre nichts ohne mich!«

Du eingebildeter Vollpfosten! In Gedanken ging Kathi in ihre Lieblings-Angriffsstellung beim Boxen, das rechte Bein vorgestellt und beide Hände zu Fäusten erhoben. *Ein Mann, der vorgibt, eine Frau wäre nur durch ihn erfolgreich, verdient Arschtritte, am besten mit spitzen Cowboystiefeln!* »Und dann bringen Sie dieses gefährliche Zeug in Umlauf? Auch wenn Sie es als No-Name-Produkt verkauft hatten, die Leute wussten, Sie arbeiten bei NyxPHarm. Irgendwann hätte einer Ihrer Kunden geplaudert. Sie haben sich erpressbar gemacht und Jax ermöglicht, an diese Pillen zu kommen. *Sie* sind für den Tod des Open-Air-Besuchers ebenso verantwortlich!«

»Noch einmal zu Fischer«, rekapitulierte Kölner. »Sie sagten, er starb an einer Überdosis Heroin.«

»Richtig.«

»Das von Frau Guyger stammte.«

»Das vermuten wir, so reiner Stoff ist ungewöhnlich für einen Junkie. Die meisten strecken das Zeug.«

»Wie soll Jax an das Heroin gekommen sein?«, meinte Strauß. »Sie nahm keine Drogen, jedenfalls nicht in meiner Gegenwart.«

»Sie kommt viel herum, sicher kennt sie Leute, die es ihr besorgen würden.«

»Hm.«

»Wann haben Sie Jax zuletzt gesehen?«

»Wie ich bereits sagte, am Dienstagmorgen, bevor sie nach Basel fuhr.«

»Und danach, haben Sie telefoniert oder sich geschrieben?«

»Geschrieben, am selben Abend, vor ihrem Flug nach Windhoek, danach nicht mehr.«

»Windhoek, aha!«

»Zurzeit hält sie sich in der Sossusvlei Lodge auf, für ein Fashion-Shooting in der Gegend.«

»Interessant!« Kathi reiste in Gedanken zu dieser Lodge, ihrem Urlaubsdomizil vor fünf Jahren – ein luxuriöser Rückzugsort am Rand der Namib, umgeben von rotem Sand. *In Namibia kann man deutsches TV-Programm via Satellit empfangen, vielleicht liest Jax Nachrichten auch online. So oder so, sie wird mittlerweile von Strauß' Verhaftung wissen und sich nicht mehr melden. Es war nur eine Affäre, nicht die große Liebe und er nur Mittel zum Zweck. Die Frage ist: Hängen ihre Brüder mit drin oder hat sie die Sache mit Fischer und den Pillen ganz allein durchgezogen, ohne Strauß' Wissen? Bei ihm kann man sich nicht mal auf Voiceselect verlassen!* Kathi fixierte ihn mit den Augen eines mitleidslosen Söldners. *Wenn du wieder gelogen hast, kannst du dich auf was gefasst machen! Du steckst so tief in der Scheiße, so schnell kommst du nicht mehr raus!* »Gut, das wärs für heute. – Gibt es Ihrerseits noch Fragen?«

Beide Herren verneinten, Kathi schloss das Verhör mit dem üblichen Prozedere.

Polizeipräsidium, Kathis Büro

Während des Verhörs mit Strauß waren weitere Informationen zu Jax eingetroffen. Angie bereitete sie auf und schob sie auf die Pinnwand. »Frau Guyger fuhr am Dienstag, den 6. August, direkt von Nürnberg nach Basel. Gegen halb drei am Nachmittag passierte sie die Grenze in Weil am Rhein. Abends ging es nach Zürich, zum Flughafen. Ihr Mini steht dort im Parkhaus. Um 22:40 Uhr flog sie mit ihrer Modelkollegin Alice Bergmann und dem Creative Director Luca Ferrér via Johannesburg nach Windhoek, Ankunft war am Mittwochnachmittag. Nach den Einreiseformalitäten nahm sie der Assistent der Produktion in Empfang und brachte sie in einem Van zur Lodge.«

»Wie lange bleibt sie dort?«, fragte Kathi.

»Rückflug ist für kommenden Montag 8:30 Uhr geplant, diesmal über Frankfurt nach Zürich. Ankunft in Frankfurt ist kurz nach sieben Uhr abends, weiter gehts 20:50 nach Zürich, geplante Ankunft 21:45.«

»Die Staatsanwaltschaft soll einen internationalen Haftbefehl beantragen und den Auslieferungsantrag stellen, mit Namibia dürfte es keine Probleme geben. Sobald das geklärt ist, informieren wir die Basler Kollegen.«

Diesen Anruf konnte Kathi sich sparen, kurze Zeit später ersuchte Leutnant Vötter um eine Videokonferenz. Auch Stoll und Clausen stießen dazu.

»Grüezi nach Nürnberg, Frau Starck«, begrüßte Vötter sie in Hochdeutsch mit Schweizer Akzent.

»Grüß Gott nach Basel und vielen Dank nochmal für die Informationen.«

»Sehr gern.«

Nachdem Kathi und Vötter ihre Teams einander vorgestellt hatten, war man beim ›Du‹ angelangt.

»Inzwischen hat es auch Infos von der kriminaltechnischen Untersuchung von Frau Guygers Wohnung in Basel. Bisher gibt es keine Spuren von diesen Pillen oder Kapseln, auch in ihrem Mini nicht. Er steht im Parkhaus des Zür'cher Airports unter Beobachtung.«

»Okay. Der Auslieferungsantrag wurde bei den namibischen Behörden beantragt, das BKA ist ebenfalls informiert.«

»Wann geht eure Fahndung raus, Kathi?«

»In Kürze, zusammen mit der Pressemitteilung und einem Aufruf an die Besucher des Open-Airs.«

»Gut.«

»Was habt ihr der Agentur über Frau Guyger erzählt?«

»Sie sei eine Zeugin in einem ungeklärten Todesfall.«

»Könnte jemand sie warnen oder es bereits getan haben?«

»Bis jetzt weiß nur André Klein davon, den haben wir zum Schweigen verdonnert. Er wird sich hüten, sie anzurufen, das können wir nachweisen.«

»Frau Guyger könnte selbst von der Fahndung erfahren, in Namibia kann man deutsches und schweizerisches TV-Programm via Satellit empfangen. Wir sollten den Besitzer der Lodge informieren.«

»Gute Idee, Kathi.«

»Ich finde raus, wer das ist«, meldete sich Angie zu Wort und wandte sich zum Rechner.

»Sollte Jax türmen wollen, wo sollte sie hin? Die Lodge liegt 400 Kilometer von Windhoek entfernt, mitten im Nirgendwo, rundherum gibts nur Wüste. Auch wenn sie dort ein Auto klauen oder mit jemand anderem nach Windhoek fahren sollte, spätestens am Flughafen würde man sie schnappen.«

»Was liegt in der Nähe der Lodge?«, fragte Elias.

»Solitaire, etwa 80 Kilometer entfernt. Dort gibt es eine Tankstelle, Läden, ein Restaurant und ein Gästehaus.«

»Du kennst dich gut aus, Kathi.«

»Ich habe schon zweimal Urlaub in Namibia gemacht und kenne diese Gegend.«

»Cool.«

»Nein, es war eher heiß.«

Elias lachte. »Wo ist das nächste Polizeirevier?«

»In Maltahöhe, 160 Kilometer von der Sossusvlei-Lodge entfernt. Zuständig ist der Regional-Commander in Mariental, weitere 120 Kilometer weg.«

»Gottseel! Noch weiter gehts nicht?«

»Namibia ist sehr dünn besiedelt, aber in Mariental gibt es einen Flugplatz. Am besten, man fliegt Frau Guyger von dort nach Windhoek und nimmt sie in Auslieferungshaft, bis die BKA-Kollegen sie abholen. Hoffentlich dauert es nicht so lang. Es gehen zwar täglich Flüge nach Windhoek, aber die sind oft ausgebucht.«

»Dann sitzt sie eben länger dort, das macht sie mürbe.«

»Du meinst, ich hätte dann leichteres Spiel mit ihr. – Elias, du kennst meine Standard-Verhörtaktik nicht.«

»So berüchtigt? Puuhhh! Dann darfst du mir bei Gelegenheit einige deiner Tricks verraten.«

»Abgemacht.«

Am Abend beherrschte der Fall die Nachrichtensendungen erneut. »Der NyxPHarm-Skandal in Nürnberg steht kurz vor der

190

Aufklärung«, verkündete der Sprecher des BR. »Im Fall des, am 2. August 2025 tot aufgefundenen, Drogenkonsumenten in der Norikus-Bucht, bei dem ebenfalls eine Dose der tödlichen Pillen entdeckt wurde, sucht die Nürnberger Kriminalpolizei nach weiteren Zeugen. Sie richtet sich an alle Besucher des Wöhrder Wiese Woodstock am Abend des 1. August. In diesem Zusammenhang fahndet man nach einer jungen Frau. Zeugenaussagen zufolge, soll sie dort Pillen verschenkt haben. Wie berichtet, tragen diese die auffällige Prägung NYX672-T1. Diese können bei chronischen Erkrankungen der Leber und bei Bluthochdruckpatienten zum Tod führen.« Ein Foto von Pillen und Kapseln, sowie ein aktuelles Portraitfoto von Jacqueline Guyger wurden eingeblendet. »Die Nürnberger Kripo bittet alle Personen, die diese Frau auf besagtem Open Air und später in der Nähe der Norikus-Bucht gesehen haben, sich dringend zu melden. Auch Beobachtungen von ungewöhnlichen Vorfällen können wichtig sein. Die Kripo vermutet, dass im Power Moves-Studio erworbene Kapseln noch im Umlauf sind und bittet eindringlich, ihr alle Restbestände zu übergeben, damit sie ordnungsgemäß vernichtet werden können. NyxPHarm-CEO Dr. Kessler unterstützt diese Aktion. In einer offiziellen Mitteilung ließ sie verlauten, sie verurteile die kriminellen Machenschaften ihres Vorstandskollegen aufs Schärfste. Sie wird alles daransetzen, den guten Ruf des Unternehmens wiederherzustellen. Sollte ein Konsument gesundheitliche Schäden erlitten haben, wird NyxPHarm alle Kosten der ärztlichen Behandlung übernehmen, jedem werden die Ausgaben für die Kapseln erstattet. Dr. Kessler hat sich bei den Angehörigen der Todesopfer persönlich entschuldigt, außerdem trägt NyxPHarm die

Kosten der Beisetzung.« Am Ende blendete man Telefonnummern und E-Mail-Adressen des Kriminal-Dauerdienstes, der SOKO Pillen und die der Basler Kantonspolizei ein.

Freitag, 8. August

Am Vormittag erhielt Kathi von Elias den Mitschnitt einer kurzen Stellungnahme der Guyger-Brüder, den sie zusammen mit ihrem Team ansah. Die Aufnahmen des Schweizer Fernsehens waren vor dem Haupteingang der Firmenzentrale von Guyger Pharmaceutics in Allschwil entstanden.

»Liebe Jacqueline, wir hoffen, du siehst diese Sendung in Namibia«, begann Beat in Hochdeutsch mit leichtem Schweizer Akzent. »Sicher weißt du bereits von der Fahndung nach dir. Wir glauben nicht, dass du mit den Todesfällen in Nürnberg etwas zu tun hast, man verwechselt dich mit jemand anderen. Bitte melde dich bei der Polizei, du hast nichts zu befürchten. Maurice ist informiert, alles wird gut. Wir glauben an dich und wir lieben dich, Papa auch.« Ohne ein weiteres Wort verschwanden die beiden im Gebäude.

»Nichts zu befürchten? Träum weiter!« Kathi suchte die Tischplatte ab. »Gebt mir bitte was Hartes zum Werfen! – Diese Unverfrorenheit! Ätzend! Dabei wissen Sie von Elias genau, was man Jax vorwirft! Schalte bitte aus.«

Angie schloss das TV-Fenster auf der Pinnwand. »Er hat sie in Schutz genommen.«

»Ich werde den Gedanken nicht los, dass die beiden mit drinstecken. Wir brauchen Beweise! Sollten die Brüder versuchen, mit Jax in Kontakt zu treten, bekommen es Elias'

Leute mit. Die Telefone werden überwacht, in der Firma, privat und mobil, außerdem der E-Mail-Account. Jax darf nur mit ihrem Anwalt sprechen.«

»Das ist dieser Maurice, den Beat vorhin erwähnt hat.«

»Ja. Maurice D'Allessandro heißt er.«

Stoll kratzte sich am Kinn. »Ob Jax inzwischen von der Fahndung weiß?«

»Keine Ahnung. Gestern, nach meinem Anruf bei der Nam-Pol in Mariental habe ich Julius van der Merwe informiert, den Besitzer der Lodge, ihm war noch nichts zu Ohren gekommen. Sollten Gäste ihn auf Jax ansprechen, bat ich ihn, Stillschweigen zu bewahren, bis die Polizei ankommt.«

»Wann schneien sie dort rein?«, fragte Angie.

»Heute Abend.«

Angie ließ ein Update des Ermittlungsstandes laufen und ließ es auf der Pinnwand anzeigen: 48 Prozent grün, 35 gelb und der Rest rot.

»Fast die Hälfte erledigt, wir sind gut«, meinte Kathi. »Den Besuch bei Ramachandra kannst du streichen.«

Nach der Mittagspause meldete sich Annett Kessler bei Kathi via VisuTel. »Hallo, Frau Starck, störe ich?«

»Hallo, Frau Dr. Kessler. Nein, tun Sie nicht. Ich bin allerdings nicht allein im Büro, Frau Knecht sitzt mir gegenüber.«

»Kein Problem, sie kann mithören. Hallo, Frau Knecht.«

»Hallo, Frau Dr. Kessler.«

»Worum geht es?«, fragte Kathi.

»Um Jacqueline. Ich bin heute Morgen aus allen Wolken gefallen, als ich von ihr in der Zeitung las.«

»Sie sind sicher nicht die Einzige.«

»Davon ist auszugehen. – Mit ihr hat Robin sich im Appartement getroffen, nicht wahr?«

»Dazu darf ich nichts sagen.«

»Kein Problem, Frau Starck. Ich weiß es, er hat sie gevögelt.« Kesslers Züge verfinsterten sich, ihre kirschroten, Lippen wurden schmal. Sie wirkten wie eine klaffende Wunde.

Kathi wünschte sich, ihre Gedanken lesen zu können. *Wahrscheinlich wetzt sie gerade ein Skalpell.* »Er hat behauptet, nicht zu wissen, dass Sie Ihre Tochter ist.«

»Das glaube ich sogar, bei seinen Betthäschen interessieren Robin keine Nachnamen. Etwas anderes, haben Sie die Stellungname von Beat Guyger gesehen, sie wurde heute Vormittag gesendet.«

»Ja. Wir stehen seit gestern mit den Kollegen in Basel in Verbindung, sie haben uns informiert.«

»Wie fanden Sie es?«

»Unverfroren und arrogant.«

»Genau meine Meinung. Sie halten ihre Halbschwester natürlich für unschuldig. – Typisch Guyger, geben sich stets unfehlbar. Diese Familienbande hält zusammen wie Pech und Schwefel und ich werde den Gedanken nicht los, dass die Brüder doch mit drinstecken.«

»Glauben Sie das wirklich?«

»Möglicherweise ist es nicht nur Rache für den verlorenen Prozess, sondern etwas Persönliches – ein Denkzettel, weil ich Jacqueline damals in der Schweiz ließ. Die Guygers würden mir am liebsten noch heute Rabenmutter auf die Stirn tätowieren, obwohl Urs eine Mitschuld trägt. Er sagte vor unserer Scheidung, wenn ich gehen sollte, dann bitte für immer. Er würde sich erkenntlich zeigen.«

»Wie ist das zu verstehen?«

»Durch den Ehevertrag stand mir ein hoher, zweistelliger Millionenbetrag zu, Urs legte noch ein Extra drauf. Ich habe mich von meiner Mutterrolle quasi freigekauft.«

Angie fiel filmreif die Kinnlade herunter, Kessler konnte es zum Glück nicht sehen. Kathi, ebenfalls geschockt, ließ sich nichts anmerken.

»Damals hielt ich es für das Beste«, erzählte Kessler weiter. »Jacqueline hing ohnehin mehr an Urs. Er hat sie verwöhnt nach Strich und Faden. Später hat er seiner Prinzessin eine Wohnung gekauft und dank ihm hat sie ein gutgefülltes Bankkonto, sie müsste gar nicht arbeiten. Wenigstens hat sie ihr Medizinstudium durchgezogen. Und jetzt gondelt sie als Model durch die Weltgeschichte. Urs würde sagen ›Sie ist jung, soll sie machen‹. Aber die Sache mit den Pillen, was trieb sie nur dazu? Über die Folgen hat sie scheinbar nicht nachgedacht, wie ein dummer Teenager! – Kinder …!« Sie hielt kurz inne. »Haben Sie Kinder, Frau Starck?«

»Nein.«

»Ich bin damals nur Urs zuliebe schwanger geworden, er wollte ein Kind mit mir und am liebsten eine Tochter. Sein Wunsch hat sich erfüllt. Als Jacqueline auf die Welt kam, warf er mir vor, ich würde sie wie eine Fremde betrachten und keine richtige Mutter sein. Dabei hatte ich ihm von Anfang an klargemacht, sofort wieder arbeiten zu wollen. Die Nanny war lange vor der Geburt engagiert. Aber Urs hatte Recht, je älter Jacqueline wurde, desto mehr entfernte sie sich von mir.«

»Fiel es Ihnen nicht schwer, alles zurückzulassen, als Sie damals der Schweiz den Rücken gekehrt haben?«

»Ja und nein.«

»Ja und nein?«

»Anfangs war es ein Abnabelungsprozess, der mit Jacquelines Geburt begann – das kann man wörtlich nehmen. Das Kind von einer Nanny betreuen zu lassen, wie andere Frauen mit verantwortungsvollem Beruf, ist etwas ganz Normales. 2011, als ich nach Urs' Herzinfarkt die Firmenleitung übernahm, rechnete man mir das hoch an. Ich führte Guyger Pharmaceutics sehr erfolgreich, geradlinig eben. Urs warf mir vor, ich würde mich gar nicht mehr um Jacqueline kümmern und hielt mir vor, mir wäre lieber gewesen, sie wäre nicht oder tot auf die Welt gekommen. Diese Impertinenz muss man sich mal vorstellen!«

»Das ist heftig.«

»Für mich war es der Bruch, aber so schnell wollte ich nicht klein beigeben. Nach außen hin präsentierten wir uns als glückliche Familie, irgendwann wurde es zur Routine, Lügen und Vertuschungen zur Gewohnheit. Ich hielt dieses Leben kein Jahr aus, es war Selbstbetrug, ich wollte mich schließlich noch im Spiegel ansehen können. Und ich wollte etwas Neues, Eigenes auf die Beine stellen, mir meinen Traum erfüllen. Ich musste raus aus dieser Familienblase und reichte die Scheidung ein. Unsere sogenannten Freunde drehten mir den Rücken zu und in der Society wurde ich mit einem Schlag zur ›Persona non grata‹. Es ging mir einige Zeit nicht gut, aber ich habe mich zurückgekämpft. Mit dem Geld aus dem Ehevertrag habe ich NyxPHarm gegründet. Ich wurde in der gesamten Branche respektiert, jetzt muss ich wieder kämpfen und obendrein die Reputation unserer Firma wiederherstellen. Aber ich schaffe das. Ein gutes Dutzend Aktionäre sind abgesprungen, ich werde sie überzeugen, zurückzukommen. Ich weiß, der eingeschlagene Weg ist der richtige und ich hoffe, alle Geschädigten nehmen mein Angebot an.«

An der Tür klopfte es. Sie wurde geöffnet, Clausen spitzte herein. Angie signalisierte ihm mit erhobener Hand, zu warten.

Kathi wandte sich kurz um und wieder zum Monitor. »Pardon, Frau Dr. Kessler.«

»Kein Problem. Ich nehme an, die Arbeit ruft.«

»Erraten.«

»Ich bin ohnehin fertig, vielen Dank für Ihre Zeit.«

»Gern geschehen. Alles Gute weiterhin.«

»Ihnen auch, Frau Starck. Auf Wiederhören.«

»Wiederhören.« Kathi schloss das VisuTel-Fenster.

Clausen trat ein. »Sorry, ich wollte nicht stören.«

»Du störst nicht. Was gibts?«

»Drei von Strauß' Kunden haben sich noch gemeldet und bestätigt, dass er ihnen Kapseln verkauft hat. Der Stolli und ich fahren jetzt gleich zu ihnen, um die Aussagen aufzunehmen.«

»Sehr gut, dann sind es fünf, mit Schulte und Grünbaum.«

»Sechs haben die Kapseln bis jetzt anonym zurückgegeben. Vier Umschläge mit jeweils einem Döschen steckten in unserem Briefkasten, einer bei der Dienststelle in Erlenstegen, einer in Fürth. Zehn Namen auf Strauß' Liste konnten wir der von Power Moves direkt zuordnen. Bei vier Kunden haben wir eine Nachricht hinterlassen und um Rückruf gebeten. Den Rest konnten wir noch nicht erreichen.«

»Danke, Clausi. Wir werden uns heute wahrscheinlich nicht mehr sehen, ich mache pünktlich Schluss. Falls es etwas Wichtiges gibt, bin ich übers Pad erreichbar, auch morgen, ich habe Bereitschaft.«

Nürnberg, Kampfsportstudio Black Belt II

Kathi meditierte im Ruheraum, wie immer vor dem Taekwondo-Training. Sie nahm sich heute etwas länger Zeit als sonst. Die Arbeitswoche klebte noch am Gehirn, besonders das Gespräch mit Annett Kessler und deren Familienleben ging ihr nach. *Zwei Ehen, zwei Scheidungen und wer weiß wie viele Affären – wie konnte es so weit kommen? Immerhin hatten sie und Urs sich einmal geliebt. Ihm zuliebe bekam sie ein Kind, obwohl sie keines wollte. Warum hat sie das auf sich genommen? War sie die Ehe nur aus Berechnung eingegangen, weil es ihr einen gesellschaftlichen Aufstieg bot, wie bei anderen Frauen, die ihren Chef heiraten und sich später ausschließlich Society-Verpflichtungen widmen? Kessler hat immer gearbeitet, sogar kurz nach der Geburt. Nach Urs' Herzinfarkt hat sie die Firmenleitung und die Verantwortung für die Mitarbeiter und deren Arbeitsplätze übernommen. Das ging zu Lasten der Kindererziehung und somit auf Kosten von Jax. Trägt Kessler eine Mitschuld an ihrem Verhalten? ›Ich habe mich von meiner Mutterrolle quasi freigekauft‹, sagte sie. Das ist heftig! Fehlende Mutterliebe und das Trauma einer Trennung wirken sich auf das Verhalten von Kindern und deren Charakter aus, das sind keine überstrapazierten Klischees. – Kinder, hm ... Kathi seufzte. Ich bin froh, keine zu haben. Wäre es damals nach Robert gegangen, hätte ich jetzt zwei im Teenageralter. Ich glaube, das würde ich nicht durchstehen!*

Keine Kinder bekommen zu wollen, lag weder am fehlenden Mutterinstinkt noch war es Drückebergerei, Kathi wollte diese Verantwortung bei ihrem Job nicht übernehmen. Wenn Kolleginnen oder Kollegen im Dienst ums Leben kamen, blieben die Kinder als Halbwaisen zurück, eine schreckliche Vorstellung. Kathis Eltern hatten immer Verständnis gezeigt, keine Enkel zu haben, und Nikolai bisher keine Ambitionen, Vater werden zu wollen. Wie seine Eltern darüber dachten, konnte Kathi nicht einschätzen. Sie hatten sich erst zweimal persönlich getroffen, an Silvester und am 85. Geburtstag von Nikolais Oma Galina. *Vielleicht sagen sie nichts, weil wir uns noch kein Jahr kennen oder sie mischen sich grundsätzlich nicht ein.*

Nikolais Schwestern Nina und Tatjana waren verheiratet und hatten je zwei Kinder, Nesthäkchen Anna studierte noch. *Würden seine Eltern Niko unter Druck setzen, eine eigene Familie zu gründen, er ist immerhin der Stammhalter der Liebermanns? Hoffentlich bleibt mir diese Diskussion erspart, ich wüsste nicht, was ich sagen sollte, ohne ihn zu verletzen. In der nächsten Zeit werde ich ihm reinen Wein einschenken müssen, ich werde bald 43. Manche Frauen bekommen mit diesem Alter ihr erstes. – Nee, nee, man kann auch ohne Kinder glücklich sein.*

Damit hatte Kathi nicht immer Verständnis geerntet. Auch nicht von den drei Freundinnen aus dem Gymnasium, die noch in der näheren Umgebung lebten, mit Kindern im Teenageralter plus Haustieren im Reihenhaus. Caro Wolf war eine Ausnahme und Kathi froh, dass sie sich vergangenen Herbst nach zwanzig Jahren ›wiedergefunden‹ hatten. Caro hatte während ihres Gartenbauarchitektur-Studiums in Weihenstephan den Landschaftsarchitekten Simon geheiratet und mit einundzwanzig Zwillingssöhne bekommen. Nach Abschluss des Studiums war sie zu ihm an den Chiemsee gezogen, wo sie eine Firma gründeten. Vor vier Jahren starb Simon überraschend an Krebs. Allein konnte Caro die Arbeit nicht stemmen, sie musste jemanden einstellen, die Kosten überstiegen das gesetzte Limit. Um einen Konkurs abzuwenden und den Söhnen das Studium an der TU in München zu ermöglichen, verkaufte sie vor zwei Jahren schweren Herzens Haus und Firma und kehrte in die alte Heimat zurück.

Ihre Eltern empfingen sie mit offenen Armen, deren Biogemüse-Anbaubetrieb in Almoshof benötigte dringend Verstärkung. Caros Vater Wolfgang musste, seiner Arthritis geschuldet, beruflich kürzertreten. Christian, ihr zwei Jahre jüngerer Bruder, blieb seinem Traumberuf Pilot treu, ihre Mutter Gisela hätte die Arbeit nicht allein geschafft. »Die Leitung soll in der Familie bleiben«, lautete Wolfgangs sehnlichster Wunsch, also übernahm Caro das Ruder beim ›Bio-Wolf‹. Eine Fügung des Schicksals, so lernte sie Jonas Gerber kennen und lieben. Ihr Nachbar von gegenüber, Besitzer des Restaurants ›Das Gerber‹, bekannt für seine moderne fränkische Küche, kaufte persönlich bei ihr ein. Ihm war das Glück zweifach hold, nur wenige in seiner Zunft konnten die Erzeugerin bester regionaler und saisonaler Produkte Ehefrau nennen.

Caro und Jonas kannten sich nur ein dreiviertel Jahr, als sie heirateten, bei Niko und mir sind es inzwischen zehn Monate, die Zeit vergeht! Aber es war sehr schön. Sie lächelte. *›Heiraten ist wie ankommen‹, hat die Oma bei der Hochzeit mit Robert gesagt. Damals war es definitiv zu früh für mich. Ich wollte im Job nach oben kommen, da hat die Ehe nicht gepasst. Jetzt bin ich da, wo ich sein will. – Heiraten muss nicht sein, bei anderen klappt die Partnerschaft auch ohne Trauschein. Spricht Niko das Thema nicht an, weil Carsten diese hässliche Trennung hinter sich hat?*

Carsten Ludwig, 41, Nikolais bester Freund, Bauingenieur bei einem internationalen Konzern, war beruflich regelmäßig für längere Zeit im Ausland. Er hatte seine Freundin Amelie, die letzten Sommer bei ihm eingezogen war, mit einem Arbeitskollegen im Bett erwischt, das Ende einer langen Affäre. Am Tag vor Heiligabend warf er Amelie hinaus. Das Angebot seines Arbeitgebers, Anfang Februar für ein Brückenbauprojekt nach Singapur zu gehen, kam zur rechten Zeit, um die Trennung zu verarbeiten. Mitte Juli kehrte er beziehungsgeläutert zurück nach Nürnberg und kaufte sich als Erstes ein neues Bett.

Niko hat sich in der letzten Zeit oft mit Carsten getroffen und ihm Mut gemacht, dafür sind Freunde da. Ihn beschäftigt das Thema, ich merke es ihm an, aber über Männerkram redet er nicht mit mir. Na ja, bei manchen Sachen bleiben Buddys lieber unter sich, wie wir Mädels auch. Will Niko überhaupt

201

heiraten und eine eigene Familie gründen? Für ihn wäre es die erste Ehe, bin ich bereit für eine zweite? Ich bin nicht mehr so egoistisch wie früher, ich habe dazugelernt, man kann nicht immer mit dem Kopf durch die Wand. Und die paar Meinungsverschiedenheiten, die wir hatten ... Peanuts. ›Die gehören zu jeder Beziehung, das ist das Salz in der Suppe‹, hat die Oma immer gesagt. Niko und ich wären ein perfektes Paar, meinte Gabby im Dezember, da kannten wir uns erst zwei Monate. Und jetzt sind wir ein eingespieltes Team. Kathi lächelte und fasste einen Entschluss. *Ich werde das Thema Heiraten und Kinder vor Niko nicht erwähnen, ich lasse es auf mich zukommen.*

Mit geschlossenen Augen konzentrierte sie sich einige Minuten auf ihre innere Mitte. Mental gestärkt und voller Elan, setzte sie den Kopfschutz auf, prüfte den Sitz ihrer Hand- und Fußbandagen und machte sich auf den Weg in den Dojang.

Zur selben Zeit in Namibia, Sossusvlei Lodge
Drei weiße Iveco-Allrad-Vans, mit großen Alukisten auf dem Dachgepäckträger, und zwei große, olivgrüne Jeeps trafen hintereinander auf dem beleuchteten Parkplatz der Lodge ein. Geschlaucht vom arbeitsreichen Tag und der einstündigen Fahrt, stiegen Jax und Alice als Erste aus und gingen auf ihr Zimmer. Sie wollten endlich den Sand abduschen, der in jeder Pore klebte, anschließend eine Kleinigkeit essen und chillen. Fünfmal waren sie heute die 170 Meter hohe, berühmte Düne 45 hinaufgestiegen, fünfmal Posing auf dem Dünenkamm,

Abfahrt, Pause, Umziehen, Maske und wieder hinauf. Eine dreiviertel Stunde dauerte jeder Aufstieg, bei dem man immer wieder ein Stück abrutschte, obendrein peitschte einem der Wind den Sand gegen die Beine. Die Hitze war einigermaßen erträglich gewesen, die Produktionsfirma hatte den Zeitraum, mitten im namibischen Winter, wegen der angenehmeren Tagestemperaturen von durchschnittlich 26 Grad gewählt. Trotz teurem Special Permit, beobachteten Ranger das Team während des Shootings, damit die Kreativität nicht zu Lasten der Natur ging. Das Dünengebiet gehörte zum Namib- Naukluft Park, einem der wichtigsten Naturschutzgebiete Namibias, und die Regierung ließ sich außergewöhnliche Aktionen fürstlich bezahlen.

Die Anstrengungen hatten sich gelohnt, es waren tolle, kontrastreiche Bilder geworden, wie der Kunde sie wollte: roter Sand, leuchtend blauer Himmel, knochige Bäume am Fuß der Düne und davor eine weiße und eine farbige Frau in sexy Bikinis auf Snowboards. ›Good Job, Girls‹, hatte Fotograf Ken Stahl sie gelobt. Ein großes Dankeschön heimsten auch seine Assistenten ein, die nach jeder Session Kameragehäuse und Objektive vom allseits präsenten, feinen Sand mittels Druckluft reinigen mussten. An Düne 45 war alles im Kasten. Morgen sollte es zum Dead Vlei gehen, berühmt für die abgestorbenen Akazienbäume im schneeweißen Sand eines ehemaligen Trockenflussbetts.

»Das war heute echt nötig!« Jax trat, frisch geduscht und in einen weißen Frotteebademantel gehüllt, zu Alice an die offenstehende Terrassentür ihres Zimmers.

Ihre Freundin nahm den letzten Zug aus der Zigarette, inhalierte genussvoll und blies den Rauch aus. »*Das* auch.« Sie drückte die Kippe in den sandgefüllten Terrakottatopf, der als Aschenbecher diente. »Dann bin ich mal im Bad.«

»Nicht trödeln, um acht treffen wir uns zum Abendessen.«

»Don't worry, ich könnte heute einen Elefanten verspeisen, mit Käse überbacken.«

Jax lachte. »Elefanten-Raclette.«

Kaum war Alice im Badezimmer verschwunden, klopfte es an der Tür. Jax zupfte ihr fast trockenes Haar in Form und lugte durch den Türspion. Sie erkannte Luca und öffnete einen Spalt. »Hi, was gibts? Ich komme gerade aus der Dusche.«

»Hi, Jax.«

Julius van der Merwe schob sich vor Luca. »Hallo, Frau Guyger, würden Sie sich bitte anziehen und mitkommen.«

»Was ist passiert?«

»Nicht hier, in meinem Büro.«

»Okay, gebt mir fünf Minuten.« Jax schloss die Tür, ließ den Bademantel fallen und zog Jeans und T-Shirt an.

Als van der Merwe die Tür zu seinem Büro öffnete, traute Jax ihren Augen nicht. Zwei blau uniformierte NamPol-Beamte erwarteten sie, eine stämmige, farbige Frau mit Cornrow-Frisur und ein drahtiger, rothaariger Weißer mit gezwirbeltem Oberlippenbärtchen.

Scheiße! Jax beschlich eine böse Vorahnung, sie hatte die Nachrichten über den Pharmaskandal in Nürnberg bis gestern Vormittag online verfolgt, durch Robins Verhaftung war die Sache für sie erledigt. *Sind die beiden deshalb hier?*

Die Abzeichen auf den Schulterklappen, ein Polizeistern, gekreuzter goldener Säbel und Stock, sowie das Wappen Namibias auf rotem Grund mit goldenem Eichenkranz, wiesen die Frau als die Ranghöhere aus. »Commissioner Johanna Shitembi, NamPol Mariental«, stellte sie sich mit tiefer Stimme vor, sie sprach Deutsch mit Afrikaans-Akzent. »Das ist Deputy Commissioner Robert Isaak.« Sie warf einen Blick auf ihr Tablet. »Sind Sie Jacqueline Xenia Guyger, geboren am 3. Mai 2000, wohnhaft in Basel, Burgfelderstraße 209?«

»Ja, die bin ich. Soll ich meinen Pass holen?«

Shitembi machte ihr mit einer abweisenden Handbewegung deutlich, still zu sein. Jax formte ein stummes ›Sorry‹ mit den Lippen und verschränkte die Arme vor der Brust. Ohne Umschweife präsentierte Shitembi ihr den internationalen Haftbefehl. »Frau Guyger, Sie sind festgenommen. Ihnen werden Totschlag, schwere Körperverletzung mit Todesfolge und das Inverkehrbringen nicht freigegebener Arzneimittel zur Last gelegt.«

Jax' Augen weiteten sich. »Totschlag?«

»Ja, so steht es hier. Zeugen haben zweifelsfrei bestätigt, dass Sie illegale Pillen während eines Open-Air-Konzerts in Nürnberg verteilt haben. Ein Mann ist daran gestorben.«

Während Shitembi die Details erläuterte, pochte Jax' Herz immer schneller, ihr Atem ging unruhig. Sie fühlte sich eingeengt wie in einem Tunnel. Sie vernahm nur noch den Namen ›Jimmy Fischer‹, die Menschen um sie herum entfernten sich. Ihre Kehle war wie ausgedörrt, zitternd sog sie die Luft ein und atmete sie ebenso wieder aus.

Isaak schob ihr einen Stuhl hin. »Setzen Sie sich lieber.«

Zu keiner anderen Bewegung fähig, hielt sich Jax mit beiden Händen an der Lehne fest und krallte ihre Finger ins Polster. *Verdammt! Warum sterben Leute an den Pillen? Was war das für ein Dreckszeug? Robin sagte, es wirkt wie Koks und sei harmlos, er nahm es ja selbst! Habe ich etwas anderes erwischt? Fish hat sich Heroin gespritzt, nachdem er die Pille geschluckt hatte. Er war auf dem Trip, aber er hat noch gelebt, als ich ging. Und wer ist der andere Tote? Da waren so viele auf dem Open Air!* Ihre Gedanken rasten, sie hörte ihren Herzschlag, dumpf wie durch ein Stethoskop. Das Blut kroch durch die Adern, heiß wie Lava. Sie spürte ihre Wangen brennen und den Schweiß der Angst im Nacken.

Luca hatte sie noch nie so aufgewühlt erlebt. »Das glaube ich nicht, die müssen dich mit jemandem verwechseln.«

Jax wollte ihm antworten, in ihrer Hilflosigkeit versagte ihre Stimme. *Nein, tun sie nicht,* dachte sie.

»Der Fahndungsaufruf läuft seit gestern Abend im Deutschen und im Schweizer Fernsehen«, erklärte van der Merwe.

»Fahndungsaufruf?« *Scheiße, den habe ich verpasst! Das kommt davon, wenn man nicht am Ball bleibt.*

»Außerdem steht es in allen deutschsprachigen Zeitungen, Print und online. Frau Starck, die ermittelnde Kommissarin in Nürnberg, hat mich über alles informiert. Ihre Brüder, Frau Guyger, haben im Schweizer Fernsehen heute Morgen ebenfalls aufgerufen, sich zu stellen.«

»Du brauchst einen Anwalt, Jax«, meinte Luca.

»Ihre Familie hat bereits einen beauftragt«, sagte Shitembi. »Herr D'Allessandro hat inzwischen Akteneinsicht genommen und kennt die Details, Sie dürfen später mit ihm telefonieren.«

Gott sei Dank! Jax atmete erleichtert auf. *Die Jungs kümmern sich um mich.* »Okay. Und was geschieht jetzt?«

»Bitte packen Sie, wir fliegen Sie nach Windhoek. Im Women's Prison werden Sie in Auslieferungshaft genommen, bis die Kollegen vom BKA Sie abholen.«

Die Commissioner begleiteten Jax auf ihr Zimmer, wo sie unter deren wachsamen Augen ihren Rimowa-Trolley packte. Alice musste solange bei Luca und van der Merwe im Flur warten. Als Jax fertig war, nahm Shitembi deren Brieftasche, Smartphone, Flugticket und Reisepass, steckte alles in einen großen, braunen Umschlag und bat sie mit einer Geste nach draußen. Isaak folgte ihnen mit dem Gepäck.

Alice und Luca traten zu Jax. Augenblicklich unterband Shitembi diesen Annäherungsversuch mit tadelndem Kopfschütteln und erhobenem Zeigefinger.

»Wir wollten nur Adieu sagen«, meinte Alice beleidigt.

»Bitte ohne Körperkontakt.«

Gott, sind die streng hier, das kann ja was werden im Gefängnis! Jax sah sich bereits in einer engen dunklen, stinkenden Zelle sitzen, eingepfercht mit einem Dutzend anderer Frauen. In ihrem wehmütigen Blick spiegelte sich auch Angst wider, Angst vor dem Ungewissen. »Wiedersehen, ihr beiden.« Sie nickte Alice und Luca zu und winkte dezent, wie ein schüchternes Kleinkind.

»Bye, bye, Süße.« Alice formte einen Kussmund.

Luca seufzte. »Salü, Jax.«

Um Aufsehen bei den Gästen zu vermeiden, führte man Jax nicht in Handschellen ab. Shitembi und Isaak hielten sie für intelligent genug, in der Dunkelheit keinen Fluchtversuch zu unternehmen. Van der Merwe begleitete die drei zum Wirtschaftsgebäude, an der Einfahrt verabschiedete er sich. Von dort waren es noch etwa fünfzehn Meter zum beleuchteten Landeplatz, auf dem ein blau-weißer NamPol-Heli stand.

Der Pilot, das Visier seines Helms hochgeklappt, wartete vor dem Cockpit. Als sich das Trio näherte, öffnete er die Passagierkabine. Er ließ die Frauen einsteigen und half ihnen mit den Over-Ear-Headsets und den Sicherheitsgurten. Shitembi legte Jax Bügelfesseln an und verband sie mit der Halterung zwischen den Sitzen. Isaak, der inzwischen das Gepäck verstaut hatte, nahm im Sitz des Copiloten Platz. Mit Getöse und eine Menge Sand aufwirbelnd, hob der Heli ab und flog nach einer eleganten Kurve in nordöstliche Richtung.

Windhoek, Women's Prison

Auf der dünnen Matratze des schlichten Metallbetts sitzend, sah Jax sich um. Am Fußende lagen Bettzeug, eine Rolle Toilettenpapier, eine Miniseife und ein Handtuch. Auf der Ablage über dem Edelstahlwaschbecken stand sogar ein Becher mit einer Tube Zahnpasta und eine, in Folie eingeschweißte, Zahnbürste, einen Spiegel gab es nicht. Das tonnenförmige Edelstahl-WC in der Ecke komplettierte das nüchterne Interieur. Die Einzelzelle hatte Jax Maurice D'Allessandro zu verdanken – modern und sauber, ganz im Gegensatz zu dem, wie sie es sich in einem afrikanischen Gefängnis vorgestellt hatte.

Der scharfe Geruch eines Desinfektionsmittels stieg ihr in die Nase. *Wenigstens ziehe ich mir hier keine Krätze zu.* Sie zupfte am frischen T-Shirt, blau, ein wenig verwaschen und gestärkt, wie die leichten Hosen, die sie trug, Anstaltsklei-dung. Ihre Füße steckten noch in den eigenen Flip-Flops, ein Zugeständnis an ihre Schuhgröße. In 42 gab es keine passenden Stoffschlappen. Jax spielte mit den Zehen und betrachtete die Sichtbetonwände, verziert mit Kritzeleien aller Couleur, Fuck You-Symbolen, Schlagworten und Wünschen. Im Halbdunkel konnte sie verschiedene Sprachen erkennen, unter anderem Deutsch, Englisch und Italienisch. Sie war nicht die erste Europäerin, die hier einsaß. Durch das kleine, vergitterte Fenster schien das gelbe Licht der Innenhofbeleuchtung und projizierte verzerrte Schatten der Stäbe auf den Waschbeton-boden. Erst jetzt entdeckte sie die PET-Wasserflasche, die man neben das Bett gestellt hatte. Jax setzte an und erst nach der Hälfte wieder ab.

Hundemüde vom Arbeitstag und dem eineinhalb Stunden dauernden Flug, legte sie sich zurück. Sie konnte trotzdem nicht schlafen, die Schlagzeilen der letzten Tage schwirrten durch ihren Kopf: Annett im Gefängnis, Annett wieder auf freiem Fuß, Robin im Gefängnis. *Robin ist ein Mörder, ich fasse es nicht! Er wollte es Annett in die Schuhe schieben, dann muss er sie noch mehr hassen als ich!* Die Frage, wie man ihr auf die Schliche gekommen war, hatte D'Allessandro im Telefonat nach der Ankunft hier beantwortet. *Mein Haar waren an Fishs Hosenstall! Sie haben mich erwischt, weil ich diesem Junkie einen geblasen habe! So eine Scheiße! Woher hatten sie überhaupt meine DNA zum Vergleich?* Die Bilder von Annett und Robin wurden überblendet von Fish und seinem Hai-Tattoo, sowie Bergen von NYX-Pillen. Sie pulverisierten sich von selbst und verwandelten sich zu feinem, rotem Treibsand, der schließlich alles verschluckte. *Und jetzt sitze ich hinter Gittern, wie lange eigentlich schon? Ich habe überhaupt kein Zeitgefühl mehr, sicher ist es schon weit nach Mitternacht. – Mal sehen, was ich morgen von diesem Oliver Kooper erfahre. Maurice sagte, er hat ihm meine Akte zukommen lassen.* Kooper & deVries, eine Anwaltskanzlei in Windhoek, vertrat D'Allessandro vor Ort. Auch im Ausland stand einer Untersuchungsgefangenen das Recht auf ein persönliches Gespräch mit einem Anwalt zu.

Samstag, 9. August
Zufrieden legte Kathi ihr Padfone auf die Ladestation und kehrte an den Frühstückstisch auf ihrer Terrasse zurück.

»War das der erwartete Anruf?« Nikolai trank einen großen Schluck Milchkaffee.

»Das war er, Commissioner Shitembi von der NamPol in Mariental. Sie hat Frau Guyger gestern Abend in der Lodge verhaftet und ins Women's Prison in Windhoek überstellt.«

»Ein Anruf aus Namibia am Samstagmorgen vertreibt Kummer und Sorgen.«

»Eine Frau, die mit einem dichtenden Physiker frühstückt, hat weder Kummer noch Sorgen.« Kathi setzte sich breitbeinig auf Nikolais Schoß und küsste sein Milchbärtchen weg.

Wegen ihres Bereitschaftsdienstes blieben sie heute in der Stadt. Am Nachmittag besuchten sie das nahegelegene Bayer 07-Freibad, am Abend machte ein Gewitter mit Starkregen und heftigen Böen leider einen Strich durch ihre Pläne. Das zweite Klassik Open Air am Luitpoldhain, nur einen Katzensprung von Nikolais Wohnung in der Wilhelm-Spaeth-Straße entfernt, wurde aus Sicherheitsgründen kurzfristig abgesagt. Sie nahmen es gelassen und machten sich einen schönen Abend zu Hause. Er blieb störungsfrei.

☠

»Ich bin nicht egoistisch!«, murmelte Kathi und schlug die dünne Bettdecke zur Seite.

Nikolai wachte auf und drehte sich zu ihr. »Kathi?«

Sie blinzelte ihn an. »Ja?«

»Guten Morgen.«

»Guten Morgen. Was ist?«

»Du sagtest gerade ›Ich bin nicht egoistisch‹.«

Kathi seufzte. »Ich hatte einen blöden Traum.«

»Los, erzähl.«

»Jetzt?«

»Na klar.«

Muss das sein? Kathi würde sich am liebsten unter der Decke verkriechen. *Ich will nicht!*

»Er beschäftigt dich, ich sehe es dir an.«

Sie nickte matt und suchte, den Blick an die Zimmerdecke geheftet, nach den richtigen Worten. *Erzähl es ihm, ihr habt euch versprochen, offen über alles zu reden, auch wenn es schwerfällt.* »Ich habe von meinem Ex-Mann geträumt.«

»O-kay«, meinte Nikolai gedehnt.

»Er hat mich vor ein paar Tagen im Büro angerufen.«

»Warum das?«

»Einer von Strauß' Kunden, der bei Immenstadt seinen Urlaub verbringt, ist nach einem Herzinfarkt ins dortige Klinikum eingeliefert worden, Robert behandelt ihn.«

»Oh! Das nenne ich Zufall.«

»Ich auch.« *Wenn Niko wüsste, dass es sich um meinen Chef handelt, heieiei!* »Robert hatte von der Sache mit den NYX-Pillen in der Zeitung gelesen und die Gepantwerte im Blut seines Patienten richtig interpretiert, deshalb rief er an.«

»Nach so langer Zeit mit dem Ex zu reden, ist nicht ohne.«

»Es ging nur um den Fall. Ich dachte, es macht mir nichts aus, inzwischen sind die ollen Kamellen wieder aufgepoppt.«

»Die Dinger sind inzwischen sicher steinhart geworden, los, spuck sie aus!«

»Ich habe dir erzählt, ich hätte mich damals getrennt, weil die Fernbeziehung München-Kempten nicht funktionierte und weil ich Karriere machen wollte. Das war der Hauptgrund, der andere ...« Sie schnaufte verzagt. *Warum ist das so schwer?*

»Und der andere?«, bohrte Nikolai.

»Robert wollte Kinder und ich keine, nicht bei meinem Job.«

»Ich verstehe dich, Kinder bedeuten eine große Verantwortung. Ich finde es schrecklich, wenn ein Polizist im Dienst ums Leben kommt und Halbwaise zurücklässt.«

Überrascht sah Kathi ihn an. *Er denkt wie ich! Und ich mache mir einen Kopf deswegen, ich dumme Kuh!*

»Hat dein Ex dich unter Druck gesetzt?«

»Nein, aber egal worum es in unserer Ehe ging, zwischen den Zeilen lag immer dieser gewisse Unterton. Als ich es Robert klarmachte, warf er mir puren Egoismus vor.«

»So ein Idiot!«

»Stimmt. Jetzt hat er seine Vorzeigefamilie mit Frau und zwei Kindern, wie er es sich gewünscht hat. Und ich führe das Leben, das ich will, ohne Kinder. Ich wollte es dir schon längst erzählen, aber es hat irgendwie nie richtig gepasst. Ich wollte mich nicht davor drücken.«

»Bist du fertig?«

Kathi starrte Nikolai an. »Äh, ja.«

»Ich muss dir auch etwas zu diesem Thema sagen und ich wollte mich auch nicht davor drücken, trotzdem habe ich ein schlechtes Gewissen.«

»Du? Warum?«

»Ich hatte es abgehakt, es ist fast sieben Jahre her. Damals, in meiner letzten, längeren Beziehung, ging es auch ums Kinderkriegen. Lea wollte unbedingt welche und hat nicht mehr verhütet, aber sie wurde nicht schwanger. Es lag nicht an ihr, also ging ich zum Arzt, um mich durchchecken zu lassen. Ich kann wegen meiner Diabetes keine Kinder zeugen.«

»Oh!« Kathi legte beide Hände vor den Mund.

»Ich hatte damals ziemlich daran zu beißen, fühlte mich nur als halber Mann. Ich sah nur noch Väter, die Kinderwägen schoben und Windeln wechselten.«

»Ging eure Beziehung deswegen zu Bruch?«

»Ja. Lea hatte sich total reingesteigert, alle ihre Freundinnen waren bereits Mütter.«

»Torschlusspanik.«

»Damals kam alles zusammen, ich hatte den Job bei MECH@TRON gerade angetreten und diese Wohnung gefunden, groß genug für eine Familie.«

»Deshalb die fünf Zimmer.«

»Ich plante eben langfristig, mir hätten drei gereicht. Lea wäre bereit gewesen, mit nach Nürnberg zu ziehen und dann kam diese Hiobsbotschaft. Adoption kam für sie nicht in Frage, sie wollte eigene Kinder. Und da saß ich nun, auf zwei Großbaustellen, die Wohnung und die Trennung.«

»Wie bist du drüber weggekommen?«

»Mit Julians Hilfe, er war besser als jeder Therapeut. Er sagte ›Diabetes hin oder her, willst du überhaupt Kinder?‹. Plötzlich wurde mir klar, ich hatte nie richtig übers Vaterwerden nachgedacht, nur über den Job und die Karriere. Die Natur hat es für mich nicht vorgesehen, was blieb mir übrig, es zu nehmen, wie es ist. Neben Julians Fern-Therapie lenkten mich die Renovierungsarbeiten in der neuen Wohnung ab. Ich habe vieles selbst gemacht, bis auf die Wasser- und Elektro-Installation und die Fliesenarbeiten. Als ich fertig war, wollte ich die Wohnung verkaufen. Ich hätte das Doppelte bekommen, aber wieder auf die Suche gehen müssen. Nee, dachte ich, da steckt so viel Schweiß und Herzblut drin, die behältst du.«

»Wann hast du deinen Eltern gesagt, dass du keine Kinder zeugen kannst?«

»Ziemlich zeitnah.«

»Wie haben sie reagiert?«

»Es war kein Problem für sie. Sie würden mich nie unter Druck setzen, ihnen keine Enkel zu schenken, nur weil ich der Stammhalter bin. Man kann auch ohne Kinder glücklich sein.«

Kathi stand der Mund offen. »Das gibts nicht«, sagte sie schließlich. »Du sprichst mir aus der Seele!«

»Wir sind eben Seelenverwandte.«

Kathi lächelte.

»Außerdem, Kinder können echt anstrengend sein.« Nikolai blies Luft aus. »Ich sehe es an meinen Schwestern, immer ist irgendwas und Pläne müssen über den Haufen geworfen werden. Ehrlich gesagt, mir fehlt auch die Geduld. Ich mag meine Nichten und Neffen, aber ständig könnte ich sie nicht um mich haben. Sogar meine Eltern sind manchmal froh, wenn sie die Rasselbande wieder abgeben kann.«

»Meine Eltern kommen damit klar, keine Enkel zu haben, obwohl ich ihre einzige Tochter bin.«

»Sie wollen, dass du glücklich bist.«

»Ich bin glücklich mit dir.«

»Dito.«

»Hey, das ist mein Spruch!«

»Den leihe ich mir, ich bezahle auch Gebühren.« Nikolai nahm Kathis Gesicht zärtlich in beide Hände und küsste sie. »Ich liebe dich.«

»Dito.«

»Immer das letzte Wort.«

»Yesss!«

ADRENALIN – SWISS MADE

Montag, 11. August
Hosea Kutako International Airport, Windhoek
Kurz nach halb sieben, unmittelbar nach der Landung der Maschine aus Frankfurt, empfing Commissioner Silas Mutwa vom Airport Police Departement die Kriminalhauptkommissare Sandra Paulmann und Gerd Harms an Gate E9 in Terminal 2. Er brachte die BKA-Kollegen in sein Büro, wo Jax in Handschellen auf einer Bank sitzend, wartete. Sie trug wieder ihre eigenen Sachen – Jeans, T-Shirt, Sneakers – und rieb sich die müden Augen, einer kurzen Nacht mit weniger als vier Stunden Schlaf geschuldet. Ihre Gedanken an eine ungewisse Zukunft waren Karussell gefahren. Nach dem Albtraum, in dem sie glühend heißer Treibsand langsam in die Tiefe zog, war sie schwitzend aufgewacht. Wenigstens hatte man ihr erlaubt zu duschen, eine Wohltat nach zwei Tagen Katzenwäsche im Minibecken in ihrer Zelle.

Nach den Formalitäten nahm man Jax die Handfesseln ab, Paulmann legte ihr die mitgebrachten an. Ein weiblicher Policeofficer brachte Tasche und Trolley und händigte Paulmann den braunen Umschlag aus. Ohne weitere Unterbrechung ging es zum Check In für den Rückflug nach Frankfurt um 8:30 Uhr, geplante Ankunft 19:05.

☠

Polizeidirektion Flughafen, Frankfurt am Main
Kathi und Stoll saßen seit einer halben Stunde im klimatisierten Büro von Polizeihauptkommissar Frank Weyer und seinen Kollegen Steffen und Naumann. Eigentlich hätte Clausen noch mitfahren sollen, ein verstauchter Knöchel beim Fußballspielen am Wochenende verdammte ihn zum Innendienst. Die Überführung von Jacqueline Guyger nach Nürnberg würden sie auch zu zweit packen.

Die Zeit bis zur Landung der Maschine aus Windhoek überbrückte Kathi mit einem Telefonat mit Nikolai. Er berichtete freudig aufgeregt über die Vorbereitungen zum Launch von RAPIS am kommenden Montag. REGINA APIS, die Bienenkönigin, so der volle Name der Mutter aller Kampfdrohnen, würde richtungsweisend für die Zukunft in Sachen Drohnentechnologie werden – leichter, höhere Reichweite und preiswerter – und alles bisher Dagewesene und die Konkurrenz in den Schatten stellen. BATC, der britisch-amerikanische Branchenriese, bereits am Versuch gescheitert, die Formel der neuen Leichtmetall-Legierung und die Pläne in die Hände zu bekommen, stand doppelt abgestraft da. Fachwelt und Medien ließen sie, mangels innovativer Neuentwicklungen links liegen, man widmete sich dem Nürnberger Branchenprimus MECH@TRON. Ein großer Triumph für CEO Susan de Boer.

»Alle mal herhören!«, drang die Stimme von Polizeikommissar Steffen durch den Raum. Alle Blicke richteten sich auf ihn. »Die Maschine aus Windhoek ist gerade gelandet, Terminal Eins, Gate B26A.«

217

Kathi sah auf die Uhr, 19:04. »Die sind ja überpünktlich.« Sie ließ das Smartphone in der Tasche verschwinden und trat zu Steffen. »Wann werden die Kollegen hier sein?«

»Das Landungsprozedere eingerechnet, in ner knappen Viertelstunde«, sagte Weyer. »Im Normalfall steigen sie als Erste aus, über die Business Class. Das Kabinenpersonal wird die Fluggäste dort informieren und bitten, zu warten.«

»Und das Gepäck, müssen sie nicht zur Ausgabe?«

»Nein, das wurde in der Kabine aufbewahrt, beim Handgepäck der Flugbegleiter. Am Band dauert es zu lang, außerdem dient es als Vorsichtsmaßnahme. Wir hatten schon Fälle, wo ein paar Spezialisten versuchten, im Gedränge abzuhauen.«

»Verständlich.«

»Die Zollformalitäten erledigen wir hier.«

Kathis Padfone läutete. »Hallo, hier Starck ... Hallo, Herr Harms. ... Alles klar, bis gleich.« Sie sah in die Runde. »Das war der Kollege vom BKA, sie sind am Gate und fahren gleich los.«

Nur wenige Minuten später meldete sich Harms erneut bei ihr. *Was will er denn noch?* »Hallo!« Kathi lauschte aufmerksam, ihre Augen weiteten sich. »O Gott! ... Schlimm? ... Wir sind gleich bei euch.«

»Was ist passiert?«, fragte Weyer.

»Frau Guyger hatte einen Nervenzusammenbruch, kurz bevor sie losfahren wollten. Sie ist jetzt in der Klinik.«

Weyer sprang auf. »Ich bringe euch mit nem E-Cart hin, sind nur dreihundert Meter.«

Flughafen-Klinik, Terminal 1

»Das müssen sie sein.« Kathi wies mit einer Kopfbewegung zu der leger gekleideten Frau und dem Mann am Empfangstresen. Hauptkommissarin Paulmann, sehr angespannt wirkend, hütete einen Aktenkoffer, eine Messenger-Bag und einen Rimowa-Trolley, Harms telefonierte leise, aber sichtlich nervös.

»Die ziehn aber eine g'scheite Lätschn«, beschrieb Stoll es treffend.

»Irgendwas ist inzwischen noch passiert.« Kathi trat zu Paulmann und zeigte ihren Dienstausweis vor. »Hallo, mein Name ist Starck, Kripo Nürnberg, das ist mein Kollege Stoll.«

»Hallo, Paulmann, BKA.«

»Was ist los, wo ist Frau Guyger?«

Die BKA-Kommissarin wich Kathis forderndem Blick aus. »Sie ist abgehauen.«

Kathi glaubte, sich verhört zu haben. »Das ist jetzt nicht Ihr Ernst, oder?«

»Sie muss sich noch im Klinikbereich aufhalten, Harms steht mit der Security in Verbindung.«

»Verdammt! Wie konnte das passieren?« Kathi gab einen gefährlichen, knurrenden Laut von sich, ähnlich dem eines Tasmanischen Teufels, dem man das Futter streitig machen wollte.

Autsch! Stolls Nackenhärchen gingen in Habacht-Stellung. *Jetzt wirds gefährlich!*

»Wir wollten gerade ins Cart steigen, als Frau Guyger zu zittern begann«, berichtete Paulmann und gestikulierte schuldbewusst mit Armen und Händen. »Sie wimmerte, verkrampfte sich und ging zu Boden. Ich musste mit, sie war mit einer Hand an mich gekettet. Dann brach sie zusammen. Ich machte sie los, damit wir sie ins Cart setzen konnten. Wir sind gleich hierhergefahren. Ich war sogar dabei, als man sie in den Behandlungsraum schob. Plötzlich begann sie zu keuchen und wimmern und verkrampfte sich wieder. Sie rief ›Papa, Papa!‹ und wurde hysterisch. Der Arzt meinte, ich würde im Weg herumstehen, er hat mich praktisch genötigt, zu gehen. Nach ein paar Minuten riss er die Tür auf, er war völlig außer sich und berichtete, Guyger habe wild um sich geschlagen, als man ihr den Zugang legen wollte. Sie hat sich eine Schere gegriffen und ihn und die beiden Schwestern bedroht. Dann ist sie durch die Verbindungstür in den anderen Behandlungsraum, dort hat sie sich einen Arztkittel geschnappt und ist getürmt.«

»Moment mal!« Kathi ließ die Actionfilm-gleichen Bilder in ihrem Kopf noch einmal ablaufen. »Heißt das, sie war seit dem Anfall am Gate nicht mehr gefesselt?«

»Wir haben in der Hektik nicht mehr daran gedacht.«

»Wie bitte? Nicht mehr daran gedacht?«, erwiderte Kathi angefressen. »Ich fasse es nicht! Sie hätte wenigstens an einer Hand oder einem Fuß an der Liege im Behandlungsraum fixiert werden müssen, das ist Vorschrift!«

»Wir waren immer in der Nähe!«

Stoll trat im Geiste einen Schritt zurück, er wusste, Kathi würde gleich verbal ausholen.

Sie formte *nur* ihre Hände zu Krallen. »Wahrscheinlich ist sie auch noch an euch vorbeigelaufen!« *Ihr blinden Hessen! Mann, Mann, Mann!*

»Harms hat sie nicht gesehen, er stand im Flur, vor dem Behandlungsraum.«

»Aber während des Fluges trug sie die Fesseln«, meinte Weyer zynisch.

»Natürlich!«, knurrte Paulmann. »Ich habe sie ihr nur für den Gang zum WC abgenommen, vor der Tür gewartet und sie anschließend wieder angelegt, alles nach Vorschrift!«

Alles nach Vorschrift!, äffte Kathi sie nach. *Das musst gerade du uns unter die Nase reiben!* »Wurde jemand verletzt?«

»Zum Glück nicht.«

Harms beendete das Telefonat mit säuerlicher Miene, grüßte knapp und stellte sich vor.

»Starck, Kripo Nürnberg. – Und?«

»Die Klinik-Security konnte Frau Guyger bis jetzt nicht finden. Ihre Spur verliert sich in der Teeküche des Pflegepersonals, dort hat sie die Kaffeekasse ausgeräumt.«

Dieses Miststück! Kathis Puls stieg an. »Mann, ihr hattet sie! Der ganze Aufwand, alles für die Tonne!«

»Sie hat nur eine Viertelstunde Vorsprung«, beruhigte Weyer sie. »Sie muss noch auf dem Flughafengelände sein. Ich rufe Steffen an und lasse absperren, dann schauen wir Heimkino. Wir finden sie.« Er hängte sich ans Telefon.

»Wie kann man sich nur so verarschen lassen!«, schimpfte Kathi auf dem Rückweg zur Polizeidirektion. »Guyger ist Ärztin, sie weiß, was zu tun ist, um einen Nervenzusammenbruch vorzutäuschen!«

»Er wirkte echt«, rechtfertigte sich Paulmann. »Sie hatte bereits zwei, seit ihr Vater im Koma liegt. Wir wissen, dass sie an ihm hängt und glaubten, der Stress hat so etwas wie eine Neurose ausgelöst. Außerdem hat sie kaum etwas gegessen und wenig getrunken, dann der lange Flug.«

Kathi revidierte gerade ihre hohe Meinung von den BKA-Kollegen. *Ich dachte, die Klugscheißer hätten im Vergleich zu den LKA-Schnöseln wenigstens was in der Birne. Fehlanzeige!*

Flughafenpolizei, Einsatzzentrale

»Wir checken alle Bereiche, zu denen man ohne Bordkarte Zutritt hat«, erklärte Steffen das Geschehen auf den beiden Videowänden, bestehend aus jeweils acht 55-Zoll-Monitoren, intern Heimkino genannt. Von seinem Com-Desk aus markierte er alle relevanten Aufnahmen der Überwachungskameras und sortierte sie. »Die Gates und die Duty-free-Shops fallen weg, bleiben noch das öffentliche Shopping-Center, die Restaurants und die Bahnsteige im Regional- und Fernbahnhof.«

»Was ist mit den Toiletten?«, fragte Kathi. »Gibts dort Kameras?«

»Nur in den Waschräumen.«

»Schon klar, bitte auch die für Herren ins Visier nehmen.«

»Für Herren?«

»Frau Guyger ist groß, schlank und hat kurzes Haar. Sie könnte ihr Gesicht verändert haben und in der Menge als Mann durchgehen.«

»Womit verändert?« Harms runzelte die Stirn. »Sie hat nichts bei sich, alle ihre Sachen sind hier.«

»Zum Beispiel mit Watte in den Wangen, in den Behandlungsräumen liegt das Zeug doch massig herum.«

Er schnaubte. »Vermutlich konnte sie sich deshalb an uns vorbeimogeln.«

»Das Face-ID-Programm berücksichtigt solche simplen Manipulationen«, erklärte Weyer. »Wir haben zum Glück ein aktuelles Foto von Guyger.«

»Was trug sie zuletzt?«, fragte Kathi.

»Jeans, schwarzes T-Shirt, Sneakers«, sagte Paulmann.

»In einem schwarzen T-Shirt fällt der Busen nicht so auf, nach den Fotos in den Modemagazinen hat sie nicht viel. Und durch ihren Model-Job weiß sie, wie man sich in kurzer Zeit verändern kann, mit einer Sonnenbrille, einer Kopfbedeckung oder einem Schal. In den Läden hier gibts doch fast alles. – Wie viel Geld war in der Kaffeekasse?«

»Fünfzig Euro, sagten die Schwestern. Sie hat nur die Scheine genommen.«

»Die reichen für eine einfache Verkleidung.«

»Sie könnt die Schere eing'steckt ham«, meinte Stoll.

»Davon sollten wir ausgehen.« Kathi spekulierte. »Sie kann kein Auto mieten, also wird sie mit dem Zug fahren. Welcher Bahnhof ist näher an der Flughafenklinik?«

»Der Regionalbahnhof«, sagte Weyer. »Wir checken aber auch den Fernbahnhof auf kürzlich abgefahrene und demnächst abfahrende Züge.«

»Sie könnte auch per Anhalter fahren oder sie kennt hier jemand, der ihr Unterschlupf bieten würde.«

»Fragen wir doch ihre Agentur.«

»Gute Idee, Stolli. Ich rufe jetzt Elias an.« Kathi schnappte sich ihr Padfone. »Leutnant Vötter anrufen.«

Er meldete sich unverzüglich. »Grüezi, Kathi. Was gibts?«

»Hallo, Elias.« Sie ging in Richtung Fenster und berichtete vom ›Missgeschick‹ der BKA-Kommissare, wie sie es höflich umschrieb.

»Goppfrid Schtutz!«, entfuhr es ihm am Ende

Elias' Ausruf auf Schwyzerdütsch ließ Kathi schmunzeln.

»Bitte nehmt die Observationsmaßnahmen wieder auf, Frau Guyger wird versuchen, ihre Brüder anzurufen.«

»Das bekommen wir mit, Kathi, die Telefone werden noch überwacht.«

»Auch die ihrer Freunde in Basel und der ehemaligen Kollegen aus der Klinik?«

»Noch nicht, wir versuchen rauszubekommen, wer die Leute sind.«

»Behaltet bitte das Haus, in dem Frau Guygers Wohnung liegt, weiter im Auge.«

»Machen wir. Wir observieren auch das Anwesen der Guygers und das Zür'cher Airport-Parkhaus rund um die Uhr, wie bisher.«

»Besitzen sie eine Skihütte oder eine Ferienwohnung?«

»Ja, ein Chalet in der Nähe von Davos, ich informiere die Kollegen dort.«

»Fragt bitte bei FUTUREmodelZ nach, ob Frau Guyger in Frankfurt jemanden kennt. Sie könnte sich dort verkriechen.«

»Machen wir.«

»Danke, Elias, das wars fürs Erste.«

»Wir bleiben in Verbindung, salü.«

»Salü.« Kathi legte auf. *Jax darf es nicht bis in die Schweiz schaffen, das müssen wir verhindern!* Ihr ging es nicht um die Auslieferung, die Schweizer Justiz hatte dieser, aufgrund der

Schwere des Delikts, zugestimmt. Ausschlaggebend war die zu erwartende Strafe von mehreren Jahren Freiheitsentzug und das Prinzip der beidseitigen Strafbarkeit. Aber es würde Zeit und Geld kosten, sie von dort nach Nürnberg zurückzuführen. *Peinlich genug, was den BKA-Luschen passiert ist! Mann, Mann, Mann, lassen die sich von ihr austricksen!* Sie warf einen verärgerten Blick zu Paulmann und Harms, die etwas verloren neben Weyers Schreibtisch standen. *Die sollen ihren Papierkram erledigen und nach Hause fahren!*

»Frau Starck!«, rief Steffen und schnippte mit den Fingern. »Wir haben da was!«

Sie fuhr herum. »Wo?«

»Ein Security-Mitarbeiter hat in einem Abfalleimer in einer der Herrentoiletten einen Arztkittel gefunden.«

»Herrentoilette? Ha! – Was habe ich vorhin gesagt!« Mit einem Satz stand Kathi neben Steffen am Com-Desk und sah ihm über die Schulter. »Wo war das genau?«

»Terminal eins, Shopping Boulevard, in der Nähe der Apotheke. Von dort sind es keine zwanzig Meter zur Rolltreppe ins Untergeschoss zu den Fernzügen.«

Auch Stoll und Weyer traten zu Steffen, um die Aufnahmen der Überwachungskameras zu verfolgen: Eine große schlanke Person in Jeans, schwarzem T-Shirt und mit einem gemusterten Tuch auf dem Kopf eilte zur Rolltreppe.

Kathi knurrte. »Mist! Man kann das Gesicht nicht genau erkennen, aber Größe, Figur und Klamotten passen.«

»Was trägt sie auf dem Kopf?« Steffen vergrößerte das Bild. »Aha, ein OP-Bandana mit Knochendruck, sicher aus dem Behandlungsraum geklaut.«

»Ich liebe es, wenn ich Recht habe.«

Steffen und Weyer hoben den Daumen.

Stoll schloss sich an. »Kaddis berühmter Riecher.«

»Die Bahnsteige in Echtzeit auf den Schirm«, ordnete Weyer an und griff nach seinem Digi-Funkgerät. »Ich informiere die Kollegen dort und gebe die Beschreibung nochmal durch.«

»Ich habe sie!«, rief Steffen aufgeregt. »Fernbahnhof, Gleis fünf! Sie will in den Zug!« Er markierte die, an den Wagen entlanglaufende, ein Knochendruck-Bandana tragende Person.

Weyer funkte die Kollegen an. »Achtung, Team Fernbahnhof! Zielperson befindet sich auf Gleis fünf, Höhe Wagen drei.«

»Wohin fährt der Zug?«, fragte Kathi.

»ICE 203, Moment …« Steffen prüfte den Fahrplan. »Nach Basel, planmäßige Ankunft 22:56. Er ist gerade abgefahren.«

»Nach Basel? Ausgerechnet!«

»Was ist jetzt!«, bellte Weyer ins Funkgerät. »Habt ihr sie?« Er lauschte, seine Züge verfinsterten sich zusehends. »Als sie zum Gleis kamen, wurden gerade die Türen verriegelt.«

Kathi ächzte. »Verdammt! Wegen ein paar Minuten ist sie uns durch die Lappen gegangen!« *Menno! Warum ist die Zeit nicht mal auf unserer Seite? Immer ist alles so knapp!*

»Kann man den Zug ned anhalten und z'rück in den Bahnhof dirigieren?«

»Schwierig, Herr Stoll.« Weyer kräuselte die Nase. »Da spielt die Bahn nicht mit.«

»Ist Bundespolizei im Zug?«

226

»Das wissen wir gleich.« Er hängte sich ans Funkgerät.

»Wo hält der ICE als Nächstes?«, wollte Kathi wissen.

Steffen scrollte den Fahrplan nach oben. »In Mannheim, planmäßig 20:36, Gleis vier.«

Kathi sah auf ihre Smart-Watch. »Das ist in knapp vierzig Minuten.«

»Der übernächste Stopp ist Karlsruhe, 21:12.«

»Wie lange braucht man mit dem Heli nach Mannheim?«

»Eine Viertelstunde, höchstens.«

»Der ICE soll dort stehenbleiben, wir fliegen hin.«

»Im Zug sind vier Bundespolizei-Kollegen«, berichtete Weyer. »Guygers Foto und die Personenbeschreibung haben sie.«

»Okay, wir brauchen einen Heli nach Mannheim.«

»Einverstanden, hab mit nem halben Ohr zugehört. Auf gehts, Flugstaffel und DB-Fahrdienstleitung informieren und die Mannheimer Kollegen sollen ein SEK mobilisieren!«

Zehn nach acht hob der Polizeihubschrauber mit Kathi, Stoll und Weyer an Bord ab. »Dass das klar ist«, schärfte Kathi den beiden ein, als sie ihr Haar zu einem Pferdeschwanz zusammenfasste, »falls wir es nicht rechtzeitig nach Mannheim schaffen, der ICE bleibt im Bahnhof! Und es ist mir schnurz, ob der Bahn das passt oder nicht. Keiner steigt aus dem Zug, bis wir sie haben, die Madame entwischt uns nicht noch einmal!«

☠

ICE 203

Jax verriegelte die Tür zum WC von innen. *Geschafft! Zum Glück kenne ich mich auf dem Flughafen gut aus, sonst hätte ich es in so kurzer Zeit nie zum Bahnhof geschafft. – Gutes Karma, dass ausgerechnet der Zug nach Basel abfahrbereit auf dem Gleis stand.* Sie betrachtete sich im Spiegel und erschrak über die dunklen Ringe unter den Augen. *Mann, sehe ich scheiße aus, ich brauche eine Runde Schlaf. Erstmal das Zeug loswerden.* Mit der Zunge tastete sie nach den Wattestücken in ihren Backentaschen, die ihr Gesicht voller wirken ließen. *Widerlich, aber hilfreich und auf meine kleine Hysterie-Show sind auch alle reingefallen.*

Sie wusch sich gründlich die Hände und pulte die feuchte Watte mit den Fingern aus dem Mund. *Hoffentlich habe ich mit der Schere keinen verletzt!,* fiel ihr mit Schrecken ein. Sie holte sie aus ihrer linken Socke und betrachtete sie, es war kein Blut zu sehen. *Gottseidank!* Sie legte sie auf die Waschbeckenablage. *Zum Glück war der andere Behandlungsraum nicht belegt, dann lagen auch noch der Arztkittel und das Bandana auf der Liege, wie bestellt. Was so ein bisschen Verkleidung ausmacht.* Sie prüfte den Sitz des Tuchs im Spiegel und zog es tiefer in die Stirn. *Das behalte ich erstmal auf.*

Ihr Magen knurrte und ihr Mund fühlte sich trocken an. *Das kommt von der Watte.* Sie fuhr mit der Zunge über Zähne und Lippen. *Ich brauche was zu trinken und zu essen. Die fünfzig Euro reichen schon eine Weile, ist besser als gar nichts. Ins Restaurant kann ich nicht, das dauert zu lang. Sicher gibts hier eine Cafeteria, ein Sandwich und ein Kaffee reichen. Am besten kaufe ich noch einen Energy-Drink, ich muss wachbleiben und aufpassen, ich darf keinem Kontrolleur über den Weg laufen. Ohne Ticket wirft er mich am nächsten Bahnhof raus oder bringt mich gleich zu den Bullen, falls welche im Zug sind. – Hoffentlich nicht!*

Sie zupfte einige Papierhandtücher aus dem Spender und legte sie auf den heruntergeklappten WC-Deckel, bevor sie sich setzte. *Ich warte bis zum nächsten Halt, danach besorge ich mir was zu essen und suche ein anderes WC. Ich kann das hier nicht dauernd besetzt halten, das fällt auf. – Wie lange fährt der Zug nochmal, knapp drei Stunden, oder?* Sie erinnerte sich an den Fahrplan auf dem Monitor, draußen am Übergang zum nächsten Wagen. *Der nächste Halt ist Mannheim, glaube ich, kurz vor elf sind wir jedenfalls in Basel. Ich muss es schaffen, in der Schweiz bin ich sicher. Ich stelle mich dort, die liefern mich sicher nicht aus. Blöd, dass ich nicht mit Beat oder Patrice telefonieren konnte, sie hätten alles für mich organisiert.* Sie stieß einen schweren Seufzer aus. *Kein Handy, kaum Geld und keine Kreditkarte, so eine Scheiße! Wo habe ich mich da nur reingeritten? Ich will nicht ins Gefängnis!*

Keine Woche würde sie es dort aushalten – weggesperrt, ohne Familie, ohne Freunde. Ihr altes Leben zog an ihr vorbei: Studium, Examen, Urs' Schlaganfall, die Trennung von ihrem Freund Leonardo. Seitdem hatte sie, abgesehen von der Affäre mit Robin, keine längere Beziehung mehr gehabt, so eine passte nicht zu ihrem rastlosen Model-Leben. Und jetzt: Stillstand? Verbissen projizierte sie ihre gesamte Wut auf ihre Mutter. *Annett ist schuld, nur wegen dieser Hexe habe ich es getan und mir das Leben versaut! – Dabei fing mit Robin alles so gut an. Aber nein, mir hat es ja nicht gereicht, mit ihm ins Bett zu hüpfen! Ich hätte die Finger von diesen Scheiß-Pillen lassen sollen! Und warum musste sich Fish ausgerechnet diesen Dreck spritzen?* Quälende Gedanken bohrten sich in ihren Schädel. *Warum gibt es keinen Resetknopf? Einmal drücken und alles ungeschehen machen, alles auf Anfang, alles neu, alles gut.* Sie stützte den Kopf auf die Hände und starrte auf den grauen Fußboden.

Plötzlich spürte sie, wie der Zug stoppte. *Sind wir schon in Mannheim? Ich habe gar keine Durchsage gehört. Verdammt, ich muss eingenickt sein!* Sie stand auf und ging vor zur Tür, weil sie Geräusche und Stimmen vernahm. Sie hielt inne und lauschte, aber die Menschen sprachen zu leise, um etwas verstehen zu können. *Sicher Fahrgäste, die aussteigen.* Sie setzte sich wieder. *Ich warte, bis er losfährt, dann besorge ich mir etwas zu essen.*

Während der Fahrt nach Mannheim hatten die vier Bundespolizisten alle Wagen und das Restaurant des nur halb besetzten ICE nach Jax abgesucht, sie aber nicht gefunden. Drei Toiletten waren kurz vor dem Halt noch besetzt gewesen, mittlerweile nur noch eine: Im dritten Wagen, am Übergang von der ersten zur zweiten Klasse, nur dort konnte sie stecken. Der Zugchef und die Zugbegleiter waren informiert worden, alle Fahrgäste der ersten drei Wagen, etwa vier Dutzend, hatten vorsorglich aussteigen müssen. Sie verhielten sich diszipliniert und ruhig, während sie von Streifenpolizisten zum Bahnhofsgebäude begleitet wurden.

Die Fahrgäste der hinteren vier Wagen durften sitzen bleiben, die Verbindungstüren und Ausstiege wurden verriegelt und bewacht. Kathi begrüßte die Entscheidung von Einsatzleiter Beck gegen eine Evakuierung des gesamten Zuges. Es gab keinen unüberschaubaren Menschenauflauf auf dem Bahnsteig und somit keine Verzögerungen bis zum Zugriff. Stoll und Weyer postierten sich am Snackautomaten, Team zwei direkt am Zug, Team drei riegelte die Aufgänge und die anderen Bahnsteige ab, Team vier sperrte und sicherte die Zugänge und Zufahrten um das Bahnhofsgebäude. Reisende, die in Mannheim zusteigen wollten, mussten vorerst dort warten. Die von Jax ausgehende Gefahr stufte man als gering ein, sie hatte weder eine Schusswaffe noch ein Messer bei sich. Mit einer Verbandsschere würde man fertigwerden.

Kathi verharrte neben Beck am Faltenbalg zwischen der ersten und zweiten Klasse. Vor der WC-Tür, wenige Meter von ihnen entfernt und beidseitig von zwei SEK-Männern, mit Sturmgewehren im Anschlag, gesichert, kniete ein Kollege. Behutsam schob er die flexible Sondenspitze des Video-Endoskops durch den Spalt unter der Tür hindurch. Das Bild, eine auf dem WC sitzende Frau, wurde in sein Helmvisier projiziert, zeitgleich bei seinen Kollegen und auf Kathis Datenbrille, mit integrierten Ear-Phones und Minimikro – sonst bei ihr unbeliebt, in diesem Fall unverzichtbar, wie Schutzweste und Stichschutzhandschuhe.

Kathi erkannte Jax auf den ersten Blick. »Sie ist es.«

»Zielperson eindeutig identifiziert«, informierte Beck seine Männer über das Helm-Intercom und gab ihnen weitere Anweisungen.

»Wagen vier bis sieben gesichert!«, erhielt er nach wenigen Minuten Meldung aus dem hinteren Teil des ICE.

Er nickte. »Roger! Schusswaffeneinsatz nur auf meinen Befehl!«

Ein mehrfaches Roger kam als Antwort.

Kathi bog ihren Rücken durch und wappnete sich für den Zugriff. Innerhalb von Sekunden, Jax durch die Brille weiter im Blick, wägte sie alle Optionen ab. *Man sieht nichts, aber sie könnte die Schere noch bei sich haben, vielleicht in einer der Gesäßtaschen. Wie wird sie reagieren, wenn wir die Tür von außen öffnen? Sie wird sich in die Enge gedrängt fühlen und losrennen, um sich schlagen oder zustechen. Aber dann werden die Jungs schießen.* Ihre Gedanken ratterten wie Maschinengewehrsalven. *Nein, es muss nicht zum Äußersten kommen. Keiner wird heute schießen! Wir sind im Vorteil, wir sehen sie, sie uns nicht. Cool bleiben, Kathi, denk dran was Niko immer sagt: Cool Cat!*

Sie entschied sich für Deeskalation und klopfte an die Tür. »Hallo, Frau Guyger, hier ist Katharina Starck von der Nürnberger Kriminalpolizei. Ich stehe hier draußen, mit einem SEK-Team.« Sie sah Jax aufspringen und die Tür fixieren. *Wie eine Raubkatze vor dem Sprung, bevor sie die Zähne in ihre Beute schlägt.* »Bitte bleiben Sie ruhig, Ihnen wird nichts geschehen. Haben Sie mich verstanden, Frau Guyger?«

»Ja, ich habe Sie verstanden«, antwortete Jax.

»Es gibt zwei Möglichkeiten: Sie kommen mit erhobenen Händen an die Tür und öffnen sie, sobald ich es sage. Oder Sie bleiben, wo sie sind und wir öffnen die Türverriegelung. Sie haben die Wahl.« Die Zielperson zum Nachdenken anzuregen, um sie von übereilten Handlungen abzulenken, gehörte zu Kathis Deeskalationstaktik.

Jax nahm das Bandana ab und legte es aufs Waschbecken, neben die Schere. Sie fuhr beidhändig durchs Haar und ordnete es. Nach einmal kräftig durchatmen, richtete sie die Schultern gerade. »Ich öffne die Tür.«

»Gut. Kommen Sie näher und bleiben Sie einen Schritt davor stehen. Erst öffnen, wenn ich es sage.«

»Okay.«

Der vor der WC-Tür kniende SEK-Mann holte die Videosonde zurück und machte Platz.

Kathi zog ihre Heckler und nahm sie in Anschlag. »Frau Guyger, bitte öffnen Sie jetzt die Tür und nehmen dann die Hände hoch.«

Jax folgte den Anweisungen.

Kathi schob die Tür auf und winkte Jax zu sich. »Kommen Sie langsam auf mich zu.« Im selben Tempo, in dem Jax sich ihr in den Flur näherte, setzte Kathi zurück. Ein guter Meter trennte sie noch, als sie die Hand hob und Jax bedeutete, stehenzubleiben.

Einer der SEK-Männer trat an Jax heran, nahm ihre Hände nach unten und holte sie in den Rücken, um ihr Bügelfesseln anzulegen. Sein Kollege befestigte zusätzlich eine elektronische Fußfessel am Knöchel.

Auch das noch! Jax wagte nicht, sich zu bewegen. *Na ja, geschieht mir ganz Recht. Nach meiner Show in Frankfurt lassen sich die Bullen nicht mehr verarschen.* »Ich bin nicht bewaffnet, die Schere liegt neben dem Waschbecken.«

»Sicherstellen!«, ordnete Beck an.

Ein SEK-Mann holte sie und steckte sie in eine Plastiktüte. Kathi sicherte ihre Pistole, steckte sie ins Holster zurück und tastete Jax ab. Sie fischte einige Geldscheine aus der rechten Vordertasche der Jeans, sonst fand sie nichts. »Sauber.« Die fünfzig Euro gab sie dem Mann mit der Tüte, bevor sie sich Jax zuwandte. »Frau Guyger, ich nehme Sie fest, Sie wissen ja bereits, was Ihnen zur Last gelegt wird.«

»Ja.«

»Dazu kommen der Versuch der Entziehung vor der Strafvollstreckung, Diebstahl und Schwarzfahren. Der Arzt und die Schwestern blieben unverletzt und verzichten auf eine Anzeige.«

Jax seufzte erleichtert.

»Sie haben das Recht, die Aussage zu verweigern. Alles was Sie sagen, kann gegen Sie verwendet werden. Sie haben das Recht auf einen Anwalt – das erwähne ich nur der Form halber – sofern Sie sich keinen leisten können, wird Ihnen einer gestellt. Haben Sie das verstanden, Frau Guyger?«

»Ja, klar, bis auf eine Sache. Wer war der andere Tote? Der Anwalt in Namibia konnte es mir nicht sagen.«

»Ein Open-Air-Besucher, der an fortgeschrittener Leberzirrhose litt. Er hat Ihre Pillen geschluckt wie Bonbons und starb einige Tage danach.«

»O Gott! Das wollte ich nicht.«

»Seine Freunde haben Sie anhand der Fotos identifiziert.«

»Scheiße!«, fluchte Jax leise.

Kathi nickte. »Egal, wie Sie es nennen, Sie stecken in großen Schwierigkeiten und dieser Fluchtversuch hat es nicht leichter gemacht.«

»Ich wollte meinen Vater nochmal besuchen, dann hätte ich mich gestellt.«

Macht sie jetzt auf sentimental? Kathis Blick verengte sich. »Das sollen wir glauben?«

Glauben Sie, was Sie wollen! Jax schluckte die patzige Antwort hinunter. »An Fishs Tod trage ich keine Schuld, er hat sich das Heroin selbst gespritzt!«

»Das von Ihnen stammte.«

»Nein!«, protestierte sie mit einer hektischen Bewegung von Kopf und Oberkörper, welche die SEK-Jungs veranlasste, ihre Sturmgewehre in Anschlag zu nehmen.

Kathi hob beschwichtigend die Hand. »Ich habe alles im Griff.«

»Ich, ich ...« Jax' Stimme überschlug sich. »Ich sage nichts mehr ohne Anwalt.«

»Gut, Herr D'Allessandro kommt morgen gegen Mittag in Nürnberg an. Wir fliegen jetzt mit dem Heli zurück nach Frankfurt, holen Ihre Sachen und fahren anschließend nach Nürnberg. Die Nacht werden Sie in einer Zelle im Präsidium verbringen.«

Die beiden SEK-Männer, die Jax gefesselt hatten, brachten sie zum nächsten Ausgang. Bevor Kathi ihnen folgte, dankte sie Beck und dem Rest seines Teams und verabschiedete sich. Draußen stießen Stoll und Weyer hinzu. Ohne Unterbrechung ging es aufs Dach des DB-Parkhauses, zum Hubschrauber. Stoll stieg hinten als Erster ein, danach Jax und Kathi. Sie verband deren Handfesseln mit dem Metallbügel am Sitz und nahm ihr gegenüber Platz. Sie würde Jax nicht mehr aus den Augen lassen, bis die Zellentür hinter ihr zufiel.

Auf dem Rückflug zum Frankfurter Flughafen wurde, abgesehen von Weyers Anruf in der Zentrale und der Konversation zwischen Piloten und Co-Piloten, kein Wort gesprochen. Jax, die langen Beine angewinkelt, starrte in die Nacht. Stoll warf ihr gelegentlich einen verstohlenen Seitenblick zu, Kathi blieb es nicht verborgen. Sie versuchte zu ergründen, was in seinem Kopf vorging. *Wahrscheinlich denkt er ›Manche Weiber machen nur Stress‹, ein typischer Stolli-Spruch. Aber er hat Recht, wie kann man sich sein Leben nur so versauen! Jax ist doch intelligent, sonst hätte sie das Medizinstudium nicht geschafft. Und plötzlich schmeißt sie alles hin! Ich glaube nicht, dass es nur am Schlaganfall ihres Vaters lag. – Na ja, modeln ist wesentlich lukrativer, aber geschenkt wird ihr da auch nichts. Sie muss nachts, an Feiertagen und Wochenenden arbeiten, wie wir – allerdings mit tollen Leuten und an interessanten Orten, wie in der Namib. Damit ist es erstmal vorbei.*

Polizeidirektion Flughafen, Frankfurt am Main
Zurück in Weyers Büro, bedeutete Kathi Jax, sich auf einen der Besucherstühle zu setzen und verband die Handfessel mit der stählernen Armlehne.

Steffen händigte Kathi die Übergabedokumente aus. »Paulmann und Harms sind vor einer halben Stunde gefahren.«

Damit erübrigte sich ihre Frage nach deren Verbleib. »Die werden sich die Wunden lecken und sich auf die Rasur von ihrem Chef vorbereiten.«

»Da würde ich gern Mäuschen spielen.«

Kathi nickte. »Ich auch.«

»Kann ich bitte was zu trinken bekommen?«, fragte Jax.

Steffen zapfte Wasser aus dem Spender und reichte ihr den Becher.

»Danke.« Sie trank ihn leer, ohne abzusetzen.

»Wir können Ihnen ein paar Flaschen Wasser mitgeben, Frau Starck.«

»Das ist nett, Herr Steffen. Wir haben einen kleinen Vorrat im Wagen.« Kathi wandte sich an Jax. »Müssen Sie nochmal zur Toilette? Wir halten bis Nürnberg nicht an.«

»Nein.«

Während Stoll die Kollegen in Nürnberg informierte, berichtete Kathi Elias von Jax' Ergreifung. Im Anschluss daran rief sie Nikolai an und schilderte kurz, warum sie später nach Hause kommen würde, als geplant.

Mit einem Mal war es still am anderen Ende.

»Niko? Bist du noch da?«

»Klar, ich musste das erstmal verarbeiten. Was du so alles treibst!«

Kathi vernahm ein Grinsen in Nikolais Stimme. »Ich habe keine geröteten Augen vom Tränengas und mir weder die Schulter geprellt noch den kleinen Finger eingequetscht.«

»Das im Januar hat für die nächsten zehn Jahre gereicht.«

Weyer gab Kathi ein Handzeichen, dass sie fertig wären.

Sie hob den Daumen. »Niko, es geht los. Ich schicke dir ne Nachricht, sobald ich zu Hause bin. Bis morgen, Bussi.«

»Bussi und gute Fahrt.«

Weyer und Steffen begleiteten Kathi und Jax, an einem Handgelenk aneinandergefesselt, ins Parkhaus zum Wagen. Stoll, vor wenigen Minuten vorgegangen, hatte den Trolley, ihre Tasche und den Umschlag mit den Wertsachen bereits im Kofferraum verstaut und den Akku-Ladestand geprüft. Während Weyer sicherte, machte Steffen Jax von Kathi los, ließ sie hinten einsteigen und verband ihre Handfessel mit dem Metallbügel an der B-Säule. Kathi nahm neben ihr Platz, Stoll verriegelte die hinteren Türen und gab Gas.

Die zweistündige Fahrt nach Nürnberg verlief störungsfrei, Jax döste die meiste Zeit. Kathi warf regelmäßig einen Blick zu ihr. Nach der erkennungsdienstlichen Behandlung auf dem Präsidium brachte man Jax in eine Zelle, Trolley und Tasche wurden ebenfalls weggeschlossen. Bevor Kathi im Büro den vorgeschriebenen Formularkram erledigte, entließ sie Stoll in den wohlverdienten Feierabend.

Dank einer grünen Ampelwelle war Kathi in der Rekordzeit von zwölf Minuten zu Hause. Kurz nach Mitternacht schloss sie das Kabel der Ladestation an ihren Wagen. Die Aufzugfahrt in den vierten Stock nutzte sie, um Nikolai die Nachricht auf seine Box zu sprechen. Oben, in der Wohnung, legte sie das Schulterholster ab und verstaute ihre Dienstpistole im Safe, das tägliche Ritual. *So, jetzt noch duschen, dann ab ins Bett, in die Kissen fleezen und schlaaafennn!*

238

Dienstag, 12. August, Polizeipräsidium
Kurz vor elf erreichte Kathi im Büro der Anruf vom Empfang, Maurice D'Allessandro wäre angekommen. Unverzüglich machte sie sich auf den Weg ins Erdgeschoss. Zu ihrer Überraschung war der Rechtsanwalt, ein attraktiver, schlanker Mittfünfziger mit grauem, kurzem Haar, in Begleitung von Beat und Patrice Guyger. Jeder trug einen leichten, dunkelblauen Maßanzug und ein weißes Hemd ohne Krawatte.

Die waren wohl im Sonderangebot, dachte Kathi zynisch und stellte sich vor. Die Schweizer erwiderten ausgesprochen höflich, was sie veranlasste beide Brauen zu heben. *Holzauge, sei wachsam!* Sie händigte D'Allessandro den Tagesausweis aus und bat die Brüder im Besucherraum zu warten. Nach dem Security-Check begleitete sie den Anwalt zum Verhörraum. Dort befestigte eine Wache gerade Jax' Handfesseln am Tischbügel. Kathi zog sich zurück.

Eine gute halbe Stunde später ließ D'Allessandro Kathi ausrichten, er wäre mit dem Vorgespräch fertig. Als sie in Begleitung von Stoll in B-233 trat, wandte Jax sich um und sichtbar enttäuscht wieder ab.

Scheinbar hat sie ihre Brüder erwartet, dachte Kathi und setzte sich neben Stoll, der das Mikrofon ausfahren ließ. »Dienstag, 12. August 2025«, diktierte sie. »Aktenzeichen Nummer 3.4.90 Strich 2025, KHK Starck und KK Stoll anwesend zur Vernehmung von Jacqueline Xenia Guyger, im Beisein ihres Anwalts Maurice D'Allessandro.« Sie legte ihr Tablet mit den Notizen vor sich. »Konnten Sie alle offenen Punkte mit Ihrer Mandantin klären?«

»Ja, das konnte ich.«

»Haben Sie noch Fragen, bevor ich beginne?«

»Die Sache mit meiner DNA habe ich nicht ganz verstanden«, meldete sich Jax zu Wort. »Sie hatten keine von mir zum Vergleich.«

»Sie stammte von Ihrem Haar an Fischers Hosen und war mit der im Bett in Herrn Strauß' Wohnung identisch. Der DNA-Vergleich mit Dr. Kesslers Haaren wies auf einen weiblichen Verwandtschaftsstatus hin. Sie sind die Einzige.«

»Da bin ich unheimlich stolz drauf«, gab sie gereizt-sarkastisch von sich. *Schade, dass man diesen Makel nicht ausmerzen kann.*

»Es gibt eine weitere Übereinstimmung, aber die ist nebensächlich, sie verwenden dasselbe Haaröl: L'Huile Rose von Kérastase. – Sollten sie auf einen DNA-Test bestehen, werden wir einen Abstrich von ihrer Mundschleimhaut nehmen.«

Jax sah zu D'Allessandro, er flüsterte ihr etwas ins Ohr.

»Das ist nicht nötig, Frau Starck«, sagte er schließlich. »Meine Mandantin streitet nicht ab, an der Bucht und in Herrn Strauß' Appartement gewesen zu sein.«

»Gut.«

»Ich dachte, Robin hätte mich verraten«, meinte Jax.

»Nein, er hat sich lange geweigert, Ihren Namen zu nennen.«

»Als ich von Robins Verhaftung hörte und er ein Mörder sein soll, konnte ich es nicht glauben.«

Das glauben die wenigsten von ihrem Lover. »Wann haben Sie es erfahren?«

»Am Mittwochabend, nach der Ankunft in der Lodge. Ich wollte wissen, was sich wegen der Pillensache und Annett tut.

240

Auf dem Handy dauerte es zu lange, ich machte den Fernseher an. Dort lief die Spätausgabe der ARD-Nachrichten, man zeigte Bilder von Annett und Robin – beide verhaftet, sie wegen Mord, er wegen illegalem Pillenhandel. Ich dachte, ich sehe nicht richtig! Am Donnerstagmorgen hieß es ›Überraschende Wende im Fall NyxPHarm‹. Annett war frei und Robin ein Mörder, das musste ich erstmal verarbeiten. Später sagte ich zu mir, warum sich den Kopf zerbrechen, es war aus.«

»Hat Ihnen Herr Strauß so wenig bedeutet?«

»Wir hatten nur eine Affäre.«

»So wenig, wie Ihre Mutter Ihnen bedeutet?«

Leck mich! Jax ließ die kurze Kette langsam durch die hohle Hand laufen.

Du würdest ihr das Ding am liebsten um den Hals legen und fest zuziehen, interpretierte Kathi diese Reaktion. »Sie hassen Ihre Mutter, nicht wahr? Sie wollten ihr schaden, deshalb haben Sie die Pillen in Umlauf gebracht. War es Rache, weil Sie sie als Kind zurückgelassen hat?«

»Das ist eine infame Unterstellung!«, protestierte D'Allessandro lautstark.

»Wir wissen von dem schlechten Verhältnis der beiden«, wand Kathi ein.

»Es gibt kein Verhältnis!«, konterte Jax. »Hat *sie* gesagt, dass ich sie hasse?«

»Indirekt.«

»Sie hat Recht, ich hasse sie bis aufs Blut!« Jax richtete ihren Oberkörper auf, beinahe drohend. »Sie war nie *meine* Mutter!«

»Sie *ist* Ihre Mutter!«

»Warum soll ich eine Frau Mutter nennen, die mich als Fremdkörper sah, geschweige denn etwas empfinden? Ich wollte ihr weh tun – so, wie sie mir wehgetan hat!«

»Dann geben Sie zu, es allein getan zu haben, ohne Beteiligung Ihrer Brüder.«

»Ja. Beat und Patrice hatten absolut keine Ahnung.«

»Das können Sie eidesstattlich haben, Frau Starck.«

»Vielen Dank, Herr D'Allessandro. Lassen Sie uns das Dokument später zukommen.« Sie wandte sich wieder an Jax. »Frau Guyger, Sie wollten Ihrer Mutter wehtun und schaden damit einem Unternehmen, dachten Sie nicht an die Mitarbeiter oder wären die in Ihren Augen nur ein Kollateralschaden gewesen, leicht zu verschmerzen?«

»Jetzt übertreiben Sie!«, mahnte D'Allessandro.

»Hat Robin daran gedacht, als er den Mist verkaufte?«, erwiderte Jax.

»Hier geht es nicht um Herrn Strauß, sondern um Sie!«

»Annett sollte spüren wie es ist, ganz unten zu sein. Sie war mir immer fremd, nahm mich nie in ...«

»Nein, Jacqueline.« D'Allessandro legte eine Hand auf ihren Arm. »Du musst das nicht erzählen.«

»Ich will aber! Frau Starck soll wissen, wie ich mich gefühlt habe, vielleicht versteht sie mich dann besser! – Annett nahm mich nie richtig in den Arm, wie Papa, Nanny Heli oder Madeleine. Ich habe mir schon als Kind ausgemalt, wie ich sie in den Ofen schiebe, wie die Hexe in Hänsel und Gretel. Ich frage mich schon lang, ob sie Papa überhaupt geliebt hat oder ihn nur als Sprungbrett für ihre Karriere brauchte. Warum wurde sie schwanger, wenn ihr der Job wichtiger war? Nach

242

Papas Herzinfarkt bekam ich sie kaum noch zu Gesicht, sie hockte ständig in der Firma. Als sie nach Deutschland abgehauen ist, habe ich sie verflucht und mir gewünscht, sie wäre tot!« Jax' Miene verfinsterte sich.

In den Ofen schieben wie die Hexe in Hänsel und Gretel, puuuh! Kathi hatte sich bei Verhören schon Einiges anhören müssen, dieser Satz rangierte unter den Top Ten. *Ich hatte Recht, es ist etwas Persönliches. Außerdem trägt Urs Guyger eine Mitschuld am Hass auf ihre Mutter, er hat sie in jeder Hinsicht ausbezahlt, und sie es akzeptiert.*

D'Allessandro warf Jax einen verstörten Seitenblick zu. Die Frau, die er von klein auf kannte, wurde ihm zunehmend fremder. *Was ist nur aus ihr geworden?* In seiner Erinnerung sah er sie als kleines Mädchen durch den Garten der Familienvilla huschen und sich mit aufgeschlagenen Knien weinend in die Arme von Heli flüchten. *Eine Nanny ist nur ein leidlicher Ersatz für eine Mutter. Ich hätte Urs damals die Sache mit dem Extrabonus ausreden sollen, der besiegelte quasi das Kontaktverbot. Jax darf es nie erfahren, sonst projiziert sie ihren Hass auch auf ihn.*

»Ich war so froh, dass Papa sich mit Madeleine ausgesöhnt hatte«, erzählte Jax weiter. »Es ging ihm gut und wir waren wieder eine Familie. Madeleine mag mich, obwohl ich nicht ihr Kind bin. Kurz nach meinem 16. Geburtstag habe ich zufällig Annetts Tagebuch in die Hände bekommen. Ihr alter Sekretär, der noch im Keller stand, war unrettbar von Holzwürmern befallen und sollte auf den Sperrmüll. Als er aufgeladen wurde, sah ich zu. Ein weiteres Stück von ihr würde in der Müllverbrennung landen, wie die Hexe im Ofen. Beim Aufladen brach ein Bein ab, er entglitt den Arbeitern, krachte auf den Asphalt und zerfiel in Einzelteile. Nachdem die Männer alles aufgeladen hatten, kam einer auf mich zu und gab mir ein kleines, schwarzes Tagebuch. ›Das ist sicher deins‹, sagte er. Ich steckte es ein, weil ich wusste, wem es gehörte: Annett.«

»Was stand drin, erinnern Sie sich noch?«

»Diese Zeilen werde ich nie vergessen, Frau Starck.« Jax sah das Büchlein wieder vor sich und wie sie darin blätterte. »Die Einträge begannen ab dem fünften Schwangerschaftsmonat. ›Langsam frage ich mich, was ich mir angetan habe‹, schrieb Annett. ›Mit zunehmendem Bauchumfang wird es schlimmer, man schiebt eine Kugel vor sich her, ist unbeweglich, schlecht gelaunt und hat kaum oder schlechten Sex. Für eine Abtreibung ist es leider zu spät. Ich hasse meinen Körper! Ich kann nicht nachvollziehen, dass manche Frauen sich nichts sehnlicher wünschen als ein Kind. Es fühlt sich wie ein Fremdkörper in meinem Bauch an, wie ein Geschwür‹. Die darauffolgenden Einträge klangen ähnlich, Annett war total frustriert. Kurz nach meiner Geburt schrieb sie: ›Endlich ist es vorbei, zum Glück verlief alles ohne Komplikationen. Mir kam es vor, wie in den Alien-Filmen, wenn die Kreatur aus dem Brustkorb eines Menschen herausbricht, schreit und sich auf und davon macht. Meine Tochter hat sich nicht auf und davon gemacht, sie wird ihr ganzes Leben an mir kleben. Eine Freundin sagte, die Geburt sei etwas vollkommen Natürliches. Scheiß auf die Natur! Zum Glück habe ich mir durch die Schwangerschaft die Figur nicht versaut‹.« Jax' Blick wurde eiskalt. »Dieser Hexe waren ihre Figur und Sex wichtiger als ihr Kind!«

Kathi erinnerte sich an Kesslers Worte: ›*Urs warf mir vor, mir wäre lieber gewesen, sie wäre nicht oder tot auf die Welt gekommen. Diese Impertinenz muss man sich mal vorstellen!*‹ – *Kessler ist eine Bitch, wie es im Buche steht und ihre Tochter steht ihr in Nichts nach.* »Wo ist dieses Tagebuch?«

»Ich habe es im Kamin verbrannt und mir vorgestellt, Annett würde stattdessen brennen. Danach habe ich sie komplett verdrängt. Durch Papas Schlaganfall im letzten Jahr kam der alte Mist wieder hoch. Mein Job hat mich nicht mehr interessiert, dabei war ich einmal gern Ärztin. Ende August kam die Anfrage von meiner Agentur, ein bekanntes Label suchte Models, die surfen, Ski- und Snowboardfahren konnten – ein Riesenjob und die Chance auf einen Tapetenwechsel.«

»Wie haben Sie Herrn Strauß kennengelernt?«

»Hat er es nicht erzählt?«

»Nur kurz.«

»Das war Zufall, während ich im Foyer des Davoser Hilton auf zwei Snowboardschüler gewartet habe, checkte Robin gerade ein, ich kannte ihn von den Fotos mit Annett aus der Klatschpresse. Ich sah sie schon um die Ecke biegen, aber er war allein und lächelte mich an. Bevor wir ein Wort wechseln konnten, brachten die Eltern die Kids, ich musste los. Robin ging mir nicht mehr aus dem Kopf. Ich schmiedete einen Plan, ich wollte mich an ihn ranmachen, um es Annett heimzuzahlen. Als ich später mit den Kids ins Hotel zurückkam, gab mir der Concierge einen Brief von Robin, mit ein paar netten Zeilen und seiner Handynummer. Ich hätte am liebsten einen Luftsprung gemacht. Schon beim ersten Date habe ich bemerkt, dass er voll auf mich abfährt.«

»War er Mittel zum Zweck?«

»Robin ist ein sehr attraktiver Mann, warum nicht Rache bekommen und dabei Spaß haben? Ich habe mir Annett vorgestellt, wie sie davon erfährt oder uns in flagranti erwischt, ihre Tochter mit *ihrem* Mann im Bett – filmreif! Irgendwann hätte ich sie persönlich damit konfrontiert und gesagt ›Hey, Annett, weißt du was, Robin fickt mich seit Januar‹. Na ja, jetzt hat sie es eben anders erfahren.«

Schonungslos offen, wie ihre Mutter. »Wie erfuhren Sie von den Pillen?«

»Ende Juni bekam ich zufällig ein Telefongespräch von Robin mit. Ich hatte geduscht und kam gerade aus dem Badezimmer. Ich wähnte ihn in der Küche, aber er war im anderen Zimmer, wo einige Möbel des Vormieters standen. Ich bin keine, die heimlich lauscht, aber dann fiel während des Telefonats dieser eine Satz ›Don't worry, keiner bekommt raus, woher das Zeug stammt‹. Da wurde ich neugierig. ›Es wird pulverisiert und umgefüllt‹, sagte Robin. ›Ich habe alles hier. Du hast dein Geld, ab jetzt ist Funkstille‹. – Pulverisieren und umfüllen, mir war sofort klar, worum es ging, um das Umkonfektionieren von Medikamenten. Ich bin wieder zurück ins Bad und ließ mir nichts anmerken, wir sind wie geplant ausgegangen. Am nächsten Morgen, er schlief noch, habe ich im anderen Zimmer nachgesehen. Dort standen ein alter Küchentisch, ein Schiebetürenschrank und einige Umzugskartons. Im Schrank entdeckte ich einen großen Trolley, eine Kapselfüllmaschine, eine Mörsermühle, Kartons und Tüten mit Leer-Kapseln und weißen Plastikdöschen, bereits in Dosen abgefüllte Kapseln und eine mittelgroße, schwarze Box mit Pillen. NYX672-T1, jeder aus der Branche weiß, T1 steht für die erste Testcharge. Ich fragte mich, was so besonders an dem Zeug sein könnte, dass Robin etwas davon abzweigt. Der illegale Verkauf musste sich lohnen, sonst würde er dieses Risiko nicht eingehen. Als ich zurückkam, wachte Robin gerade auf. Er hatte nichts bemerkt. Nach dem Frühstück bin ich nach Hause gefahren. Ich wollte wissen, was es für ein Zeug ist und suchte im Internet nach Infos zu aktuellen Entwicklungsprojekten von NyxPHarm. Ich habe einen Artikel von Robin entdeckt, er stammte vom letzten Sommer. Darin ging es um die Entwicklung eines neuen Migränemittels, er trug den Titel ›Die Zukunft wird schmerzfrei‹.«

»Wann erfuhren Sie von der kokainähnlichen Wirkung?«

»Zwei Wochen später. Ich traute meinen Augen nicht, Robin schluckte eine der NYX-Pillen und bot mir eine an. ›Das ist von uns‹, sagte er. ›Eigentlich ist es ein Mittel gegen Migräne, aber es wirkt besser als Koks. Und das Beste, mit Standard-Drogentests ist es nicht nachweisbar. Ich habe vom Test einige abgezweigt‹.«

»Sie haben die Pille nicht geschluckt.«

»Ich bin doch nicht irre! Aber Robin hatte gelogen, von wegen ein paar übrig. Das Zeug wirkt wie Koks und er wollte groß absahnen. Eins war mir klar, sollten Pillen mit Prägung in Umlauf kommen, gäbe es einen fetten Skandal, damit würde ich Annett richtig eins reinwürgen können.«

»Nicht nur ihr, auch Herrn Strauß.«

»In erster Linie ging es mir um sie. Ich brauchte diese Pillen, aber das Zimmer war abgeschlossen. Leider kam ich nicht an den Schlüssel, einen Aufbruch hätte Robin sicher bemerkt.

Am Freitag, also am Tag es Open Airs, kam ich früher ins Appartement. Ich hatte einen Dietrich besorgt und konnte die Zimmertür öffnen. Im Schrank standen keine Geräte mehr, nur noch Plastiktüten mit leeren und vollen Dosen, der Trolley und die Pillenbox. Ich habe welche in eine Tüte abgefüllt, eine der leeren Dosen genommen und alles im Spülenunterschrank versteckt. Als Robin zu diesem Geschäftsessen gefahren war, gab ich je zwanzig Pillen in kleine Gefrierbeutel, die ich mitgebracht hatte, es dürften etwa zwei Dutzend gewesen sein. Der Rest kam in die Dose, dann bin ich zur Wöhrder Wiese.«

»Hatten Sie den Besuch des Open Air geplant?«

»Ja, es passte perfekt – Wöhrder Wiese Woodstock, da gehören Drogen irgendwie dazu. Ich wusste, da bekomme ich das Zeug los. Ich habe mich bewusst nach Leuten umgesehen, die einen Joint rauchten oder was anderes eingeworfen hatten. Ich erkenne das am Blick.«

»Wollte niemand wissen, was es für Pillen sind?«

»Nur ein paar. Ich sagte, es wirkt wie Koks, ist aber nicht nachweisbar. Es war umsonst, also haben sie zugegriffen.«

Kathi rollte mit den Augen. *Diese Idioten! Wenn jeder alles schlucken würde, was nichts kostet!*

»Ich hatte fast alle verteilt, aber ich brauchte noch jemanden aus der Szene, um ihm die Dose unterzujubeln. Da entdeckte ich Fish, seine alten Fixernarben waren offensichtlich. Ich habe ihn angemacht und ihm eine der Pillen angeboten, er hat sie geschluckt, ohne zu fragen. Dann hat er uns Sangria geholt und wollte es mit mir treiben, hinter einem Cateringzelt, aber es waren ihm dann doch zu viele Leute. Er schlug den Platz am Ufer der Badebucht vor, durch die Büsche und das Schilf konnte uns keiner beobachten.«

Kathi triumphierte. *Ha! Ich liebe es, wenn ich Recht habe!*

»Und dort haben Sie ihm einen geblasen.«

»Eigentlich wollte er mich ficken«, sagte sie unverblümt. »Das ging mir zu weit.«

Stoll, sonst ebenso direkt, schielte zu ihr.

Kathi registrierte es mit einem Seitenblick. *Jetzt ist er ein bisschen geschockt.*

»Ohne Kondom läuft nichts mit einem Fremden«, erzählte Jax weiter. »Außerdem geht blasen schneller. Ich wollte die Dose loswerden und wieder verschwinden.«

»Haben Sie noch Pillen?«

»Nein.«

»Wann gaben Sie Fischer das Heroin?«

»Ich war das nicht!«, wehrte sich Jax. »Das habe ich Ihnen gestern schon gesagt! Er hatte es von einem Kumpel geschenkt bekommen, den wir am Kiosk trafen. Fish hat es sich nach dem Blowjob gespritzt, dann sollte ich ihn küssen. Ich spürte keinen Widerstand mehr, er war schon auf dem Trip, aber er hat noch gelebt. Ich habe die Dose abgewischt und sie in seine Hand gedrückt, bevor ich sie ihm in die Hosentasche steckte und bin gegangen.«

»Er hat wirklich noch gelebt?«

»Er atmete noch, ich bin Ärztin, ich weiß, wovon ich rede!«

»Sie geben also zu, Fischer sich selbst überlassen zu haben. Who cares? Irgendwann findet man einen weiteren Drogentoten, nicht gerade vorbildlich für eine Ärztin.«

»Das ist eine Unterstellung!«, schimpfte D'Allessandro.

Jax zuckte mit den Achseln. »Die sind selber schuld, wenn sie sich das Zeug spritzen, keiner zwingt sie.«

»In der Akte steht, das Heroin hatte einen Reinheitsgehalt von 90 Prozent«, meinte D'Allessandro. »Das konnte meine Mandantin nicht wissen.«

»Das ist richtig, aber den Tod des Festivalbesuchers haben Sie zu verantworten, Frau Guyger.«

»Das wollte ich nicht! Es tut mir leid.«

»Das kaufe ich Ihnen nicht ab«, erwiderte Kathi.

»Robin nahm die Pillen auch, ich hielt sie für harmlos! Ich wusste nichts von den tödlichen Nebenwirkungen, sonst hätte ich sie nicht verteilt.«

»Beten Sie, dass nicht noch mehr sterben.«

»Es war wirklich keine Absicht!«

»Kein Richter wird Ihnen das abkaufen. Fahrlässige Tötung oder schwere Körperverletzung mit Todesfolge, je nachdem wie es der Staatsanwalt sieht, dazu kommen Ihre anderen Vergehen. Der Diebstahl der Kaffeekasse und das Schwarzfahren fallen nicht so schwer ins Gewicht, aber alles in allem bedeutet es mehrere Jahre Gefängnis.«

»Gefängnis?« Jax starrte sie an. »Keine Geldstrafe? Ich habe doch alles gestanden!«

Geldstrafe? Kathi glaubte, sich verhört zu haben. *Wie kann ein intelligenter Mensch nur so naiv sein!* »Wollen *Sie* es Ihrer Mandantin erklären, warum es mit Geld nicht abgetan ist, Herr D'Allessandro? Oder soll ich die entsprechenden Paragrafen zitieren? Das kann aber dauern.«

»Das ist nicht nötig, Frau Starck, sobald ich die Anklageschrift in Händen halte, übernehme ich das.«

»Hat nicht alles seinen Preis?«, meinte Jax lapidar.

Sechs entsetzt geweitete Augenpaare wanderten zu ihr.

Du bist so ...! D'Allessandro schluckte den rauen Brocken namens ›rücksichtsloses, verwöhntes Biest‹ herunter. *So kann man sich in einem Menschen täuschen. Was trieb sie nur dazu?* Er seufzte. *Zum Glück wird Urs nie von dieser Sache erfahren, ihn würde der Schlag nochmal treffen!*

Stoll ballte die Fäuste unter dem Tisch. *Du verzogene Bonzen-Tussi! Erstick an der Kohle!*

Hat nicht alles seinen Preis?, wiederholte Kathi in Gedanken und hob die Augenbrauen so hoch, bis sie unter ihrem Pony verschwanden. *Typisch Geldadel! Du bist eine Bitch und dekadent hoch zehn! Du glaubst wohl, du kannst dich einfach so freikaufen, wie deine Mutter von deinem Vater!* »Ich muss schon sagen, in Ihrer Familie herrscht eine seltsame Moral. Hätten Sie Ihrer Mutter den Mord an Mönch zugetraut?«

»Das geht jetzt definitiv zu weit, Frau Starck!«, rügte D'Allessandro.

Jax ignorierte seinen Einwand. »Ja, das hätte ich, für den Profit würde sie alles tun!«

»Da lagen Sie falsch. – Noch einmal zurück zu Freitagabend: Wohin sind Sie danach?«

»Ins Appartement, ich bin bald zu Bett gegangen. Ich musste am Samstag früh los, ein Job in Berlin.«

»Wann kamen Sie zurück nach Nürnberg?«

»Am Montag, etwa gegen halb drei. Ich war gerade auf dem Weg nach Basel und zufällig in der Nähe, als Robin sich aus Würzburg meldete. Er sagte, ein Vortrag sei ausgefallen und fragte, ob wir uns im Appartement treffen wollen. Ich hatte nichts anderes vor, also sagte ich zu. Am Nachmittag rief Annett an, ich erkannte es am Klingelton. Ich habe nur Wortfetzen mitbekommen und Robin erwähnte den Firmenanwalt. Ich fragte ihn, was los sei. Ungemach in der Firma, sagte er, schien aber entspannt. Dann haben wir uns beim Thailänder was bestellt. Während wir aßen, kam ein Anruf auf Robins zweitem Handy. Ich weiß nicht, wer es war, er ging raus zum Telefonieren. Kurz vor fünf fuhr er nochmal weg. Ich nahm an, er liefert Kapseln an Kunden, weil er den Trolley aus dem Zimmer holte. Gegen halb acht kam er zurück. Ich habe erst aus den Nachrichten erfahren, was er getan hatte.«

»Er hat einen Menschen kaltblütig ermordet und ist wieder zu Ihnen ins Bett gekrochen.«

»Er hat sich nichts anmerken lassen.«

Er ist genauso abgebrüht wie du! »Sie sagten vorhin, das Heroin stammte von einem Bekannten Fischers. Wie sah er aus?«

»So groß wie ich, ziemlich dünn, dunkelbraunes Haar, Pferdeschwanz, Fuzzybart, etwa Mitte dreißig.«

»Fuzzybart?«

»Fusselig, eben nicht getrimmt. Der Typ wirkte ziemlich gechillt, sicher hatte er etwas geraucht oder eingeworfen.«

»Sie dürfen sich gleich Fotos in unserer Kartei ansehen.«

»Ich ruf den Clausi an und schick ihm die Beschreibung.« Stoll ließ sich verbinden und gab alles durch.

»Gut«, sagte Kathi. »Wir sind soweit fertig. – Gibt es noch Fragen Ihrerseits?«

Jax und D'Allessandro verneinten.

»Ende der Vernehmung von Jacqueline Xenia Guyger«, diktierte Kathi ins Mikro.

PLING-PLING! Das Tablet meldete den Eingang einer Nachricht. Clausen hatte blitzschnell eine Vorselektion in der Verbrecherdatei getroffen. Zwei Dutzend Männer aus der Umgebung kamen in die engere Wahl.

Nach Betrachten der Hälfte der Bilder tippte Jax auf einen gewissen Kevin Neuer. »Das ist er.«

»Sind Sie sicher?«, fragte Kathi.

»Hundert Prozent sicher.«

»Gut, vielen Dank.«

»Ich gebs gleich weiter«, sagte Stoll.

Jax' verunsicherter Blick glitt zu Kathi. »Was geschieht jetzt mit mir?«

»Sie werden dem Haftrichter vorgeführt und bis zur Verhandlung in U-Haft genommen.«

»Darf ich mich von meinen Brüdern verabschieden, ich werde sie einige Zeit nicht sehen.« Traurig senkte Jax den Kopf.

Du bist doch nicht so tough, wie du tust. Kathi sah sie skeptisch an. *Oder macht sie mir was vor? – Na ja, ich will mal nicht so sein, zur Belohnung, weil du uns Neuer geliefert hast.* »Ich kläre das.«

Man erlaubte es Jax, hier in B-233 und unter Aufsicht zweier Streifenbeamter.

Nach einem Mittags-Snack bat Kathi Stoll und Clausen zu einem Meeting mit Jana und Freddy zu sich ins Büro. Kevin Neuers kriminelle Vergangenheit füllte die Digi-Pinnwand.

»Kevin Neuer, geboren 22. Mai 1991«, kommentierte Jana die Akte. »Zuletzt gemeldet in der Kernstraße, Hausnummer 32. Sein Spitzname lautet Neo.«

»Ha! Wie der Typ in Matrix!«, meinte Stoll. »Aber der echte schaut besser aus.«

»Stolli, du hast Geschmack«, meinte Kathi. »Sorry, Jana.« Sie lächelte. »Kein Thema. Neo stammt aus gutbürgerlichem Elternhaus, Mutter, Vater und die jüngere Schwester sind Angestellte bei der Stadt. Mit sechzehn flog er vom Gymnasium, weil er Marihuana an seine Mitschüler verkauft hatte, er musste Sozialstunden ableisten. Sein Vater verschaffte ihm eine Lehrstelle in einer Gärtnerei, nach einem Jahr flog seine geheime Cannabis-Plantage auf und er landete einige Monate im Jugendarrest. Danach jobbte er auf dem Bau. Er handelte weiter mit leichten Drogen, kam aber mit Bewährungsstrafen davon. Nach einem größeren Deal 2021 saß er von April bis September in Nürnberg.«

»Da könnte er Fischer kennengelernt haben«, mutmaßte Kathi. »Er saß damals von Februar bis August.«

»Mit Sicherheit.«

»Arbeitet er oder lebt er von Sozialhilfe?«

»Zurzeit arbeitet er in einer Gärtnerei. – Übrigens, wir haben die Bilder der Überwachungskameras vom Open Air nochmal angesehen. Leider sieht man Fish und Neo nicht, der Bereich um den Getränkekiosk war nicht abgedeckt.«

»Danke, Jana. Jax' Aussage reicht.« Kathi trommelte mit den Fingern auf ihre Armlehnen. »Woher hatte Neo dieses reine Heroin und warum verschenkt er es? Jeder würde es strecken, um mehr zu Kohle machen.«

»Offenbar wusste er nichts davon.«

»Unwahrscheinlich, da steckt etwas anderes dahinter.«

»Oder jemand anderes«, spekulierte Freddy, »der Löwe.«

»Welcher Löwe?«, fragte Stoll.

»Der Löwe von GoHo, mit bürgerlichem Namen heißt er Ilion Petronakis. Er war mehrmals deutscher Bodybuilding-meister in seiner Gewichtsklasse und besitzt ein eigenes Fit-ness-Studio, das Olymp. Zurzeit leitet es sein Kompagnon, Petronakis sitzt noch bis 2031. Fischer hat ihn verpfiffen, ihm so einen größeren Deal verpatzt und bekam eine kürzere Strafe. Die saß er letztes Jahr in Bayreuth ab, weil man ihn nicht mit Petronakis in die Mannertstraße stecken wollte.«

»Na, dann hammers doch! Ich wette, dieser Löwe hat Neo beauftragt, Fischer den Stoff zu geben. In der Szene is doch immer anner dem annern an G'fallen schuldig.«

»Wir haben keine Info, dass Neo und Petronakis sich ken-nen«, meinte Jana.

»Wo wohnt Neo nochmal?«, fragte Kathi.

»Kernstraße 32.«

»Und Petronakis?«

»Moment.« Jana sah in der Akte nach. »Denisstraße 6.«

»Das ist auch in Gostenhof. Hol bitte den Stadtplan auf den Schirm, Clausi.«

»Okay.« Er markierte die beiden Straßen. »Seht euch das an, nur zwei Blocks auseinander.«

»Das muss nichts heißen, aber sie könnten sich kennen.«

»Sollte Petronakis hinter dem Ganzen stecken, warum war-tet er bis zu diesem Open Air?«

»Das wissen wir nicht, Clausi.«

»Entweder hatte er erst spät von Fischers Freilassung erfahren«, erklärte Freddy, »oder wie ich letzten Montag vermutete, er wollte Gras über die Sache wachsen lassen, damit der Verdacht nicht auf ihn fällt.«

»Das hattet ihr bereits im Fokus?«

»Hatten wir. Aber es war nur eine Vermutung und dann hat sich der Verdacht gegen Kessler erhärtet.«

»Okay, verstehe.«

»Jetzt haben wir eine Zeugenaussage und eine Spur, die zur Quelle des Heroins führen könnte.«

Freddy nickte. »Ich glaube, Neo und Fish haben das Treffen beim Open Air ausgemacht. Der Anruf von dieser Prepaid-Nummer könnte von Neo gewesen sein.«

»Deshalb hatte er sein Fixerbesteck dabei«, sagte Jana. »Neo kannte ihn und wusste, wie er ihn ködern konnte.«

»Statten wir Neo einen Besuch ab«, schlug Kathi vor.

Nürnberg, Kernstraße 32

Stoll konnte direkt vor dem renovierten, dreistöckigen Sandstein-Eckhaus aus der Gründerzeit parken. Im Erdgeschoss befand sich das ›Bienchen‹, eine schmucke Boutique für Kinderbekleidung von Fairtrade-Marken und Spielzeug aus Naturmaterialien. Sie stiegen aus und ließen den Blick über die Fassade schweifen.

»Unser Neo wohnt nicht schlecht«, meinte Stoll.

»Wie kann er sich das leisten? Er arbeitet in einer Gärtnerei, so viel verdient er nicht.«

Gostenhof hatte sich in den vergangenen Jahren zu einem der Hot-Spots in Nürnberg entwickelt. Im Rahmen der Stadterneuerung waren große Teile aufgewertet worden, auch dank der Ansiedlung von Kultur- und Kreativwirtschaft. Die zentrale Lage, vielfältige gastronomische Angebote und das etablierte, alternative und multikulturelle Milieu in einer urbanen Atmosphäre zogen junge Familien an. In GoHo, wie die Bewohner ihr Quartier liebevoll nannten, reihten sich Neu- an Altbauten, letztere liebevoll renoviert, einige davon auch luxussaniert. Hier verzeichnete man mittlerweile die höchste Loft-Dichte im Südwesten der Stadt, geschuldet den vielen, nach und nach in Wohnraum umgewandelten, ehemaligen Gewerbebauten. Billig wohnen konnte man hier nicht mehr, dennoch zahlte man keine unverschämt hohen Mieten wie anderswo.

Kathi gab Jana und Freddy, die hinter ihr parkten, das vereinbarte Handzeichen. Die beiden blieben vorerst im Wagen sitzen. Neo kannte sie, er könnte den Braten riechen und versuchen, zu türmen.

Die Haustür stand offen, Kathi und Stoll sparten sich das Läuten. In der ersten Etage suchten sie auf den Namensschildern vergeblich nach Neuer.

»Hier steht Bauer«, sagte Kathi.

Stoll sah rechts nach. »Hier Hornschuh. – Wohnt der Zausel weiter oben?«

»Keine Ahnung, laut Akte im ersten links. Ich läute mal bei Bauer.«

Eine junge, hübsche Frau öffnete die Tür. »Hallo.«

»Hallo.« Kathi zeigte ihren Dienstausweis. »Mein Name ist Starck, Kripo Nürnberg. Das ist mein Kollege Stoll.«

»Was ist passiert?«

»Keine Sorge, nur eine Überprüfung. Sie sind?«

»Mira Bauer.«

»Darf ich fragen, seit wann Sie hier wohnen?«

»Seit ersten Mai, mit meinem Mann und unserer Tochter. Er holt sie gerade von der Oma ab.«

»Alles klar. Kennen Sie zufällig Ihren Vormieter?« Kathi zeigte ihr ein Foto von Neo. »So sieht er aus.«

»Nein, den kenne ich nicht, der wohnt nicht hier. Unsere Wohnung stand längere Zeit leer und wurde komplett renoviert, bevor wir eingezogen sind.«

Jana und Freddy stiegen aus, als sie Kathi und Stoll allein aus dem Haus kommen sahen.

»Fehlanzeige«, sagte Kathi. »In Neos Wohnung lebt seit Mai eine Familie namens Bauer, die Frau wirkte glaubhaft.«

Jana schüttelte nachdenklich den Kopf. »Dann stimmt der Eintrag des Einwohnermeldeamtes nicht, Schlamperei!«

Kathi nickte. »Wo könnte Neo sich verkrochen haben?«

»Wir checken sein Umfeld nochmal«, schlug Freddy vor. »Fahren wir zurück ins Präsidium.«

»Nein, in die JVA, vielleicht kann uns der Löwe etwas über ihn erzählen.«

Das Gespräch konnte nicht stattfinden. Petronakis hatte seinen Rechtsanwalt Paulus Zink, dessen Kanzlei um 17:00 Uhr schloss, nicht erreicht. ›Der Löwe von GoHo‹ unterhielt sich mit der Polizei nur in dessen Anwesenheit. Die Fahrt in die Mannertstraße war dennoch nicht umsonst gewesen, von einem der Justizbeamten erfuhr Kathi etwas Interessantes: Petronakis hatte im Juni und Juli, neben seiner Frau und dem Söhnchen, nur Besuche von Neo und Zink.

»Das ist der Beweis, Neo und der Löwe kennen sich. Jetzt besuchen wir Frau Petronakis zu Hause.«

Nürnberg, Denisstraße 6

Ein geschwungenes Schmiedeeisentor führte in den Innenhof, wo der Hauseingang lag. Der dreigeschossige Altbau verfügte über sieben Wohneinheiten, eine davon im Dachgeschoss, nebst großzügiger Loggia. Kritisch beäugte Kathi die nachträglich angebauten Balkone, deren Stützstreben verliefen über die gesamte Höhe des Hauses und boten eine gute Fluchtmöglichkeit. Jana und Freddy postierten sich sicherheitshalber unter dem ersten.

Kathi musste nicht läuten, auch hier war die Haustür nur angelehnt. Im graublau getünchten Treppenhaus herrschte eine angenehme Temperatur, es wirkte gepflegt, nur die ausgetretenen Holzstufen knarrten auf dem Weg nach oben. Kathi vernahm den Geruch von Spiritus. *Irgendjemand hat hier vor Kurzem die Fenster geputzt.* Im zweiten Stock angelangt, läutete sie an der Wohnungstür der Petronakis, ein melodisches DING-DING-DONG erklang, nichts geschah. Sie probierte es mehrere Male und klopfte, vergeblich.

Aber die Tür der gegenüberliegenden Wohnung wurde geöffnet, eine ältere Dame mit kupferrot gefärbtem Haar spitzte ins Treppenhaus. Kathi grüßte und stellte sich und Stoll vor.

»Hallo, mein Name ist Bobrowa, Roxana.« Die resolut wirkende Siebzigjährige sprach mit osteuropäischem Akzent. Sie öffnete die Tür ganz und blieb, mit verschränkten Armen, im Rahmen stehen.

»Wir wollten eigentlich Frau Petronakis sprechen.«

»Die Nina ist nicht zu Hause, Frau Starck, gestern mit Freund und Sascha weggefahren.«

»Ist Sascha Ninas Sohn?«

»Ja. Das ist ein ganz Braver.« Lächelnd wiegte sie ihren Kopf hin und her. »Lacht die meiste Zeit, ein Sonnenschein! Er wird bald zwei.«

»Sie wissen nicht zufällig, wohin sie gefahren sind?«

»Nein, aber kommen morgen schon wieder. Ich weiß genau, habe Schlüssel vom Briefkasten.«

»Okay, Sie erwähnten eben Frau Petronakis' Freund.«

»Hören Sie mir bloß auf mit dem!« Sie rümpfte die Nase. »Er treibt es manchmal mit ihr, bis die Wände wackeln. Die sind sehr dünn hier und das Schlafzimmer grenzt direkt an mein Wohnzimmer. Da gehts manchmal ab! Mich wundert, dass der Sascha nicht aufwacht. Ich kann Nina schon verstehen, irgendwie, sie ist hübsche, junge Frau und hat gewisse Bedürfnisse. Mit Ilion darf sie nur einmal im Monat, in Liebeszelle im Knast. Ilion ist ein richtiger Mann, schön und durchtrainiert, aber der Neue! Mager, langes Haar, fransiger Bart.« Dabei strich sie mit beiden Händen über ihre Wangen und deutete den Bart mit einer ziehenden Geste an. »Wie Rasputin!«

»Rasputin?« Den konnte sich Kathi sehr gut vorstellen. *Na ja, manche Frauen stehen eben auf Bad Boys.*

»Und wie er küsst, als würde er ihr Essen aus dem Mund klauen, total unerotisch, uaaaah!« Sie schüttelte sich. »Ilion würde ihn kalt machen, wenn er wüsste!«

»Und wie heißt dieser *Rasputin*?«

»Neo.«

Kathi riss es förmlich. *Neo steigt mit der Frau des Löwen ins Bett!*

Gedankenübertragung, Stoll ging es ähnlich. *Neo poppt die Alte von diesem Löwen!*

Kathi zeigte Frau Bobrowa das Foto. »Ist er das?«

»Das ist Neo.«

»Wissen Sie, wo er wohnt?«

»Na hier, seit Februar.«

»Es steht kein zweiter Name auf dem Klingelschild.«

»Keine Ahnung, ist Sache von Vermieter. Solange er keinen Stress macht, regt sich hier keiner auf.«

RUMBLE IN GoHo

Mittwoch, 13. August

Kathi ließ das Anwesen Denisstraße 6 seit dem frühen Morgen observieren. Bis zum späten Vormittag tat sich nichts, dann erhielt sie kurz hintereinander zwei Anrufe. Die vor dem Haus postierte Streife meldete, Nina Petronakis wäre mit Sascha und Kevin Neuer zurückgekehrt. Frau Bobrowa bestätigte, dass sie sich in der Wohnung aufhielten, seit sie den Schlüssel für den Briefkasten und die Post abgeholt hatten. Kathi forderte ein SEK-Team zur Unterstützung an, sie rechnete mit einer Gegenwehr Neos. Außerdem könnten sich Schusswaffen in der Wohnung befinden. Registriert waren keine, aber im Umfeld des Löwen von GoHo konnte man sich leicht illegale beschaffen.

Jana, Freddy und zwei Streifenwagen begleiteten Kathi und Stoll in die Denisstraße. Vor dem Haus erwartete sie ein alter Bekannter mit seinem Team: Polizeihauptkommissar Richter, der am 29. Januar den Einsatz gegen Uli Sauer im U-Bahnhof Frankenstraße leitete.

»Heute mit einer anderen Mannschaft, Frau Starck?«

»Ausnahmsweise.« Sie zählte an den Fingern auf. »Involvierung des Drogendezernats, Urlaub, eine Sportverletzung und Weiterbildung.«

»Alles klar. Wie gehts denn Schulter und kleinem Finger?«

»Danke der Nachfrage, bestens.«

Nachdem Richter sich allen vorgestellt hatte, hielt er eine kurze Einsatzbesprechung. Anschließend postierte er je zwei Männer im ersten und im dritten Stock, sowie drei im Innenhof. Er selbst gesellte sich mit zwei Männern zu Jana und Freddy in Frau Bobrowas Wohnung und bezog Posten am Türspion. Auf den Einsatz der Videosonde mussten sie verzichten, die Wohnungstür der Petronakis' schloss dicht ab, und man wollte kein Loch bohren.

Kathi und Stoll zogen Stichschutzhandschuhe an und prüften den Sitz ihrer Datenbrillen und Schutzwesten. Auf Letztere würden sie, angesichts der Hitze, gern verzichten. Sie saßen wie angegossen und boten dank karbonverstärkter Kevlar-Faser maximalen Schutz, durch die halblangen Ärmel und den hohen Kragen geriet man leider leicht ins Schwitzen. Aber das Tragen war Vorschrift. Einen großen Vorteil boten sie: Die integrierte Bodycam zeichnete alles mit Ton auf.

»Die Teams sind bereit, Frau Starck«, hörte Kathi Richter übers Headset sagen. »Ihre Show!«

»Roger, ich läute jetzt.« Sie drückte einmal auf den Klingelknopf und lauschte. Als sie kurz darauf leises Geraschel auf der anderen Seite der Tür vernahm, hob sie den Daumen – das vereinbarte Zeichen – und führte die andere Hand zu ihrer Pistole im Holster. Stoll deckte sie.

Die Tür öffnete sich einen Spalt. Kathi konnte keine Sicherheitskette ausmachen, nur ein braunes Augenpaar. »Hallo, sind Sie Nina Petronakis?«

»Ja.«

»Mein Name ist Starck, Kripo Nürnberg.«

Nina, eine hübsche Frau Ende zwanzig, mit braunem, schulterlangem Haar, schob die Tür weiter auf. Sie trug Sascha auf dem Arm. Der braungelockte Junge, im bunten Hawaii-Hemdchen mit dazu passenden Shorts, strahlte Kathi an. »Bi-po.«

»Kripo«, verbesserte Nina.

Sascha ließ sich nicht beirren. »Bi-po.«

Schön üben. Kathi schmunzelte und taxierte Nina. Durch das enganliegende, weiße Minikleid zeichnete sich ein durchtrainierter Körper ab. *Sie hübsch und nicht dumm, warum gibt sie sich mit einem Junkie wie Neo ab?* Janas Informationen zufolge, war Nina gelernte Bürokauffrau und erledigte sämtlichen Schreibkram und die Buchhaltung im Olymp. Ilions Fitness-Studio warf noch immer genug Profit ab und sicherte seiner kleinen Familie ein gutes Einkommen.

Kathi konnte bei Nina keine Waffen entdecken. Sie ließ vom Holster ab und gab Stoll ein Zeichen, näherzukommen. »Das ist mein Kollege Stoll. Dürfen wir reinkommen? Es geht um Ihren Ehemann.«

»Den Ilion?« Nina runzelte die Stirn. »Der sitzt doch!«

»Das wissen wir.«

»Ist irgendetwas passiert mit ihm?«

»Nein, wir haben nur ein paar Fragen an Sie.«

Sascha lachte Kathi herzerweichend an. »Baba.«

»Ich bin nicht der Baba, ich bin die Kathi.«

»Baba!«, brabbelte er lauter.

»Nein, Sascha, mein Schatz«, Nina küsste ihn aufs Köpfchen, »der Baba ist in Urlaub.«

Kathi musste schmunzeln. *Aha, so wird Knast neuerdings umschrieben.*

»Baba da!« Sascha zeigte mit seinen kleinen Patschhändchen zu der Tür, rechts am Ende der Diele.

Nervös sah Nina in dieselbe Richtung.

Kathi ahnte, warum. Sie reagierte blitzschnell und zeigte ihr das Foto von Neo auf der Smartwatch, worauf Nina nickte.

Holy crap, der Kleine nennt ihn Baba! Das sind Zustände!

»Ist dort das Wohnzimmer?«, fragte Kathi leise.

»Nein, das Schlafzimmer.«

Kathi bedeutete Nina, Stoll ins Treppenhaus zu folgen. Sascha gab keinen Mucks von sich, er grinste und zeigte seine Mäusezähnchen. Jana nahm die beiden in Empfang und brachte sie Frau Bobrowas Wohnung. Richter blieb im Treppenhaus und kommandierte seine Leute vom ersten und dritten Stock zu sich. Zwei sicherten die Wohnungstür, zwei folgten Kathi und Stoll, um Küche, Bad und Wohnzimmer zu checken.

»Sauber«, meldeten sie.

»Achtung, Team Innenhof!«, hörte Kathi Richter über das Headset sagen. »Auf Zielperson an den Balkonen achten!«

»Negativ, Zielperson nicht auszumachen!«, kam als Antwort.

Kathi nickte Stoll stumm zu und klopfte an die Schlafzimmertür. »Herr Neuer, hier ist die Kripo Nürnberg, mein Name ist Starck. Nehmen Sie beide Hände nach oben, wir kommen jetzt rein.« Sie lauschte, absolute Stille. »Herr Neuer, bitte öffnen Sie, eine Flucht ist zwecklos, das Haus ist umstellt!« Weil sich nichts regte, öffnete Kathi die Tür einen Spalt, konnte aber niemanden entdecken. Sie stieß sie mit dem Fuß bis zum Anschlag auf, es knallte richtig laut. Binnen Sekunden checkte sie, gedeckt von Stoll, die Lage. Die Balkontür stand offen, die Gardine wehte leicht im Wind. Über dem Boxspringbett lag eine Tagesdecke, es schloss bodentief ab, Neo konnte nicht darunter liegen.

»Starck an Team Innenhof, seht ihr ihn?«

»Negativ.«

»Verdammt! Wo ist er?«

Stoll ächzte. »Hat sie uns ang'logen?«

»Nein, das glaube ich nicht. Außerdem, Kindermund tut Wahrheit kund.«

»Vielleicht sitzt er draußen, auf dem Balkon«, sagte Stoll überraschend laut und deutete auf die hinterste der drei Spiegel-Schiebetüren des wandfüllenden Kleiderschranks, in die ein Zipfel des Vorhangschals eingeklemmt war.

Kathi formte das OK-Zeichen mit Daumen und Zeigefinger. »Schaun wir mal draußen nach!«, rief sie laut und positionierte sich, mit der Waffe im Anschlag, an der Balkontür. Den Schrank behielt sie weiter im Blick.

Stoll, an den Schrank gepresst, sicherte in Richtung Fenster. Nur Sekunden später wurde die fensternahe Tür einen Spalt geöffnet. Eine tätowierte Männerhand erschien, um sie weiter aufzuschieben. Mit einem Satz war Stoll dort, rammte die Tür mit voller Power zu und klemmte dabei Neos Finger ein.

»Aaahhh!«, klang es dumpf aus dem Schrank. »Ihr verdammten Wichser!«

Mit einem Ruck öffnete Stoll die Tür, packte den verdutzten Neo, zog ihn heraus und warf ihn bäuchlings aufs Bett.

»Du Arschloch! Du hast mir die Finger gebrochen!«, brüllte er und krümmte sich, die verletzte Hand mit der anderen haltend.

»Arme und Beine auseinander!«, befahl Stoll.

»Leck mich!«

»Jetzt wird er auch noch frech!« Stoll drückte Neo mit einem Nackengriff in die Kissen. Blitzschnell holte er dessen Hände in den Rücken und legte ihm Bügelfesseln an. Neo blieb keine Sekunde Zeit, über Gegenwehr nachzudenken. Gegen den Modellathleten Stoll hätte er ohnehin keine Chance. Kathi zollte ihm mit erhobenem Daumen Respekt.

Neo hörte auf zu zappeln. Aber er fluchte weit unter der Gürtellinie und ziemlich feucht, zum Glück bekam nur das Kissen die Spucke ab. »Ihr blöden Wichsbullen! Ihr Arschlöcher, ich mach euch alle! Das ist Polizeigewalt, ich zeig euch an!«

Obwohl Neo nur ein schwarzes Netz-Tanktop und karierte Shorts trug, suchte Stoll ihn nach Waffen ab. Er fand ein Smartphone in einer der Hosentaschen und legte es auf den Nachttisch. »Er ist sauber.«

»Stillhalten!«, befahl Kathi und sah sich Neos linke Hand und die Finger an. »Da ist nichts gebrochen, nur die Kuppen und zwei Nägel sind gequetscht.«

»Das tut weh! Pass doch auf, du blöde Schlampe!«

Die Beleidigung prallte an Kathi ab. »Achtung, SEK-Team!« meldete sie übers Headset. »Zielperson gefasst und ruhiggestellt. Wir bräuchten bitte ein Coolpack oder Kältespray.«

Unvermittelt stand Richter in der Tür. »Eis? Sind Sie verletzt, Frau Starck?«

Sie schmunzelte. *Süß, wie er sich sorgt, wie im Januar.* »Nein, ich bin okay. Die Finger von Herrn Neuer wurden in der Schranktür eingequetscht.«

»Brutale Bullen!«, knurrte Neo, als Stoll ihm beim Aufsetzen half.

Kathi verglich Neos Äußeres mit Frau Bobrowas Beschreibung, von Rasputin, dem charismatischen Wanderprediger, Wunderheiler und Berater Zar Nikolais II., hatte Neo nur das lange, mittelgescheitelte Haar und den Fusselbart gemein. Dafür war er ein wandelndes Bilderbuch, auf seinem fast vollständig tätowierten Körper schien es, außer im Gesicht, keine unbehandelte Hautstelle zu geben.

Neos kleine Augen wanderten wirr umher. »Was wollt ihr Penner von mir?«

Kathi bemerkte die erweiterten Pupillen. *Ich wette, er hat was eingeworfen, geraucht kann er nichts haben, das würde man riechen.* »War es das mit den Beleidigungen, Herr Neuer? Oder wollen Sie der Liste noch etwas hinzufügen? Meine nette Kamera hier zeichnet alles auf, mit Ton! Das Duzen kostet 600 Euro, Wichser 1.200, Arschloch 2.500, leck mich 500, Wichsbullen 1.200, blöde Schlampe 2.100 und brutale Bullen nochmal 1.000. Habe ich was vergessen? – Nein. Aber das sind alles Peanuts gegen Beihilfe zum Mord.«

»Waaaas? Beihilfe zum Mord? Ihr spinnt wohl!«

»Nein, das tun wir nicht, Herr Neuer. Sie sind festgenommen wegen Beihilfe zum Mord an Jimmy Fischer.«

»Ihr habt sie doch nicht alle!« Neo fuhr hoch.

Stoll packte ihn bei den Schultern und drückte ihn wieder aufs Bett. »Sitzenbleiben!«

»Wir haben die Aussage einer Zeugin«, erklärte Kathi. »Am ersten August haben Sie Herrn Fischer während des Wöhrder Wiese Woodstock Heroin geschenkt.«

»Wöhrder Wiese Woodstock?« Neo versuchte krampfhaft, sich zu erinnern. Er kaute nervös auf den Lippen und wiegte sich vor und zurück. »Scheiße!«, kam es ihm plötzlich. »Diese Zeugin kann nur diese blonde Braut gewesen sein!«

»Ah, Sie erinnern sich.«

»Kein Wunder, so scharf wie die war. Ann hieß sie, glaube ich. Ein geiles Gerät, Beine bis zum Hals. Ich hab mich schon gefragt, wo Fish die aufgegabelt hat.«

Aha, Ann nannte sie sich dort!, dachte Kathi. *Not macht erfinderisch.* »Zurück zum Thema, Herr Neuer, mit diesem reinen Stoff hat er sich einen Goldenen Schuss verpasst.«

»Das Zeug stammte nicht von mir!«

»Sie geben es also zu.«

»Fuck!«

»Das heißt also *ja*?«

»Aber es war nicht von mir!«

»Das sollen wir glauben?«

»Ja, verdammt! Meinetwegen können Sie die ganze Wohnung auf den Kopf stellen, Sie werden nichts finden.«

»Das machen wir ohnehin, den Durchsuchungsbeschluss haben wir dabei. – Also, von wem stammt der Stoff?«

»Ich verpetze keinen. Außerdem hab ich nicht gewusst, dass es reines Zeug ist, sowas strecke ich. Ich bin ja nicht blöd und lass mir Kohle durch die Lappen gehen.«

»Sie lügen ja schon wieder.« Kathi funkelte ihn an. *Gleich quetsche ich dir die Finger nochmal ein und die der anderen Hand auch, damit das ein Ende hat! Schade, dass foltern verboten ist. – Ich kann auch anders.* »Ist es nicht so, dass Sie Fischer den Stoff in Herrn Petronakis' Auftrag gegeben haben?«

»Warum sollte er mich beauftragen?«

»Er wollte sich rächen, weil Fischer ihn verpfiffen hat.«

»So ein Blödsinn!«

»Wir waren gestern in der JVA.«

»Und, was hat er gesagt?«

»Das fällt unter die Schweigepflicht.«

Stoll schielte zu Kathi.

Sie näherte sich seinem Ohr. »Er braucht ja nicht zu wissen, dass wir ihn nicht gesprochen haben«, flüsterte sie und wandte sich wieder Neo zu. »Von wem stammt das Heroin?«

»Ich sage nichts und der Ilion hat auch nichts verraten, sonst würden Sie mich nicht fragen.« Sein spöttisches Grinsen währte nur kurz.

»Sie geben also zu, in Herrn Petronakis' Auftrag gehandelt zu haben.«

»Waaas!« Neo zuckte zusammen. *Die Bullentussi bringt mich total durcheinander! Fuck! Fuck! Fuck!* »Ich sage jetzt gar nichts mehr.« Mit einem lauten Hicks! machte sich bei ihm ein Schluckauf bemerkbar.

Kathi gluckste. »Wie Sie wollen, Herr Neuer. Sie dürfen ihm in den nächsten Jahren Gesellschaft im Gefängnis leisten. Wenn er erfährt, dass Sie mit seiner Frau geschlafen haben, werden *wir* sehen, wer wen alle macht.«

Neo begann zu schwitzen und er zitterte am ganzen Körper. »Das dürfen Sie nicht! – Hicks!«

Stoll presste die Lippen zusammen, um nicht loszuprusten.

Auch um Kathis Mundwinkel zuckte es amüsiert. »Kooperieren Sie und wir reden mit dem Staatsanwalt über die Unterbringung in einer anderen Haftanstalt.«

Neo wandte sich trotzig ab.

»Hier spielt die Musik!« Kathi hielt ihm den Haftbefehl vor die Nase, erläuterte das Aussageverweigerungsrecht, die freie Anwaltswahl und stellte die Verständnisfrage.

»Ja, hab ich!«, brummte Neo. »Ich will jetzt meinen Anwalt anrufen. – Hicks!«

»Das dürfen Sie.« Kathi schnappte sich Neos Smartphone vom Nachttisch und hielt es ihm vor den Mund. »Ihre Hände brauchen sie nicht, oder?«

»Nein. – Hicks! – Follow the White Rabbit. – Hicks!«

»Wake up, Neo«, ertönte eine sanfte Frauenstimme.

Kathi musste sich zwingen, nicht hinzusehen. *Sogar bei der Voice-ID zieht er die Matrix-Sache durch, vom Schluckauf mal abgesehen.*

»Anwalt Willich anrufen. – Hicks!«

»Bestellen Sie ihn in ins Präsidium, dort bringen wir Sie anschließend hin.«

Nach dem, von Schluckauf-Attacken bestimmten, Telefonat, steckte Kathi Neos Handy in eine Tüte. »Das wird sichergestellt, um Ihre Kontakte und den Gesprächsverlauf zu prüfen.« Sie schoss ein Foto von dem Beweisstück und diktierte die Daten auf ihre Smartwatch.

»Klopf, klopf!« Ein Rettungssanitäter spitzte zur Tür herein. »Der Eismann ist da!«

Schmunzelnd sah Kathi auf. »Hallihallo! Für mich bitte Vanille, Schokolade und Amarena Kirsch.«

Herold, zu lesen an der Brusttasche des weißen Polohemds, seufzte. »Die Sorten sind leider aus.«

Kathi nickte in Neos Richtung. »Er ist der Patient, die Finger seiner linken Hand wurden eingequetscht.«

Herold stellte seine Tasche ab. »Dann schaun mer mal.« Vorsichtig untersuchte er Neos Finger.

»Aua!« Neo warf einen verbissenen Blick über die Schulter, weil er nicht sehen konnte, was hinter seinem Rücken vor sich ging, aber der Schluckauf war vorbei.

»Bist a weng a Ziewerla, ich hab ja noch ned a mal richdich hing'langt.« Herold untersuchte die Finger genau. »Ach, des is doch gar nix!« Er holte ein Coolpack aus seinem Koffer, knetete es kräftig durch und fixierte es mit einer Binde kunstvoll an Neos Fingern. »Ned zu lang drauf lassen, gell?«

»Wir achten drauf.« Kathi winkte zwei der Streifenbeamten zu sich. »Sie dürfen Herrn Neuer abführen und ins Präsidium bringen, wir kommen nach.«

Die beiden nahmen ihn ins Schlepptau. »Abmarsch!«

Kathi sah ihnen nach. »Stopp! Wollen Sie keine Schuhe anziehen, Herr Neuer?«

»Äh, ach so, ja. Meine Schlappen stehen im Flur.«

Stehen wir etwas neben der Spur? Belustigt wandte sich Kathi an Richter und seine Männer. »Vielen Dank für die Polonaise, meine Herren.«

»Ich wusste, dass Sie das sagen.« Richter grinste breit, wieder wurden Erinnerungen an den gemeinsamen Einsatz im U-Bahnhof Frankenstraße wach. »Gern geschehen.«

»Heute steht mir der Sinn nach Sekt und Kaviar, leider habe ich keine Zeit.«

»Kein Thema, Frau Starck. Irgendwann wird es klappen.«

Nachdem Richter, seine Männer und Herold gegangen waren, kehrte Jana mit Nina, die Sascha auf dem Arm trug, zurück in die Wohnung.

Der Kleine zeigte auf Kathi. »Da-ti.«

»Kathi, ich heiße Kathi.«

Er strahlte. »Ga-thi.«

Sie lächelte. *Das wird ja langsam, bist ein schlaues Kerlchen.* Sie wandte sich an seine Mama. »Frau Petronakis, wir haben einen Durchsuchungsbeschluss für Ihre Wohnung dabei, die Kollegen von der Spusi werden in Kürze hier sein.«

»Unsere Wohnung durchsuchen? Warum?« Nina drückte Sascha an sich, während ihre Augen nervös umherwanderten.

Ich probiere mal was, dachte Kathi. *Vielleicht geht sie darauf ein.* »Sie können es sich ersparen, zeigen Sie uns das Drogenversteck.«

»Wir haben keine Drogen hier, Frau Starck.«

»Das glaube ich Ihnen nicht.«

»Ich nehme keine Drogen, der Sascha braucht mich.« Sie legte eine Hand aufs Herz. »Ich bin eine gute Mama.«

Sascha gluckste. »Ma-ma.«

»Sie verstecken das Zeug wohl in Saschas Windel, wie die Jungs in ›Drei Männer und ein Baby‹.«

»Nein!«

»Wo dann?« Kathis Blick wurde fordernder.

»Neo, dieser Idiot!«, platzte es aus Nina heraus. »Er kann einfach die Klappe nicht halten!«

Tataaaaa! Kathi triumphierte. »Frau Petronakis, ist Ihnen bewusst, dass Sie sich der Beihilfe zu einem Mord schuldig gemacht haben.«

»Mord?« Nina hielt kurz den Atem an und begann am ganzen Körper zu zittern. »Ich? – Nein!«

»Wir sollten uns in Ruhe unterhalten«, schlug Kathi vor. »Gehen wir in die Küche, okay?«

Jana ließ sich Sascha geben. »Ich nehme ihn solange.«

Flur und Küche trennte nur ein Perlenvorhang. Blitzschnell checkten Kathi und Stoll den Raum auf herumliegende Messer, Scheren oder andere spitze Gegenstände. Sie konnten nichts entdecken, es war aufgeräumt, die Spülmaschine lief.

»Es ist im Kühlschrank, im Gemüsefach«, sagte Nina, während sie sich an den Esstisch setzte. »Ganz hinten, in der Tupperdose mit dem blauen Deckel.«

Stoll, noch die Handschuhe tragend, holte sie heraus und öffnete sie. »Dürften um die zweihundert Gramm sein.«

Auch Kathi warf einen Blick hinein. »Kommt hin.«

»Ich habe das Zeug noch nie angefasst«, erklärte Nina.

Stoll stellte die Dose auf den Esstisch, fotografierte sie, diktierte die Daten zum Fundort und tütete sie schließlich ein.

Kathi nahm Nina gegenüber Platz und richtete das Padfone aus. »Frau Petronakis, sind Sie einverstanden, dass ich dieses Gespräch aufzeichne? Gegen Sie liegt kein Haftbefehl vor, Sie müssen ohne Anwalt nichts sagen.«

»Passt schon.«

»Mittwoch, 13. August 2025, Vernehmung von Nina Petronakis, wohnhaft Nürnberg, Denisstraße sechs. Anwesend: KHK Starck und KK Stoll. Frau Petronakis hat auf das Beisein eines Anwalts verzichtet. – Also, von wem hat Herr Neuer das Heroin?«

»Von einem von Ilions Freunden, Anton Smirnoff. Er wohnt in Fürth.«

»Ich checke ihn.« Stoll ließ sich Informationen über die Datenbrille einblenden.

»Smirnoff, wie der Wodka«, erklärte Nina.

»Danke, hab ihn schon: Anton Smirnoff, ist aktenkundig.«

»Ihr Mann hat Neo beauftragt, den Stoff zu besorgen und Fischer etwas davon zu geben.«

Nina starrte schweigend auf die Tischplatte.

Kathi sah sie eindringlich an. »Frau Petronakis, Ihr Mann hatte in der JVA außer von Ihnen nur Besuch von Neo und Herrn Zink.«

»Ich wusste nichts davon, bis das von Fish in der Zeitung stand«, verteidigte sie sich. »Neo hat damit geprahlt.«

»Trotz des Fahndungsaufrufs haben Sie geschwiegen? Das wird der Staatsanwalt wie Beihilfe zum Mord einstufen.«

Nina kaute nervös auf ihrer Unterlippe.

Sie hat Angst. »Ihr Mann wollte sich an Fischer rächen, weil er ihn damals verpfiffen hat, ist es nicht so?«

Ninas Blick glitt an Kathi vorbei.

»Bis jetzt ist nur er an dem Zeug gestorben.«

Nina schnaubte verächtlich. »Geschieht ihm Recht! Fish ist schuld, dass Ilion im Gefängnis ist! Der Sascha war damals erst zwei Monate alt. Ich muss alles allein machen, mich ums Studio kümmern und so!« Sie schluckte. »Der Sascha kennt seinen Papa kaum!«

Ist auch besser so, dachte Kathi zynisch. »Ihr Mann ist ein Verbrecher, Nina, und er hat Sie mit reingezogen. Wollen Sie Ihr Leben zerstören und das von Sascha?«

Sie schniefte. »Nein.«

»Wenn Sie verurteilt werden, bringt ihn das Jugendamt zu einer Pflegefamilie.«

Nina zuckte wie ein verschrecktes Kaninchen. »Die können mir doch mein Baby nicht wegnehmen!«

»Natürlich können sie das!«

Nina wirkte mit einem Mal verletzlich und zerbrechlich, trotz ihres gestählten Körpers. »Ilion wird alles rauskriegen. Er kennt überall Leute, die ihm hörig und was schuldig sind, auch im Knast. Und Neo werden sie bearbeiten, bis er plaudert. Dann wird Ilion jemanden beauftragen, mir wehzutun!«

»Dazu muss es nicht kommen, Nina. Wir können Sie und Sascha beschützen, bitte helfen Sie uns. Der Staatsanwalt wird berücksichtigen, dass Sie kooperiert und zur Lösung des Falles maßgeblich beigetragen haben. – Also, steckt Ihr Mann dahinter? Ich will jetzt eine Antwort hören!«

»Ja«, sagte sie zähneknirschend. »Neo hat den Stoff in seinem Auftrag von Anton besorgt, das Geld stammte von Zink.«

Endlich! Kathi ächzte. *War das jetzt eine schwere Geburt!*
»Wie viel war es?«

»Meinen Sie den Stoff?«

»Ja.«

»Nur das in der Dose.«

»Wissen Sie, wie viel Neo dafür bezahlt hat?«

»Nein.«

Kathi rechnete kurz. »Der Preis pro Gramm reiner Stoff liegt bei etwa 150 Euro, mal zweihundert, macht 40.000 Euro. – Gut, dann hätten wir das. Vielen Dank, Frau Petronakis. – Ende der Aufzeichnung.«

Nina seufzte erleichtert. »Ich will Sascha wiederhaben.«

»Na klar.«

»Ich hol die Jana.« Stoll erhob sich.

»Bin schon da«, gab sie sich, in der Tür stehend, zu erkennen. »Freddy und ich konnten alles mithören.«

»Sehr gut.« Kathi stand auf und steckte ihr Padfone in die Brusttasche der Weste.

»Die Fahndung nach Smirnoff habe ich bereits beantragt«, sagte Freddy.

»Du bist spitze!«

»Danke.«

Nina wollte Sascha nehmen, aber Jana behielt ihn. »Packen Sie ein paar Sachen für sich und den Kleinen, Sie werden vorübergehend in Schutzhaft genommen.«

»Wohin bringt ihr uns?«

»Das ist geheim.«

»Okay, verstehe.«

»Alles Gute und vielen Dank«, sagte Kathi zu Nina.

»Ich hab das für Sascha getan.«

»Nicht nur für ihn. Ich rede gleich mit dem Staatsanwalt.«

»Dankeschön. Dann bin ich mal im Kinderzimmer.«

Aufgeregt streckte Sascha beide Händchen nach ihr aus. »Mama, spielen!«

»Die Mama kommt gleich wieder«, beruhigte Jana ihn. »Magst du der Kathi noch Tschüss sagen?«

Sascha wandte sich ihr zu und winkte. »Ka-thi, züss!«

Lächelnd winkte sie zurück. »Tschüss, Sascha.« *Mein Verbündeter, mein Partner in Crime. Du bist wirklich ein Sonnenschein und der Unschuldigste in dieser Familie. Wenn du in diesem Umfeld aufwächst, könnte sich das bald ändern. Jedes Kind hat etwas Besseres verdient. Ich hoffe, deine Mama nutzt diese Chance für euch beide.* Kathi entfernte sich ein paar Schritte und holte das Padfone wieder heraus. »Dr. Lanz anrufen.«

»Grüß Gott, Frau Starck«, meldete er sich unverzüglich. »Wollen Sie nicht endlich eine Standleitung zu mir legen?«

Kathi grinste. *Aha, Lanze ist heute mal zum Scherzen aufgelegt!* »Diese Woche hätte sie sich wirklich rentiert.«

»Was kann ich für Sie tun?«

Kathi berichtete kurz vom Einsatz. Lanz erklärte sich bereit, Nina mit Sascha in ein Zeugenschutzprogramm aufzunehmen und versprach, ihr die Haftbefehle in den nächsten Minuten zuzuschicken.

Unten, beim Wagen, legte Kathi die Datenbrille ins Etui und schälte sich aus der Schutzweste. *Endlich!* Sicherheitshalber schnüffelte sie an ihrem T-Shirt. *Deo hält, gut.* Sie blies ihren Pony aus der Stirn und löschte ihren Durst mit stillem Wasser aus dem Vorrat im Kofferraum. *Jetzt wäre was zu essen Recht, eine schöne Brotzeitplatte und dazu ein Radler. Der Schanzenbräu ist gleich um die Ecke, hm.* Sie sah auf ihre Smartwatch. *Nee, das schaffen wir nicht, in einer Stunde müssen wir in der JVA sein.* Nachdem sie gestern unverrichteter Dinge wieder fahren mussten, hatte Kathi vorsorglich einen Gesprächstermin mit Petronakis und Zink vereinbart. *Dann eben erst die Arbeit, und dann das Vergnügen. Vielleicht wird es ganz amüsant in der JVA, wenn wir zwei Fliegen mit einer Klappe schlagen.*

☠

JVA Nürnberg

Lanz hatte Wort gehalten und Kathi die Haftbefehle für Zink und Petronakis zugeschickt. Begleitet von Stoll und zwei Streifenkollegen, die bereits beim Einsatz in der Denisstraße vor Ort waren, traf sie im Verhörraum ein, zeitgleich mit Paulus Zink. Die MP-bewehrte Wache ließ ihm den Vortritt.

Zink, Anfang vierzig, hochgewachsen, spindeldürr und mit leicht gekrümmtem Rücken, erinnerte Kathi an Max Schreck aus dem Stummfilmklassiker Nosferatu: schwarzes, streng zurückgekämmtes, gegeltes Haar, fahler Teint, kleine, stechende Augen und ein langer, giraffenähnlicher Hals mit einem ausgeprägten Adamsapfel. Man könnte meinen, er hätte ein Stück Toblerone-Schokolade im Ganzen verschluckt. Seine elegante Kleidung, ein Anzug aus matter, hellgrauer Seide und das royalblaue T-Shirt, minimierte die gespenstische Erscheinung.

Petronakis, groß, muskulös, mit unzähligen Tattoos an Armen und Hals, lümmelte am Tisch – soweit es ihm die Bügelkette ermöglichte. Sein weißes T-Shirt lag am Oberkörper eng an, dazu trug er blaue, knielange Hosen, die Sommervariante des Anstaltsoutfits.

»Was wollen *die* beiden hier?«, mokierte sich Zink, in Richtung der Polizisten nickend. »Sie hatten um ein Gespräch mit mir und meinem Mandanten ersucht!«

»Eine kurzfristige, unvermeidliche Programmänderung.« Kathi wandte sich an den Löwen. »Herr Petronakis, ich rate Ihnen, sich einen anderen Rechtbeistand zu suchen.«

»Hä?« Er glotzte sie an. »Warum?«

Kathi rollte mit den Augen. *Das heißt nicht ›Hä?‹ sondern ›Wie bitte?‹.* »Weil Herr Zink das Mandat niederlegen muss.«

»Was muss ich?«, brüskierte sich der Anwalt.

Kathi hielt ihm den taufrischen Haftbefehl vor die Nase. »Herr Zink, Sie sind festgenommen, wegen Beihilfe zum Mord an Jimmy Fischer.«

Er stierte auf das Tablet und schluckte nervös, der spitze Adamsapfel hüpfte auf und ab. »Sind Sie i... !« Den Rest des Wörtchens *irre* schluckte er, in Kenntnis der Geldstrafe für Beamtenbeleidigung, hinunter. Kathis Spruch zum Aussageverweigerungsrecht und zur Anwaltswahl nahm er emotionslos hin.

Eine Premiere, dachte sie. *Zu einem Anwalt musste ich das noch nie sagen.* »Haben Sie alles verstanden, Herr Zink?«

»Ja«, brummte er.

Kathi gab den Streifenkollegen ein Zeichen. Sie traten zu Zink, legten ihm Handfesseln an und führten ihn ab. Petronakis sah ihm mit zwiespältigem Blick hinterher.

Als die Tür geschlossen wurde, setzte sich Kathi zu Stoll an den Tisch. Er hatte inzwischen die Aufnahmebereitschaft des Mikrofons geprüft.

»Wir können dieses Gespräch gern verschieben, bis Sie einen neuen Rechtsbeistand gefunden haben, Herr Petronakis.«

»Brauche ich nicht«, knurrte er. »Ich mache das jetzt selber! Diese Rechtsverdreher sind alles Verbrecher!«

Kathi nannte die Daten fürs Protokoll und konfrontierte Petronakis mit den Fakten. Regungslos und mit stoischem Gesichtsausdruck hörte er zu.

»Der Mordauftrag stammt von Ihnen«, endete sie. »Es gibt glaubhafte Zeugenaussagen.«

»Blödsinn!«

»Glauben Sie, ich mache Scherze?«

Petronakis verzog verächtlich die Oberlippe. »Kann bloß der Neo gewesen sein, dieser Blödmann! Der zuckt ja schon, wenn man mit Wattebällchen wirft.«

»Aber Sie brauchten ihn, um Jimmy Fischer das Heroin zu geben.«

»Er kannte ihn am besten.«

Kathi klatschte freudestrahlend in die Hände. *Hab ich dich drangekriegt!*

»Fuck!« Petronakis glotzte sie an wie ein nach Luft schnappender Karpfen auf dem Trockenen.

»Schön, endlich die Wahrheit aus *Ihrem* Mund zu hören.«

Er streckte Kathi einen Stinkefinger entgegen. »Leck mich, ich sage kein Wort mehr!«

Demonstrativ rückte sie samt Stuhl ein Stück vom Tisch weg. »Gut, dann das nächste Mal mit Anwalt. Sie können sich gern weiter stur stellen, je länger es dauert, desto mehr gerät es zu Ihrem Nachteil.«

Petronakis Brustmuskeln und sein Bizeps waren zum Zerreißen gespannt, ebenso die Kette zwischen Handfesseln und Tischbügel.

Die Kette wird halten, dachte Kathi gehässig. *Hoffentlich auch die Nähte des T-Shirts.*

»Fuck! Fuck! Dreimal Fuck!« Puterrot vor Wut stieß er mit einem Fuß gegen ein Tischbein.

Stoll, ihm körperlich ebenbürtig, zuckte zusammen. »Hey!«

»Schluss mit der Randale!«, brüllte der JVA-Beamte, trat an den Tisch und baute sich vor Petronakis auf.

Kathi hob beschwichtigend die Hand. »Alles gut! Wir haben das im Griff.«

Er nickte und bezog wieder Posten an der Tür.

»Neo, dieser Affenarsch!«, knurrte Petronakis. »Dieselbe verräterische Sau wie Fish! Den mach ich kalt!«

»An Ihrer Stelle wäre ich vorsichtig mit Drohungen!«, warnte Kathi. »Ich zeichne alles auf, schon vergessen? Alles was Sie sagen, kann gegen Sie verwendet werden.« *Glaub du ruhig, Neo hätte geplaudert. Zum Glück weißt du nichts von seiner Affäre mit Nina. Ich hoffe, der Zausel wird nicht so blöd sein, es auszuposaunen, nach dem Motto ›Ätsch, ich hab deine Alte gepoppt!‹.* »Noch eine Information, Herr Petronakis, die Anklage lautet auf Anstiftung zum Mord, das bringt Ihnen nochmal einige Jährchen ein. Sollte Herr Neuer während der Haft eines unnatürlichen Todes sterben, wo immer das auch sein mag, wissen wir, an wen wir uns wenden müssen. Dann setzen Sie nie wieder einen Fuß auf freiem Boden. – Bevor ich es vergesse, das ›Leck mich‹ kostet sie zusätzlich fünfhundert Euro.«

Petronakis ließ sich zu keiner weiteren Äußerung hinreißen.

Kathi registrierte es mit Wohlwollen. *Ausgebrüllt, Löwe von GoHo!*

WIE MANS DREHT UND WENDET

Donnerstag, 14. August

Punkt 13:00 Uhr lud die Nürnberger Kripo zur Pressekonferenz. Vor dem wandfüllenden Schirm, mit dem eingeblendeten Logo des Polizeipräsidiums Mittelfranken und dem Banner ›SOKO Pillen‹, informierten Kathi und Oberstaatsanwalt Theo Lanz, moderiert von Pressesprecher Patrick Koschnik, die Medienvertreter. Kathi berichtete aus Ermittlersicht, Lanz erläuterte die Anklagepunkte und die Rechtslage einer Schweizerin in deutscher Untersuchungshaft. Polizeipräsident Knoll glänzte hauptsächlich durch Anwesenheit, erfreute Kathi allerdings mit einem Lob: »Frau Starck und ihr Team haben hervorragende Arbeit geleistet.«

Nach den offiziellen Statements bombardierten die zahlreichen Vertreter der Boulevardpresse und einiger bekannter Society-Magazine Kathi und Lanz mit Fragen, zwei Drittel betrafen Jax. Seit Bekanntwerden ihrer Verhaftung hatte man mit reißerischen Schlagzeilen geglänzt: ›Absturz eines Models!, Glamour adieu!, Model-Society erschüttert!‹. Ihr Fall kam gerade richtig, um das Sommerloch zu füllen. Beat und Patrice Guyger gaben keine Interviews zu ihrer Halbschwester, also musste man sich anderer Leute bedienen, die Jax angeblich persönlich kannten oder sie einmal getroffen hatten. Die Krönung bildete die Reportage in der Bildzeitung, der

Titel ›Ich stand mit Jax am Skilift‹. In den großen Tageszeitungen ging es seriöser zu. Die Basler Kantons-Klinik, Jax' ehemaliger Arbeitgeber, zeigte sich erschüttert und lobte sie als zuverlässige Mitarbeiterin und hervorragende Ärztin. FU-TUREmodelZ drückte ihr Bedauern aus, mit Jax eine geschätzte Klientin zu verlieren. Zu mehr ließen sich die Züricher nicht hinreißen.

Am Ende der Pressekonferenz lud Koschnik zur nächsten am kommenden Dienstag ein, um die Einzelheiten im Fall Jimmy Fischer zu präsentieren. Neo hatte am Vormittag, nach Vorlage der Beweise und Lanz' Zusicherung, nicht in die Nürnberger JVA einfahren zu müssen, alles gestanden. Die Fingerabdrücke an der Tupperdose mit dem Heroin stammten von ihm, ebenso der Anruf bei Fischer am Tag vor dem Open Air. Er hatte ihm ›geilen Stoff‹ versprochen, das erklärte das mitgebrachte Fixerbesteck endgültig. Am Nachmittag stand Neos Vorführung beim Haftrichter an.

Petronakis zog es weiter vor, zu schweigen. Auch an Zink biss man sich die Zähne aus. Dessen Anwalt Ronald Hauser, ein Mann vom Typ Speikobra, zweifelte an Neos Aussage. ›Er würde alles behaupten, um seinen Hals zu retten‹, hatte er verlauten lassen. Er schob ihm, Petronakis und dem untergetauchten Smirnoff die Schuld zu, Ninas Aussage drückte er den Stempel ›Befangenheit‹ auf. Kathi und ihre Kollegen mussten stichhaltige Beweise gegen Zink und Petronakis finden.

Angie, seit heute wieder im Dienst, hatte die Pressekonferenz mit Clausen und Stoll von einem der hinteren Plätze verfolgt. Sie begleitete Kathi zurück ins Büro. »Während du bei

Patricks Vorbesprechung warst, habe ich die Geldbewegungen auf Zinks Konten geprüft, weder auf dem privaten noch auf dem geschäftlichen gibts Auffälligkeiten.«

»Er wird nicht so dumm sein, 40.000 Euro bar abzuheben, um Smirnoff zu bezahlen.« Kathi legte den Zeigefinger an den Mund und überlegte. »Smirnoff, der Mann mit dem reinen Stoff, ich hoffe, man findet ihn bald.«

»Vielleicht hortet Zink sein Geld in einem Safe.«

»Bei der Durchsuchung des Büros und seines Hauses hat man keinen gefunden, es gibt auch kein Bankschließfach.« Plötzlich verfiel Kathi in Blickstarre. »Schließfach, hm. Muss ja keins bei der Bank sein: My Storage!«

Angie spitzte die Ohren. »Das Lagerhaus, wie bei Tüyüc!«

Atila Tüyüc, der verräterische und mordende Entwicklungs-Ingenieur bei MECH@TRON, hatte dort zwei Millionen Euro Bestechungsgeld versteckt, bevor er von einem Profikiller ermordet wurde. Seit den Ermittlungen in diesem Fall, wusste man, dass der Lagerraumanbieter die Miete Anfang des Jahres oder zu Beginn eines neuen Quartals abbuchte.

Angie prüfte Zinks Kontodaten noch einmal genau und wurde fündig. »Im Januar hat My Storage in der Schweinauer Hauptstraße 675 Euro Miete eingezogen.«

Kathi nickte zufrieden. »Dort liegt die zweite Dependance in Nürnberg, auf gehts!«

Mit dem Durchsuchungsbeschluss in der Tasche fuhren die beiden am frühen Nachmittag zum Lagerhaus. Staatsanwalt Titus Müller und zwei Streifenkollegen begleiteten sie.

Ronald Hauser traf wenige Minuten nach ihnen ein, mit Zinks Codekarte in der Tasche.

»Sehr gut, dann brauchen wir niemanden vom Unternehmen zu bemühen«, sagte Kathi. In Notfällen konnten Lagerräume und Fächer mittels eines Befehls in der Steuersoftware geöffnet werden.

»Was erwarten Sie zu finden, Frau Starck?«, brummte Hauser genervt.

»Beweise.«

»Mein Mandant bewahrt dort ausschließlich alte Akten auf, das ist Vorschrift«, erklärte er während der Aufzugfahrt ins dritte Obergeschoss, wo sich Zinks Abteil befand.

»Zehn Jahre, ich weiß.«

»Ich halte das Ganze hier für Zeitverschwendung und meine ist kostbar!«

Bevor er einen weiteren Mucks sagen, geschweige Kobralike Gift verspritzen konnte, hob Kathi eine Hand und fuhr mit Daumen und Zeigefinger der anderen über ihren geschlossenen Mund, als würde sie einen Reißverschluss zuziehen. Hauser wich brüskiert zurück, Angie, Müller und die Streifenkollegen grinsten.

»Sollte ich dort nur den Hauch von Bargeld riechen und mehr als einen Fünfzig-Euro-Schein finden«, umschrieb es Kathi blumig, »wird es richtig teuer. Das dürfen Sie gern Herrn Zink in Rechnung stellen.«

»Dann wäre ich Ihnen dankbar, wenn Sie jetzt loslegen.«

Mit Latexhandschuhen gewappnet, machten sich Kathi, Angie und Müller, unterstützt von den Streifenkollegen, an die Durchsuchung der achtunddreißig akkurat beschrifteten, chronologisch gestapelten Umzugskartons. Hauser beäugte die Aktion argwöhnisch.

Nach einer guten Stunde wurde Kathi fündig, sie japste vor Freude. Unter einer Lage Akten erblickte sie Geldbündel mit Fünfzig-, Hundert- und Zweihundert-Euro-Banknoten.

»Royal Flush!«, rief sie. »Oder wie ich noch gern sage ›You made my day!‹«

Hauser erlitt eine preisverdächtige Gesichtslähmung, geeignet zum Einrahmen. Der Fund diente als Ansporn, auch die restlichen Kartons noch zu durchsuchen, doch darin fand man ausschließlich Akten. Müller beschloss, das Geld im Präsidium zählen zu lassen. Vor dem Abtransport wurde der Karton wieder verschlossen, zugeklebt und mit einem Siegel versehen. Am Ende der Aktion, gegen halb sieben, klebte Kathi ein Holo-Siegel auf das Schloss des Lagerraums. »Feierabend!«

Freitag, 15. August

Am späten Vormittag machte Kathi einen freudigen Luftsprung im Büro. Thomas hatte nicht nur Zinks Fingerabdrücke auf einem Teil des Geldes, rund 900.000 Euro, nachgewiesen, sondern auch die von Petronakis. Zur Herkunft wollten beide bislang keine Angaben machen. Für die Staatsanwaltschaft roch diese Summe stark nach Geldwäsche, sie schaltete das Dezernat für Wirtschaftskriminalität ein. Anschließend stellte Kathi den Antrag, den Leichnam von Maxim Bender freizugeben und rief selbst bei Nannan an, um es ihr mitzuteilen. Die Witwe bedankte sich aufrichtig für die Aufklärung der Todesumstände ihres Ehemannes.

Punkt vier, Aussagen und Berichte waren diktiert, ausgedruckt und unterschrieben zu Ott unterwegs, machte Kathi Feierabend. Sie fuhr aber nicht nach Hause, sondern holte den bestellten, prall gefüllten Früchtekorb in der Ebl-Filiale an der Peterskirche ab. Ein Krankenbesuch bei Grünbaum, der seit gestern wieder in der Heimat weilte, stand auf dem Plan.

Er machte einen überraschend fitten Eindruck auf Kathi, als Ute sie auf die schattige Terrasse des Bungalows in Rehhof führte. *Der Chef ist wirklich ein zäher Hund. Na ja, ein paar graue Haare mehr wird er sicher bekommen haben.* Sie unterließ den Versuch, sie zu zählen.

»Hallo, Chef«, begrüßte sie ihn salopp und überreichte ihm den Korb. »Schöne Grüße vom gesamten Team. Statt Blumen, wir dachten, Vitamine könnten Sie besser gebrauchen. Nüsse sind auch mit drin, die sind gut fürs Herz und die Blutgefäße. Ist übrigens alles bio.«

»Vielen Dank.« Lächelnd nahm er ihn entgegen und stellte ihn auf den Tisch.

»Waschen Sie ihm bitte auch nochmal den Kopf«, flüsterte Ute ihr zu, bevor sie zurück ins Haus ging. »Damit er sichs hinter die Ohren schreibt!«

»Wird gemacht.«

Grünbaum bot Kathi Platz an. Sie setzten sich. »Einen Eistee als Erfrischung?«, fragte er. »Utes Spezialrezept, Holunder, Limone und Agavendicksaft.«

»Gern.«

Er füllte zwei Gläser und reichte Kathi eines.

»Dankeschön.« Sie probierte und nahm dann einen großen Schluck. »Mmmhhh, der schmeckt wirklich lecker.«

»Ist übrigens alles bio.« Er zwinkerte ihr lächelnd zu.

»Perfekt, was will man mehr!«

Grünbaum hob sein Glas. »Gratuliere, Frau Starck, Sie hatten wieder den richtigen Riecher und innerhalb von zwei Wochen zwei komplizierte Fälle gelöst. Das ist neuer Rekord!«

»Vielen Dank, ich habe ein tolles Team.«

»Sie sind die Besten.«

»Nehmen Sie sich ein Beispiel an uns, Chef.«

»Ich weiß, mein Verhalten war nicht sehr vorbildlich.«

»Wie kann man nur so leichtsinnig sein? Sie hätten sterben können!«

»Ich weiß, Ute hält mir das drei Mal täglich vor.«

»Sehr gut! Ich hoffe, Sie ziehen eine Lehre daraus.« Kathi lächelte milde. *Den Kopf waschen brauche ich ihm nicht mehr, in Zukunft wird er im Büro eh spuren.* »Sie können froh sein, alles gut überstanden zu haben.«

»Das bin ich.«

»Gehen Sie auf Reha?«

»Ich überlege noch, mein Doc hat mich erst einmal drei Wochen krankgeschrieben. Laufen ist zurzeit tabu, muss eben der Fahrradergometer herhalten.«

»Nicht übertreiben.«

»Schon klar.«

»Gönnen Sie sich eine Reha, die wird Ihnen guttun.«

»Das sagte Knoll gestern auch, nach dem Anschiss.«

»Wie ich sehe, haben Sie den auch überlebt«, meinte Kathi sarkastisch. »Hat die Sache Auswirkungen auf Ihren Job?«

»Zum Glück nicht.«

»Gut, Sie bleiben unser Chef.«

»Freut mich zu hören, dass Sie es mir nicht übelnehmen.«

»Keiner von uns stellt deswegen ihre Kompetenz in Frage, aber noch so ein Ding dürfen Sie sich nicht erlauben.«

Er seufzte. »Ich weiß.« Die Furchen auf seiner Stirn vertieften sich. »Alles wegen schneller, höher, weiter.«

»Meine Rede. – Was anderes, wollen Sie wirklich keine Anzeige gegen Strauß erstatten?«

»Ich überlege noch.«

»Warum?«

»Ich befürchte, die Presse könnte Wind davon bekommen.«

»Er hat alles gestanden, Sie werden bei Gericht nicht aussagen müssen. Für den Rest der Eingeweihten gilt Stillschweigen und mein Ex untersteht der ärztlichen Schweigepflicht.«

Er rieb sich den Nacken. »Ausgerechnet durch mich hatten Sie wieder Kontakt mit ihm, das ist mir ein wenig peinlich.«

»Passt schon, es war nur beruflich. Er hat mir übrigens *Ihr* Kaugummidöschen zugeschickt, mit fünfzehn Kapseln.«

»Der klägliche Rest.«

»Waren es auch fünfzig, wie bei den anderen?«

»Ja.«

»Sie haben also viertausend Euro für den Mist ausgegeben, davon kann man einen tollen Urlaub machen.«

»Das sagte Ute auch.«

»Holen Sie sich das Geld zurück, NyxPHarm erstattet jedem Opfer die Ausgabe.«

»Kann sein, dass ich ohnehin mit ihnen in Kontakt trete.«

Kathi spitzte die Ohren. »Warum das?«

»Dr. Starck hat mich gefragt, ob er NyxPHarm meine Blutwerte und die anderen Daten zur Verfügung stellen darf.«

»Interessant.«

»Sie sollen der Fehlersuche dienen. Er kann sich nicht erklären, warum ein gesunder Mann wie ich durch dieses Gepant einen Herzinfarkt erleiden konnte. Er glaubt, andere Faktoren wie Stress, Serotonin- oder Endorphin-Ausschüttung könnten ihn begünstigt haben, das sollte man während der Weiterentwicklung und den zukünftigen Tests berücksichtigen. Ich nahm ja nur eine Kapsel pro Tag.«

»*Nur* eine? Jede einzelne war eine zu viel!«, rügte Kathi ihn. »Bei dem toten Open-Air-Besucher reichten ein paar, um ihn ins Jenseits zu beamen!«

»Er war Alkoholiker mit einer kaputten Leber.«

»Nicht ablenken, Chef!« Kathi hob einen Zeigefinger. »Wie stehts denn um Ihre Leberwerte?«

Er zog den Kopf ein. »Sind noch etwas erhöht. Mein Internist sagte, sie werden sich bald wieder normalisieren.«

»Überlassen Sie NyxPHarm Ihre Daten, wer weiß, wozu es gut ist. Das Geld für die Kapseln würde ich auch nehmen.«

»Hm, Urlaub wäre nicht schlecht.«

»Nicht dafür!«, tadelte Kathi ihn. »Spenden Sie es für einen wohltätigen Zweck, danach werden Sie sich richtig gut fühlen.« Kathi zwinkerte ihm zu. »Aber wie mans dreht und wendet, ein Gschmäckle wird bleiben.«

»Lassen Sie mich raten, ein Spruch von Oma Blümlein?«

»Genau. Sie sagte auch: Geld macht nicht glücklich. Strauß kostet die Gier einige Jahre Gefängnis und Paulus Zink wurde zum Saulus.«

☠

Samstag, 16. August

›Wöhrder See in Flammen‹, hieß das nächste Highlight des Superkulturjahres 2025. Am Abend verfolgten Kathi und Nikolai von der Tribüne an der Norikusbucht die Show auf der Mitte des Sees. Dort hatte man aus mehreren, breiten Pontons eine Bühne in errichtet und, der besseren Stabilität wegen, an beiden Ufern mit Stahlseilen festgezurrt. Zu einer Mischung aus Rock und Klassik, dargeboten von den Absolventen der Musikhochschule, erfreuten perfekt choreografierte, dreidimensionale Lichtprojektionen in Form von Flammenwänden die Zuschauer. Punkt zehn Uhr kündigte eine Fanfare das Feuerwerk an. Mit soundstarkem Knattern explodierten Raketen zu Palmen und fliegenden Fischschwärmen, schossen Fontänen in den Himmel, sprenkelten ihn in schillernden Farben, ließen Sterne vom Himmel regnen oder riesige Fächer aufklappen, bis zum donnernden Finale.

Auf dem Weg zum Parkplatz fiel Kathi eine Gruppe jüngerer Leute in der Nähe der Regenerationszone auf. Sie trat mit Nikolai neugierig näher. Auf einem alten Klappstuhl hatte jemand eine Art Altar für Jimmy Fischer errichtet, nur wenige Meter vom Fundort seiner sterblichen Überreste entfernt. Auf der brüchigen Sitzfläche lagen schöne Kieselsteine und Muscheln zwischen weißen Grablichtern. An der Stuhllehne klebten ein laminiertes Strandfoto von Fischer mit seinem Surfbrett und Karten mit handgeschriebenen Botschaften: ›Enjoy the rainbow, Jimmy!‹, ›Du bleibst in unseren Herzen‹. Auf ein Stück

Pappkarton war ›R.I.P. Fish‹ gemalt und im Gras lagen Blumen, auch sehr liebevoll arrangiert. Kathi und Nikolai hielten inne.

Fish war mittlerweile auf dem Dechsendorfer Friedhof im Familiengrab beerdigt worden, eine bewegende Feier mit über fünfzig Trauernden und nur einer Rose als Sargschmuck. Jimmys Eltern hatten gebeten, kein Geld für Kränze und Blumenbuketts auszugeben, sondern es der Drogenhilfe zu spenden. Knapp tausend Euro konnte man übergeben.

HÖHENFLÜGE

Montag, 18. August, Kathis Büro

Andi, braungebrannt und sichtlich erholt, drehte sich in seinem Sessel. »Und ich war wieder ned da, wenns richdich spannend is.«

»Das nächste Mal beordere ich dich aus dem Urlaub zurück«, drohte Kathi.

»Lieber ned, sonst machen die Petra und meine Kids Stress.« Er schüttelte den Kopf. »Aber einer is immer der Depp, oder? Wenns der Glubb ned ist, dann unser Chef.«

Kathi lachte. »Zum Glück ist der Glubb aufgestiegen, sonst gäbs zwei Deppen, mindestens.«

»Da sagst was.«

»Freust du dich auf die neue Saison?«

»Logisch, Freidaach gehts los. Und desmal bleim mer oben! Des nauf und nunter kann ich in meinem Alter ned brauchen.«

»Ab jetzt nur noch Höhenflüge für den Glubb?«

»Aber hallo!«

DIEDELDIEDÖÖÖH! Kathis privates Smartphone läutete, heute lag es ausnahmsweise griffbereit auf dem Schreibtisch. »Sorry, da muss ich rangehen.«

Es war Nikolai, wie erwartet. Er lächelte ihr auf dem Display entgegen. »Hi, Süße.«

Kathi strahlte. »Hi, Niko.«

Andi hob die Hand. »Ich sag mal den Youngstern Hallo.«

»War das der Andi?«, fragte Nikolai.

»Ja, ab heute darf er wieder ran.« Kathi lehnte sich zurück. »Lief beim Launch von RAPIS alles gut?«

»Yesss! Sechs Bienenköniginnen im Formationsflug, ein hammermäßiger Anblick!«

»Hey, meinen Glückwunsch!«

»Dankeschön. Wir haben gerade mit frrrängischem Schampus angestoßen. REGINA III hatte Medi-Drones im Bauch, alle schwirrten auf Kommando aus und fanden ihr Ziel.«

»Super! Haben sie zugestochen?«

»Und wie!«

»Wer waren die Patienten?«

»Präparierte Schaufensterpuppen, sie wurden aber nur mit Wasser geimpft.«

»Na ja, besser eine kleine Erfrischung als gar keine.«

Nikolai lachte kehlig. »Übrigens, Dr. Kessler ist auch hier.«

»Aha. Wegen der Mikro-Injektoren, die NyxPHarm für euch getestet hat.«

»Richtig.«

»Der erste öffentliche Erfolg nach ihrer Rehabilitierung.«

»Den gönne ich ihr, ihre Leute haben gute Arbeit geleistet, Frau de Boer ist mehr als zufrieden.«

Wahrscheinlich weiß deine Chefin nicht alles von Kessler. Kathi erinnerte sich an das Tagebuch. *Na ja, Privates und Geschäftliches muss man eben trennen.*

Bei Nikolai wurden Stimmen im Hintergrund laut.

»Wo bist du gerade?«, wollte Kathi wissen.

»Im Besucherzelt, am Testgelände im Kraftshofer Forst. In zwanzig Minuten beginnt die Präsentation für Kunden und Presse, danach darf ich Interviews geben.«

»Dann bist du morgen schon wieder in der Zeitung! Ich sollte mir endlich ein Autogramm von dir geben lassen.«

»Du kannst jeden Tag eins haben, wenn du willst, auch auf Wänden, Schränken und deinem süßen Po.«

»Ich nehme dich beim Wort, heute Abend, mit extra dickem, wasserfestem Edding.«

Samstag, 30. August

Etwas Weiches kitzelte Kathi an Stirn und Nase. *Krabbelt mir da ne Fliege übers Gesicht?* Sie blies nach oben, um sie zu vertreiben. Die Ruhe währte nur kurz, das vermeintliche Insekt kam zurück. *An meinem Geburtstag, Frechheit!* Schlaftrunken wedelte sie mit der Hand.

»Guten Morgen«, hörte sie Nikolai neben sich sagen.

Verträumt lächelnd blinzelte sie ihn an. »Guten Morgen.« Erneut kitzelte es an ihrer Nase, jetzt erkannte sie die Blütenblätter einer roten Rose. »Oh! Ist die schön!«

»Happy Birthday, meine Süße.«

»Dankeschön.« Sie legte die Arme um Nikolai und genoss den extra langen Geburtstagskuss.

Er löste sich und begann das Spiel mit der Rose erneut, von der Stirn zu Nase und Mund, am Hals verharrte er. Seine andere Hand, bis jetzt im Rücken verborgen, wanderte ebenfalls zu Kathis Hals. Er nahm den Rosenstiel zwischen die Zähne, denn er brauchte beide Hände für Kathis Geschenk. Ein goldener Hamburger, so groß wie eine Ein-Euro-Münze, baumelte an einer roten Seidenkordel. Das große, eingravierte S stand für Salamiburger, Kathis Spezialität. Eine detailgenaue Goldschmiedearbeit und eine gelungene Geburtstagsüberraschung, die Kathi an den Abend ihres ersten Kusses erinnerte.

»Der ist ja süß! Dankeschön!« Sie japste vor Freude und rappelte sich auf, damit Nikolai ihr das Schmuckstück anlegen konnte. »Ich brauche einen Spiegel.«

»Moment«, nuschelte Nikolai. Er legte die Rose auf den Nachttisch, nahm Kathi auf die Arme und trug sie ins Ankleidezimmer, vor den großen, drehbaren Standspiegel.

Sie nickte zufrieden. »Gefällt mir, was ich sehe.«

»Dito.«

»Hey, immer klaust du meinen Spruch!«

Nikolai grinste. »Eine meiner leichtesten Übungen.«

»Ich werde jetzt nur noch den Anhänger tragen«, kündigte Kathi an. »Sonst nichts.«

»Gute Idee, das werde ich auch, mit dir auf den Armen als Schmuck, Kollektion Kathi. – Paris, Mailand und die anderen Modemetropolen werden uns hassen.«

»O ja! Außerdem sparen wir in Zukunft das Wäschewaschen, wir sollten es zum Patent anmelden.«

»Sag mal.« Nikolai schürzte die Lippen. »Hast du eigentlich schon Lust auf Frühstück?«

Kathis lasziver Blick in den Spiegel, schräg nach unten zu Nikolais mittlerweile hellwachem Prinzen, reichte ihm als Antwort. Er drehte sich schwungvoll um und brachte sie zurück ins Schlafzimmer, wo er sie sachte auf dem Laken ablegte und über sie kroch. »Ich warne dich schon mal vor«, meinte er siegessicher. »Gleich werde ich dich ins Nirvana der Lüste befördern.«

»Einverstanden.« Kathi legte beide Hände um seinen Hals. »Und du kommst mit!« Mit sanftem Ruck zog sie Nikolai zu sich heran.

Nach einem ausgedehnten Brunch gratulierten Kathis Eltern via VisuTel-Call aus Peguera, Nikolais Eltern meldeten sich aus ihrem Urlaubsdomizil auf Rügen. Alexander und Sonja Ikonen riefen aus Helsinki an, Julian und Gabby aus Boston, der sechsstündigen Zeitverschiebung geschuldet, erst am späten Nachmittag. Dann hieß es für Kathi und Nikolai rein in die schicken Klamotten und Abfahrt nach Almoshof, zu ihrem fränkischen Geburtstags-Barbecue bei Jonas Gerber.

Strahlender Sonnenschein von einem wolkenlosen Himmel und ein angenehmer Fahrtwind begleiteten sie ins Knoblauchsland. Auf den Feldern entlang der Erlanger Straße arbeitete man noch fleißig, man brachte die Gemüseernte ein. Der späte Nachmittag war, aufgrund der geringeren Nitratbelastung, die am besten geeignete Tageszeit. Trotz Unterstützung durch moderne Maschinen ging es nicht ohne Handarbeit, immer wieder bücken, knien, aufstehen – eine Knochenarbeit, die Kathi und Nikolai respektierten.

›Das Gerber‹, ein liebevoll restauriertes, über hundert Jahre altes, einstöckiges Sandsteinhaus im Westen von Almoshof gelegen, empfing sie mit opulentem Blumenschmuck an den

Fensterbänken. Rote Geranien und weißes Steinkraut repräsentierten die fränkischen Farben. Nikolai stellte seinen Wagen auf den, bis jetzt noch verwaisten, Gästeparkplatz. Sie stiegen aus. Kathi strich den Saum ihres blau-weiß gestreiften Sommerkleides glatt und nickte zufrieden.

Nikolai sah an sich herunter und zupfte an Hemd und Hosen, der leichte, schwarze Leinenstoff war ein wenig verknittert. »Mist! – Na ja, ist eben Natur pur. Außerdem, schöne Menschen entstellt nichts.«

Kathi warf ihm einen affektierten Kussmund zu. »Der Spruch könnte von meiner Oma stammen.« Sie schulterte ihr Täschchen und nahm Nikolais angebotenen Arm an.

Sie schlenderten in den begrünten Innenhof. Vier große, quadratische Allwetterschirme aus hellem Stoff schützten Kathis Geburtstagstafel und die anderen sieben Tische vor der Sonne. Alle präsentierten sich im schlichten Look des Restaurants: Das Tischtuch aus naturfarbenem Leinen, weißes Porzellan, Kristallgläser, edles Besteck, weinrote Stoffservietten, einzelne, dunkelrote Rosen in kleinen Vasen und Windlichter mit Flusskieseln.

Vom großen, gemauerten Grill, an dem sich zwei goldbraune Spanferkel drehten, wehte ein verführerischer Duft zu ihnen.

Kathi hob die Nase. »Mmmhhh, mir läuft gleich das Wasser im Mund zusammen.«

»Bis zum Essen dauert es noch eine Weile.« Jonas steuerte sie mit ausgestreckter Hand an. »Alles Liebe zum Geburtstag, Kathi, Gesundheit und Glück und alles, was man sich nicht für Geld kaufen kann.«

Lächelnd umarmte sie ihn und tauschte Wangenküsschen. »Dankeschön.«

Jonas begrüßte Nikolai mit doppeltem Handschlag, wie immer.

»Wo ist denn die Caro?«, fragte Kathi.

»Noch unterwegs, sie liefert Gemüse-Abokisten aus.«

»Fleißig, fleißig. Hauptsache, sie kommt pünktlich zum Abendessen.«

»Keine Sorge«, beruhigte Jonas sie. »Dein Geschenk bringt sie mit.«

Kathi lächelte. »Ihr spannt mich ganz schön auf die Folter. – Hey, die ist neu!« Sie zeigte zur Bautafel am Anbau des Restaurants, in dem das Vorratslager untergebracht war. Die Computergrafik zeigte ein modernes, zweigeschossiges Sandsteingebäude, bestehend aus zwei versetzten Quadern mit Spitzdach, die sich zu einer großzügigen Terrasse öffneten. »So wird dein Hotel mal aussehen, toll!«

»Finde ich auch«, stimmte Nikolai zu. »Eine gelungene Kombination aus Tradition und Moderne.«

»Ich danke euch. Allerdings hat die Baugenehmigung eine gefühlte Ewigkeit gedauert, wegen des Ensembleschutzes.«

Kathi nickte. »Verstehe, man will Bausünden wie in früheren Zeiten vermeiden.«

»In zwei Wochen, wenn die Zufahrt planiert ist, wird die Tafel vorschriftsmäßig an der Straße angebracht.«

»Wann genau gehts los?«

»Am 13. Oktober ist Spatenstich.«

»Dann erfüllt sich dein Traum früher als geplant.«

»Voraussichtlich Ende Juli, ich kanns kaum erwarten.«

»Hast du schon einen Namen?«

»Gerbers Hotel, ganz einfach.«

»Ganz einfach ist einfach gut.«

»Was wollt ihr trinken?« Jonas wies zu einem abgedeckten Glaskrug. »Wie wärs mit hausgemachter Ingwerlimo?«

»Die nehmen wir, oder Niko?«

»Klingt super.«

Ein dumpfes Dröhnen ließ Kathi und Nikolai automatisch in den Himmel sehen. Es konnte nur vom Albrecht-Dürer-Airport stammen, einen knappen Kilometer Luftlinie entfernt. Die Anwohner waren an die Start- und Landegeräusche gewöhnt und nahmen sie nur indirekt wahr. Almoshof lag zum Glück nicht in der Einflugschneise, meistens sah man die Flugzeuge gar nicht, so wie jetzt.

»Das ist der Flieger nach Palma«, erklärte Jonas nach einem Blick auf seine Armbanduhr.

»Das weißt du genau?«, wunderte sich Kathi.

»Ich wohne hier«, antwortete er augenzwinkernd, während er die Gläser füllte. »Jeden Tag um dreiviertel sechs, außerdem morgens um halb fünf und mittags zehn vor eins.«

»In zwei Wochen sitzen wir auch mit drin.«

»Wann fliegt ihr genau?«

»Am 15. September, mittags.«

»Okay, dann werde ich euch zuwinken.«

Kathi hängte sich bei Nikolai unter. »Ich freue mich riesig!«

Er lächelte. »Nicht nur du.«

Sie stießen mit der Ingwerlimonade an. Viele tausend Meter über ihren Köpfen kreuzten sich zwei Kondensstreifen, das weckte noch mehr Fernweh-Gefühle.

Während Jonas sich den Spanferkeln widmete, trafen Kathis Gäste im Minutentakt ein: Angie und Stolli, Andi und Petra – ohne die Zwillinge, die wurden von den Großeltern gehütet – dann Clausen und Carsten, die einzigen Singles in der Runde und last but not least, Caro. Alle anderen, mit denen Kathi gern gefeiert hätte, weilten noch im Sommer-Urlaub. Sie freute sich trotzdem und widmete sich voller Neugier ihren Geschenken, überwiegend liebevoll verpackte Gutscheine, die ihrem Wohlbefinden und der Entspannung dienten. Darunter ein Tag Wellness im Day Spa im Fürther Mare, ein Besuch im Floating-Studio und ein Seminar in einer Patisserie.

Aufgrund des Hochbetriebes in Küche und Restaurant, konnte Jonas nicht ständig an Kathis Geburtstagstafel sitzen. Sie sah es ihm nach, denn er servierte das leckerste Spanferkel, das sie jemals gegessen hatte. Dazu reichte er ein Fenchel-Pflaumen-Relish, eine geniale Eigenkreation, und rote Folienkartoffeln. Ein reichhaltiges Buffet bot verschiedene Salate und gegrillte Gemüse. Als Desserts standen gegrillte Pfirsiche mit Minz-Ricotta und knusprigem Pinien-Mandel-Krokant-Topping, sowie Lemon-Lava-Cupcakes mit Basilikum-Mousse zur Wahl.

Nach den obligatorischen Espressi schleppte Carsten ein Stativ an. Er befestigte Nikolais Smartphone darauf und platzierte es am oberen Ende der Tafel, unweit von Kathis Sitzplatz. Nach einem kurzen Test signalisierte er mit erhobenem Daumen die Aufnahmebereitschaft. Nikolai schob die Brille an die Nasenwurzel.

Was kommt jetzt?, fragte sich Kathi. *Das hat er schon lang nicht mehr gemacht. Ist er nervös?*

Nikolai erhob sich und schlug mit der Gabel an sein Glas, bis Ruhe am Tisch einkehrte und er sich der Aufmerksamkeit aller gewiss war. Seine Augen galten allein dem Geburtstagskind. »Liebe Kathi, wenn ich am Morgen vor dir aufwache und dich im Schlaf beobachte, zauberst du mir das erste Lächeln des Tages aufs Gesicht. Ich danke dir für die wunderbare Zeit, die ich mit dir erleben durfte, 316 Tage sind es bis heute.«

Völlig überrumpelt und mit halboffenem Mund starrte Kathi ihn an.

»Keinen Tag, keine Stunde, Minute und Sekunde will ich missen«, fuhr er fort. »Du hast mein Leben nicht nur verändert, du bereicherst es.«

»Dito«, sagte sie mit glänzenden Augen.

Nikolai zwinkerte ihr zu. »Bleib so, wie ich dich kennengelernt habe, behalte deinen Humor und dein Lachen. Ich wünsche mir, dass es nie aufhört. Ich will mit dir glücklich sein, für immer. Ich liebe dich.«

Diese Worte rührten Kathi beinahe zu Tränen, sie brachte nur ein gepresstes »Und ich liebe *dich!*« zustande.

»Kuss! Kuss! Kuss!«, riefen alle am Tisch.

Nikolai hob die Hand. »Moment, ich bin noch nicht fertig.« Er griff in die rechte Hosentasche und brachte, zwischen Daumen und Zeigefinger haltend, einen Spannring zum Vorschein, mattes Roségold mit einem reinweißen, einkarätigen Brillanten im Princess-Schliff. Er nahm Kathis linke Hand und kniete sich vor sie.

W-was w-wird d-das jetzt? Sie schluckte, obwohl sie es bereits ahnte. *Oh my god!*

Nikolai räusperte sich entschlossen. »Willst du mich heiraten, Kathi?«

In Bruchteilen von Sekunden rasten die 316 Tage an ihr vorbei, bis zu ihrem ersten Kuss am 17. Oktober, nachdem sie ihm zum ersten Mal ihre berühmten Salamiburger serviert hatte. *Wir sind ein perfektes Paar, ein eingespieltes Team, wir verstehen uns blind, wir sind Seelenverwandte. Heiraten ist wie ankommen, ich bin angekommen und da, wo ich sein will. Du tust das Richtige, Kathi und jetzt sag es!* Mit einem Mal waren alle Zweifel ausgeräumt, Freudentränen kullerten. »Ja, Niko, das will ich, von ganzem Herzen.«

Während er ihr den Ring ansteckte, sahen sie einander in die Augen, blau traf grün: WHAAM!

Die Liebes- und Sexteilchen!, dachte Kathi. *Das ist ein verdammt gutes Zeichen!*

Die Tischrunde johlte. »Kuss! Kuss! Kuss!«

Kathi setzte sich auf Nikolais Oberschenkel und kam, die Arme um seinen Hals geschlungen, der Aufforderung nach. Aus den Außenlautsprechern, über ihnen in den Hauptstreben der Schirme angebracht, erklang auf Carstens Kommando ›Maybe I'm amazed‹ von Paul McCartney. Das sorgte nicht nur bei Kathi für Gänsehaut, Nikolai so nah, spürte sie das Vibrieren, das seinen Körper durchströmte. Der Applaus rückte in den Hintergrund.

Erst als Jonas die Champagnerkorken knallen ließ, standen sie gemeinsam auf und ließen sich zur Verlobung gratulieren.

»Wollen wir unseren Eltern das Video schicken?«, fragte Nikolai unmittelbar danach. »Wir sollten sie nicht warten lassen.«

»Einverstanden. Schick es zuerst mir und dann jeder gleichzeitig an seine Eltern.«

»Gute Idee.« Nikolai drückte auf Senden.

Kathi prüfte den Eingang. »Okay, bin bereit. Ab die Post.«

»Achtung, Leute!« Nikolai hob eine Hand. »Unsere Eltern haben das Video bekommen.«

Caro grinste. »Jetzt werden sie gleich Sturm läuten.«

Sie behielt Recht, keine Minute später machte sich Kathis Smartphone mit einem Paso Doble bemerkbar, Sekunden später erklang bei Nikolai das Motiv von Prokofieffs ›Peter und der Wolf‹. Die Blümleins und die Liebermanns gratulierten und kreischten vor Freude. Eine Viertelstunde später meldeten sich Nikolais drei Schwestern, seine Eltern hatten das Filmchen bereits an sie weitergeleitet. Nach weiteren Glückwunsch-Kaskaden beschlossen die Frisch-Verlobten, Julian und Gabby in Boston zu informieren.

Julian rief umgehend zurück. Nach einem lautstarken »Wow! Wow! Wow! Congratulations!«, konnte er nicht umhin, seinen Freund zu necken. »Alter, ich erkenne dich kaum wieder! Du hast geredet wie ein Wasserfall! Ich wusste es, du kannst das. Wie heißt es so schön, ein Mann wächst mit seinen Aufgaben.« Eine Anspielung auf Nikolais einstige Aversion, vor einer Menschenmenge frei zu sprechen, sobald es nicht um Physik ging. »Gibts schon einen Termin für die Trauung?«

»Nein.«

»Noch in diesem Jahr?«, bohrte Julian.

»Typisch Physiker-Wissensdurst«, flüsterte Kathi grinsend.

»Das habe ich gehört, stimmt aber.«

»Den Termin und alles andere müssen Kathi und ich erst besprechen«, sagte Nikolai.

»Wartet nicht zu lange«, feixte Julian.

»Wir lassen es euch rechtzeitig wissen.«

»Wo wir feiern, ist klar«, meinte Kathi. »Hier natürlich.«

»Gebongt.«

»Wie fühlst du dich?«, fragte Nikolai, als sie sich später die Beine vertraten.

»Mega, und du?«

»Mega hoch zwei.«

»Das war mein schönstes Geburtstagsgeschenk.«

Nikolais Lippen umspielte ein Siegerlächeln. »Das will ich meinen!«

»Und der hier«, Kathi hob den Ringfinger, »fühlt sich saugut an.« Sie umarmte Nikolai, um ihn zu ihn küssen. Unvermittelt wurde ihr Blick in den Nachthimmel gelenkt. »Eine Sternschnuppe! Hast du sie gesehen?«

»Nein.« Er blickte nach oben. – Aber da ist noch eine!«

»Ja, ich sehe sie!«

»Und noch eine!«

»Hast du dir was gewünscht?«

»Ja, verrate ich aber nicht, sonst geht es nicht in Erfüllung.«

Wieder huschten unzählige Lichtblitze übers Firmament.

»Wow!« rief Kathi. »So viele Wünsche habe ich gar nicht!«

»Wünsche kann man nie genug haben. – Warte mal.« Nikolai holte sein Smartphone aus der Hosentasche und googelte:

»Sternschnuppen, Nordhimmel, Nürnberg, Ende August.«
Als Wissenschaftler musste er nachsehen. »Das sind die Alpha-Aurigiden, ein Meteorstrom. Für dieses Jahr wurde eine starke Aktivität prognostiziert.«

»Die Prognose stimmt.« Kathi hängte sich bei Nikolai unter. »Myriaden! Wie unsere Liebes- und Sexteilchen.«

»Yesss! Die reichen für ein ganzes Leben.«

Arm in Arm beobachteten sie die Himmels-Show noch eine Weile und besiegelten ihre geheimen Wünsche mit einem langen, leidenschaftlichen Kuss.

ANHANG

Danksagung

Zuallererst danke ich Ihnen ganz herzlich, liebe Leserinnen und Leser, dass Sie sich für den Kauf dieses Buches entschieden haben. Ich danke meiner Familie und allen Freunden für die jahrelange Unterstützung, meiner Lektorin S. Weber für ihre konstruktive Kritik und ihre tolle Arbeit am Text, Dr. Julia Walther für die medizinische Beratung, Dr. Manfred Lukaschewski für die Informationen in Sachen Kriminaltechnik, sowie bei Johannes für den juristischen Rat.

Anmerkungen

Die gesamte Handlung und die Namen aller Figuren in dieser Geschichte sind fiktiv, Übereinstimmungen mit lebenden oder verstorbenen Personen wären reiner Zufall und sind nicht beabsichtigt. Dies gilt auch für die Namen der genannten Unternehmen. Dieses Buch erhebt keinen Anspruch auf Faktizität, obwohl real existierende Behörden, Einrichtungen und Handlungsorte genannt, sowie realistische Abläufe thematisiert wurden.

Quellen-Angaben

*) Seite 36 u. 311
www.zeitenschrift.com/artikel/die-organisierte-kriminalitaet-der-pharmaindustrie

PharMafia 2025

Die Natur ist grausam und piesackt uns seit Anbeginn mit Leiden, vielleicht ein Zeichen, uns loswerden zu wollen. Der Mensch sucht nach Linderung und Heilung. In den vergangenen Jahren verzeichnete die Pharmaindustrie bahnbrechende Erfolge bei Impfstoffen gegen Grippe in all ihren Varianten, gegen Hepatitis C, HIV und Alzheimer. So weit, dennoch nicht so gut. Werden Krankheiten ausgerottet, stehen neue vor der Tür, auch den unverschämten Krebszellen fallen ständig neue Mutationen ein. Die nicht weniger werdenden, neuen und stabilen Umweltgifte tragen wesentlich dazu bei. Allergien, Migräne, Rheuma, Diabetes, Viren und resistente Keime sichern weiter die Jobs von Ärzten, Bio- und Gentechnikern und treiben die Dividenden der Pharmakonzerne in die Höhe. Die Skandale der letzten Jahre haben es bewiesen, einige ihrer Manager nehmen gefährliche Nebenwirkungen und Todesfälle* hin und verstoßen skrupellos gegen Gesetze, um noch mehr Gewinne im dreistelligen Milliardenbereich einzufahren. Werden sie ertappt und angeklagt, kaufen sie sich mit lächerlich niedrigen Geldstrafen frei. Danach machen sie weiter, wie zuvor, denn kein Wissenschaftler wird jemals wirksame Mittel gegen diese Übel finden: Gier, Neid, Rache und moralischen Verfall.

*) s. S. 310

Das Nürnberg von Morgen

Für alle Leserinnen und Leser, die POSITRONENFALLE, den ersten Kathi-Starck-Krimi, noch nicht kennen:

Wir schreiben das Jahr 2025: Seit Jahren ist Nürnberg Wirtschafts-Standort Nummer eins in Bayern und aus dem Schatten Münchens herausgetreten. Die Frankenmetropole findet man ganz oben auf der Wohnort-Beliebtheitsskala und bei der Gewerbeansiedlung, ganz ohne Bussi-Gesellschaft und Bajuwarisierung. Moderne Glaspaläste stehen neben alten Fachwerkhäusern in friedlicher Koexistenz. Traditionsunternehmen und Newcomer vieler Branchen – IT, Elektronik, Medizintechnik, Maschinenbau und Rüstung, um die wichtigsten zu nennen – teilen sich das Feld. Die Arbeitslosenzahlen sind auf dem niedrigsten Level seit 15 Jahren.

Boomtown Nürnberg! Kein Wunder, seit 2018 ist ein gebürtiger Nürnberger bayerischer Ministerpräsident. Ihr Image als Heimat von Albrecht Dürer, der ›Drei im Weggla‹ und der gleichnamigen Lebkuchen hat sich die Stadt bewahrt. Christkindlesmarkt und Kaiserburg sind nach wie vor Touristenmagneten und die Pegnitz fließt gemächlich durch die Stadt. Die Nürnberger sind liebenswert wie eh und je, aber nicht mehr so bescheiden wie früher. »Hey, wir haben es den Münchnern gezeigt!« Leidenschaftlich pflegen sie ihren Dialekt und leiden mit ihrem Glubb, wenn er zu oft verliert oder absteigt.

STAND DER TECHNIK 2025 – EINIGE HIGHLIGHTS

Maut

Seit Einführung der Mautpflicht auf allen Straßen, für alle Kraftfahrzeuge, lässt sich jedes orten. Sobald man losfährt, sendet der Sensor-Chip in der Plakette an der Windschutzscheibe Daten zur Kontrollstelle der, dem Kraftfahrt-Bundesamt untergeordneten, Mautbehörde. Die mittels GPS erstellten Bewegungsprofile sind hilfreich bei Verkehrsdelikten und anderen Straftaten, aus Datenschutzgründen nur im Zugriff der Ermittlungsbehörden. Nach Antragstellung beim zuständigen Gericht haben diese, z. B. bei Kapitalverbrechen wie Mord, in kurzer Zeit Zugriff auf die Daten.

Städtische Kameraüberwachung

In den Zentren der Großstädte wird man etwa alle 15 Minuten von einer Kamera gefilmt. Big Brother is watching you!

Padfones

Sie sind eine Kombination aus Smartphone und Tablet: ultraflach, sehr leicht, sechs Zoll groß, mit einer 24-Megapixel-Kamera. Das Spezialmikrofon zeichnet alle Gespräche im Umkreis von zwei Metern auf. Das Display ist mit mittels I-Pen beschreibbar. Die dazugehörige Smartwatch, ebenfalls mit Mikrofon und Kamera, sendet die Daten in Echtzeit ans Pad. Alle bei der Polizei im Einsatz befindlichen Geräte verfügen über VOICESELECT. Die Spracherkennungs-Software

generiert aus den aufgezeichneten Zeugenaussagen eine Text-
datei und formatiert sie für den späteren Ausdruck. Dieser wan-
dert mit dem diktierten Protokoll in die Akte. Die lästige, zeit-
raubende Schreibarbeit fällt weg. In der Datei werden außerdem stressbedingte Veränderungen in der Stimme farbig markiert: von grün (unauffällig) über orange (leicht nervös) bis rot
(sehr nervös, ein Zeichen, dass der Zeuge gelogen haben
könnte). VOICECOMPARE analysiert ebenfalls alle Zeugenaussagen und zeigt ähnliche Stellen, bei denen sich mehrere
Befragte möglicherweise abgesprochen hatten.

Datenbrillen
Dank Speziallinsen sind sie leicht, leistungsfähig, verfügen
über integrierte Ear-Phones, Minimikro und einen schnellen In-
ternetzugang. Die Modelle für die Polizei verfügen über eine
Software zur Gesichtserkennung. In den Helmen der SEK-
Leute ist die Anzeige ins Visier integriert.

Visualisierung
Auf leinwandgroßen, digitalen Pinnwänden haben die Ermitt-
ler alle Fakten und Beweise im Blick. Eine Software sortiert die
Daten, vergleicht und markiert Übereinstimmungen und zieht
Fallbeispiele heran. Eine Ampelmarkierung zeigt den aktuellen
Stand: rot steht für ›offen‹, gelb für ›in Arbeit‹ und grün für
›erledigt‹. Die Digi-Pinnwände sind mittels Voicecontrol, PC,
Smart- und Padfone ansteuerbar.

Spurensicherung und -Auswertung

Fingerabdrücke werden gescannt und erlauben bereits am Tatort einen Vergleich mit den gespeicherten in allen Fahndungsdatenbanken. Neueste Massenspektrometrie-Verfahren und Hochdruck-Flüssigkeits-Chromatografie werten Spuren aller Art, egal ob Blut, Gifte, Betäubungsmittel, Drogen, Fasern, Stäube etc., im Idealfall innerhalb von Minuten aus. Nanopore-DNA-Sequenzer entschlüsseln den genetischen Code binnen einer Stunde, DNA-Schnelltests liefern erste Vergleichsergebnisse bereits in einer Viertelstunde.

Hologramm-Siegel

Die silbrig glänzenden Aufkleber dienen zur Markierung von Tatorten und Beweismitteln. Entfernt man es widerrechtlich, ohne es zuvor mit dem Spezial-Pen zu entschärfen, sendet der integrierte, hauchdünne Chip ein Störsignal an die Polizei.

Fahndung

Die holografische 3D-Gesichtsprofil-Erkennung und Fingerprint-Scanner ermöglichen eine schnelle und sehr genaue Identifikation von Personen in den nationalen und internationalen Polizeidatenbanken.

Juristisches

Die Autorisierung von Wohnungs- und Hausdurchsuchungen, Entnahme von Speichelproben, Spezialeinsätzen usw. erfolgt unbürokratisch auf digitalem Weg binnen kurzer Zeit.

Autos

Bei Spritpreisen von knapp drei Euro pro Liter Superbenzin, beträgt der Anteil der reinen Elektro-PKW auf Deutschlands Straßen mittlerweile über fünf Prozent. Das entspricht etwa 2,3 Millionen. Die Hälfte aller Behördenfahrzeuge verfügt über Elektro- oder Hybrid-Antrieb, so auch die Flotte der Nürnberger Polizei. Kathis Dienstwagen ist ein BMW X3E, bis zu 250 km/h schnell und dank Super-Akku reicht eine Aufladung für 500 Kilometer. Das Netz der öffentlichen Ladestationen in den Städten, auch in Parkhäusern, Tiefgaragen und Parkplätzen wird ständig erweitert, auch die ländlichen Gebiete holen auf.

STECKBRIEF: KATHI STARCK

Kriminalhauptkommissarin

Alter: 42
Größe: 1,70 m
Figur: sportlich-schlank
Haare: blond
Augen: blau

Besonderes Kennzeichen: spitze Zunge

Kathi ist Polizistin mit Leib und Seele und eine akribische Ermittlerin. Sie ist selbstbewusst und mutig, manchmal vorlaut, unbequem und stur, clever und sexy, weltoffen und heimatverbunden, eigenwillig, aber nicht eigenartig und keine Spur verschroben. Sie handhabt Vorschriften auch mal flexibel, aber immer im Rahmen des Gesetzes. Sie zitiert gern die klugen Sprüche ihrer Lieblingsoma und folgt deren Rat, anderen Leuten auf die Füße zu sehen: ›Gepflegtes Schuhwerk ist eine Visitenkarte und weist auf den Charakter seines Trägers hin‹. Das stimmt fast immer. Sie sieht anderen immer direkt in die Augen, diesem Blick können die Wenigsten widerstehen, nur besonders abgebrühte Bösewichte.

Als Ausgleich zum Job betreibt sie Taekwondo, boxt und joggt. Sie liebt lange Schaumbäder mit Rosen- und Lavendelduft in ihrer beheizbaren Badewanne – allein oder zusammen mit ihrem Schatz Nikolai: 1,94, dunkelbraune Locken und grüne Augen. Er ist Doktor der Physik, Leiter der Entwicklungsabteilung beim Rüstungsunternehmen MECH@TRON, hochintelligent und ebenso sensibel. Mit seinem Hobby Kochen entspannt er sich von der Arbeit. Seine Diabetes hat er dank Mikro-Insulinpumpe im Griff und seine Aversion gegen rote Ampeln und Tempolimits Kathi zuliebe abgelegt. Bei Nikolai darf Kathi schwach sein, obwohl sie Schwäche hasst. Das gibt neue Energie für die Verbrecherjagd.

KATHIS TEAM & KOLLEGEN

Andreas Steppendorff – „Der Andi"
Kriminaloberkommissar
37, stellt sich gern mit Steppendorff, „Dobbel-B und Dobbel-F" vor

Philipp Stoll – „Stolli"
Kriminalkommissar
34, der Praktiker im Team, bekannt für derb-lockere Sprüche

Rüdiger Clausen – „Clausi"
Kriminalkommissar
33, Zahlenmensch und nüchterner Analytiker

Angelika Knecht – „Angie"
Kommissar-Anwärterin
29, Zahlenmensch und Computer-Genie

Michael Grünbaum
Kriminalrat, Leiter des Morddezernats, Kathis Vorgesetzter
54, passionierter Marathonläufer

Roman Ott
Kriminalrat, Leiter des Dezernats für Wirtschaftskriminalität

Dr. Bernd Knoll
Polizeipräsident von Mittelfranken

Patrick Koschnik
Chef-Pressesprecher des Polizeipräsidiums Mittelfranken

Theo Lanz – „Die Lanze"
Oberstaatsanwalt, Markenzeichen: hohe Wangenknochen
und spitze Nase, daher sein Spitzname

Sabine Hoch
Kriminaltechnikerin

Thomas Schneider
Kriminaltechniker

Dr. Richard Stern – „Sternchen"
Rechtsmediziner, Pathologie in Erlangen

GLOSSAR

Glubb   Kosename für den 1. FC Nürnberg

Lätschn   (bay.) eine enttäuschte Grimasse ziehen

Ziewerla   fränkisch für „Küken", umgangssprachlich
                 wird der Begriff für einen übertrieben-hyper-
                 sensiblen Menschen verwendet

Drei im Weggla

Drei Nürnberger Rostbratwürste im Brötchen, wahlweise mit Senf – der Street Food-Klassiker in der Noris!

Bleich wie der Tod von Forchheim

Der Spruch stammt aus der Zeit des Dreißigjährigen Krieges. Krankheiten und Seuchen endeten bei den ausgemergelten und entkräfteten Einwohnern oft mit dem Tod. In Franken ist er noch heute für Menschen mit blasser Gesichtsfarbe im Gebrauch.

Der Glubb is a Depp

Beliebter Spruch der Fans des 1. FC Nürnberg für alle Fehltritte ihres Fußballvereins. Er findet Anwendung nach verlorenen Spielen, bei Abstieg oder Fehlentscheidungen des Managements.

Knoblauchsland

Gemüseanbaugebiet in der Mitte des Städte-Dreiecks Nürnberg-Fürth-Erlangen gelegen und eines der größten zusammenhängenden seiner Art. Der Anbau wird von Familienunternehmen im Freiland und in Treibhäusern betrieben.

Goppfrid Schtutz!

Eigentlich „Gottfried Stutz!", ein abgemilderter Fluch in Schwyzerdütsch, der „Gott verdammt" bzw. „Gott verdamme mich" bedeutet.

Alpha-Aurigiden

Ein Meteor-Strom, der jährlich ab dem 29. August bis zum 5. September in Mitteleuropa auftritt. 1935, 1986 und 1994 wurde eine Rate von 40 pro Stunde registriert. 2007 kam es zu einer nahen Passage zwischen der Erde und der Umlaufbahn des Kometen Kiess, wodurch man etwa 120 Meteore pro Stunde beobachten konnte. (Quelle: Wikipedia)

Die Autorin

LiLo Seidl hat Mitte der 1980er Jahre das Programmieren von der Pike auf gelernt. Ihren Job als Text-Administratorin hing sie Ende 2011 an den Nagel, seitdem widmet sie sich hauptberuflich der Schriftstellerei. Als Teenager schrieb sie Fanfiction über Star Wars und TV-Krimiserien. 1998 erlernte sie das Drehbuchschreiben und bekam das Handwerkszeug in Sachen Stoffentwicklung und Dramaturgie. In den darauffolgenden Jahren entstanden Drehbücher für vier Kurzfilme (einen produzierte sie selbst und führte auch Regie), außerdem für ein Musikvideo und eine Musikdokumentation. Ihr Roman-Debüt gab sie 2013 mit dem Historien-Epos „Das Vermächtnis von Südland". Im New-Adult-Drama „72" behandelt sie das brisante Thema „Warum radikalisieren sich Flüchtlinge und werden zu Attentätern?". Mit „Positronenfalle" fiel 2015 der Startschuss zur Krimi-Reihe mit der Nürnberger Kommissarin Kathi Starck. In „Royal Flush" ermittelt sie zum zweiten, im vorliegenden Band „Pillendreher" zum dritten, aber nicht zum letzten Mal. Band vier „Sündenfall" erscheint Ende 2019. Lilo Seidl lebt in Nürnberg und ist Mitglied der Mörderischen Schwestern, dem größten, deutschen Netzwerk der Krimi- und Thriller-Autorinnen.

Mehr über Lilo finden Sie hier: www.liloseidl.de

DIE NÜRNBERG-KRIMIS VON MORGEN

Band I:

POSITRONENFALLE

Oktober 2024

Dr. König liegt tot im Testlabor bei MECH@TRON, dem größten, deutschen Rüstungsunternehmen. Der Physiker arbeitete mit Positronen – Antimaterie, gezähmt, aber nicht ungefährlich. Ein tragischer Betriebsunfall? Mitnichten! Nürnbergs Top-Kommissarin Kathi Starck ermittelt: Der heimtückische Mord war eine Verdeckungstat für Industriespionage und Bestechung in Millionenhöhe. Nikolai Liebermann, Königs attraktiver Assistent, gerät in Verdacht. Ist sein Alibi wasserdicht? Kathi rotiert, ausgerechnet jetzt verschießt Amor seine Pfeile. Bald gibt es wieder zwei Tote, innerhalb weniger Stunden. Der Killer ist ein Profi, er mordet leise mit Pfeilgift und hat auch Kathi im Visier.

Keine Science Fiction, sondern Science Fakten!

Mord, Liebe und Wissenschaft - Spannend, sexy, anders!

POSITRONENFALLE

Ein Fall für Kathi Starck

344 Seiten, kartoniert

11,99 € [D]

ISBN: 9 783746 082677

(auch als E-Book erhältlich)

Band II:

ROYAL FLUSH

Januar 2025

»Pfeilgift? – Nicht schon wieder!« Das neue Jahr ist keine drei Tage alt und Kathi Starck hat bereits einen Mord am Hals. Das Opfer ist ihr Kollege Pit. Die Tat trägt die Handschrift des verstorbenen Profikillers Hoek. Wer kopiert ihn und warum hat er Pit eine Pokerkarte zugesteckt, einen Herz-Buben? Sofort keimt der Verdacht, dass der Fall mit der Industriespionage zusammenhängen könnte, an der Pit zuletzt arbeitete: 2 Millionen Euro Schmiergeld sind verschwunden. Noch am selben Tag stirbt eine Frau, die Herz-Dame, eine Woche später ein beliebter Politiker, der Herz-König – beide durch Giftpfeile. Kathi ermittelt unter Zeitdruck, das LKA sitzt ihr im Nacken. Bald kommen brisante Einzelheiten ans Tageslicht, ein Cocktail aus Neid, Gier, Sex und Eifersucht.

Mordet sich der Killer hoch bis zum Royal Flush? Und wer wird das Herz-Ass? - Eine harte Nuss für Nürnbergs Top-Kommissarin!

ROYAL FLUSH
Ein neuer Fall für Kathi Starck

344 Seiten, kartoniert

11,99 € [D]

ISBN: 9 783746 082684

(auch als E-Book erhältlich)

Ausblick auf Band IV (erscheint Ende 2019)

SÜNDENFALL

„Baustopp, bis auf Weiteres!"

Kathi überbringt diese schlechte Nachricht Jonas Gerber, dem Ehemann ihrer Freundin Caro, lieber persönlich. Beim Ausschachten der Baugrube für sein neues Hotel in Almoshof war man auf drei menschliche Skelette gestoßen. Der Mann, vermutlich ein Opfer des II. Markgrafenkrieges im Jahr 1552, ruft Nürnbergs Stadt-Archäologen auf den Plan. Die Frau und der Säugling lagen keine dreißig Jahre unter der Erde, sie wecken Kathis Interesse. Nach akribischen Ermittlungen steht fest: Es handelt es sich um Rada, eine seit 28 Jahren vermisste, rumänische Saisonarbeiterin und ihr Kind – ermordet und verscharrt. Doch von wem? Ihre letzte Spur führt Kathi zu Jonas' Nachbarn, dem Gemüse-Großbauern Schwarz, er ist seit einem Schlaganfall halbseitig gelähmt und stumm. Unerwartet erhält Kathi Hilfe von Caros Mutter, sie kennt die Geschichten vom früheren Schürzenjäger „Blacky" Schwarz und die Gerüchte von unehelichen Kindern. Ist er der Vater von Radas Jungen? Einen DNA-Test, der Klarheit schaffen könnte, verweigert die Familie, sie hüllt sich in Schweigen. Blackys Ehefrau betet fast jeden Tag in der Kirche – Schuldgefühle, Scham oder Bigotterie? Kathi muss zu unkonventionellen Mitteln greifen, um ein dunkles Familiengeheimnis zu lüften.

Von Lilo Seidl ist außerdem erschienen:

72 - DIE GESCHICHTE EINER RADIKALISIERUNG

»Diese Schlampe hat alles kaputtgemacht!«
Nasris Traum von der großen Liebe platzt zum zweiten Mal. Verzweifelt und von seinen Freunden unverstanden, versucht er, sich das Leben zu nehmen. Er wird gerettet, bekommt aber eine zweite Chance: Ein IS-Anführer will ihn als Attentäter rekrutieren. Nasri ist der ideale Kandidat für eine Gehirnwäsche. Für seine perfiden Pläne streut der charismatische IS-Mann Salz in alle Wunden, auch in jene, die der Bürgerkrieg und die Flucht aus Syrien geschlagen haben. Und er lockt mit einem verlogenen Versprechen: »Jeden Märtyrer erwarten 72 Jungfrauen im Paradies!«
Nasri macht sich bereit, er will seinen Seelenqualen ein Ende setzen. Ein flammendes Inferno droht, schlimmer als Sodom und Gomorra! Doch seine Freunde geben ihn nicht auf, einer von ihnen stellt sich ihm in den Weg.

72 – Eine ergreifende Geschichte von erschreckender Realität!

72
Die Geschichte einer Radikalisierung

New-Adult-Drama

284 Seiten, kartoniert
9,99 € [D]
ISBN 9 783746 059129

(auch als E-Book erhältlich)